Mörderische Pfalz

Mit Texten von

Lilo Beil, Walter Landin und Wolfgang Ohler

wellhöfer VERLAG

Wellhöfer Verlag
Ulrich Wellhöfer
Weinbergstraße 26
68259 Mannheim
Tel. 0621/7188167
www.wellhoefer-verlag.de

Titelfoto: Lukas Fieber
Titelgestaltung: Uwe Schnieders, Fa. Pixelhall, Mühlhausen
Lektorat: Nicole Fieber, Ulrich Wellhöfer
Satz: Bittner-Dokumedia, Hoisdorf

Alle Erzählungen sind frei erfunden. Ähnlichkeiten mit wirklichen Personen oder tatsächlichen Ereignissen sind nicht beabsichtigt und somit rein zufällig.

Der Verlag dankt dem Frieling Verlag für die Genehmigung zum Abdruck der neu bearbeiteten Geschichten „Die Mutprobe“ und „Undine“. Die Erstveröffentlichung der Geschichten finden sich im Buch Lilo Beil, Heute kein Spaziergang, erschienen im Verlag Frieling & Partner, 2002.

ISBN 978-3-939540-21-2

Inhalt

Vorwort 4

Wolfgang Ohler: Der Duft der weiten Welt 7

Lilo Beil: Rain, sweet rain 13

Walter Landin: Augenzeuge 22

Wolfgang Ohler: Wildschwein in Burgunder 24

Lilo Beil: Hälfte des Lebens 31

Wolfgang Ohler: Sartre, Vidocq und der Mord in der Metro 39

Lilo Beil: Die Mutprobe 69

Walter Landin: Der Tag, an dem Erwin von der Vergangenheit eingeholt wurde 75

Lilo Beil: Der Froschkönig 105

Walter Landin: Der letzte Tag 113

Wolfgang Ohler: Wolf und die Angst 117

Lilo Beil: Lilli verreist 130

Wolfgang Ohler: Sonnenblumen 143

Walter Landin: Anton Kocher und der englische Flieger 152

Lilo Beil: Der Hochzeitstag 171

Wolfgang Ohler: Der Psalm Davids 182

Lilo Beil: Undine 190

Walter Landin: Wassertreten 196

Wolfgang Ohler: Der Mann, der die Elstern hasste 203

Walter Landin: Urs, Jessica, Evelyn, ein Anleger und ich 217

Vorwort

Abgründe der lieblichen Pfalz

Die Pfalz, eine Landschaft, in der sich die Melancholie des Nordens mit der Heiterkeit des Südens eigentümlich mischt, die gemütlich, lieblich, verträumt ist zwischen dunklen Wäldern, Weingärten, Felsen und Burgruinen, sollte sie wirklich mörderisch sein? Nein, in Wirklichkeit ist sie es nicht. Die erste Irritation über den Titel des Buches weicht der Beruhigung. Es geht um eine Sammlung von Kriminalgeschichten, also Blumen des Bösen, die sich fantasiebegabte Autoren ausgedacht haben, keine Realität. Als Minister, dessen Ressort auch den Kampf gegen die Kriminalität mit umfasst, der also Bescheid weiß, was sich Schlimmes in seinem Land tut, kann ich sagen: Die Pfalz ist nun wirklich nicht mörderisch, auf keinen Fall krimineller als andere Landstriche. Und die Pfälzer sind friedliche und fröhliche Menschen.

Es geht um Kriminalgeschichten. Dabei spielt weniger die sonst übliche Frage, wer denn wohl der Täter sei, eine Rolle. Geschildert werden die Menschen – Halunken, Gauner, Totschläger und Mörder –, die Landschaft, Orte, Geschichte, Sprache der Pfälzer. Gezeigt wird auch, nicht selten mit einem hintergründigen Humor, manchmal Galgenhumor, dass das Verbrechen vor dem Gemütlichen, dem Feierabend, der Idylle nicht Halt macht und uns auch überrumpeln kann, wenn wir es gerade nicht vermuten. Die Abgründe des braven Bürgers werden sichtbar, auch, dass das Böse im Alltag immer gegenwärtig ist und das Liebliche und Fröhliche seine dunkle Kehrseite hat.

Eine Autorin und zwei Autoren leisten deshalb literarische Überzeugungsarbeit, wenn sie über Abgründe der Region schreiben und dabei nicht die der schroffen Dahner Felsen meinen, sondern die der menschlichen, auch der pfälzischen Seele. Lilo Beil, die Südpfälzer Pfarrerstochter, geht dabei wenig fromm und mit sehr viel weiblichem Talent zu Werke und widerlegt zumindest literarisch, dass Heimtücke und Gift die alleinigen Mittel mörderischer Frauen sind. Sie hat ihre großen Vorbilder für ihre raffinierten Plots in Agatha Christie und Patricia Highsmith, eine nahe literarische Verwandte wohl in Ingrid Noll. Ihr zur Seite steht der Kurpfälzer Walter Landin, dessen Erzählungen näher an historischer und politischer Wirklichkeit angesiedelt sind, der jedoch auch als gelernter Pädagoge der Versuchung widersteht, mit gehobenem Zeigefinger zu mahnen: Verbrechen lohnt sich nicht! Der Dritte im Bunde, der Westricher Wolfgang Ohler, lässt einen weiteren Vergleich aufkommen: Drei Autoren, das entspricht der traditionellen Besetzung eines Strafsenats, der in Wolfgang Ohler einen erfahrenen Vorsitzenden hat. Vor dem Ruhestand war er der ranghöchste Strafrichter der Pfalz und kann zu Recht behaupten, mehr als tausend Krimis geschrieben zu haben, die meisten als Strafurteile. Ja, so sind sie, unsere braven und freundlichen Pfälzer Landsleute: ehrbare Pfarrerstöchter, Lehrer und Richter. Aber literarisch haben sie es faustdick hinter den Ohren und, wenn sie schreiben, in der Feder rabenschwarz. Ausnahmsweise will ich deshalb den drei Autoren ins Vorwort schreiben: Ich wünsche ihnen, dass sich ihre spannenden Untaten lohnen und das mörderische Buch Erfolg hat.

Heinz Georg Bamberger

Staatsminister der Justiz
des Landes Rheinland-Pfalz

Wolfgang Ohler

Der Duft der weiten Welt

„Pardon, gnädige Frau, würden Sie mir erlauben, mich hier zu Ihnen auf die Bank zu setzen."

„Bitte, der Kurpark ist für alle da, ich kann es Ihnen wohl kaum verwehren."

„Nein, nein, ich will mich nicht aufdrängen. Wenn Sie lieber alleine sein möchten, werde ich das selbstverständlich respektieren. Aber sehen Sie: Diese Bank hat die optimale Distanz zur Konzertmuschel. Man kann der Musik gerade noch folgen. Oder besser gesagt: Man weiß, was gespielt wird, wenn man seinen Brahms kennt, aber man bekommt die vielen Patzer und Mängel nicht mit."

„Da sind wir also Leidensgenossen. Ich habe es dort drüben auf meinem Platz auch nicht ausgehalten. Setzen Sie sich doch bitte. Es ist ohnehin ein gewagtes Unternehmen: ausgerechnet Brahms als Kurkonzert. Das kann ja nicht gutgehen."

„Ach, das ist nett, gnädige Frau, das gefällt mir, dass Sie uns Leidensgenossen nennen. Vielen Dank für den Platz an Ihrer Seite. Ja, ist es nicht schrecklich, welchen Lärm dieses sogenannte Orchester fabriziert? Gut, Brahms kann man heftig und mit Nachdruck spielen, und die Ungarischen Tänze waren auch noch zu ertragen. Aber nun ausgerechnet die Festouvertüre zum Concerto Nr. 2. Man kann Wiener Hörner eben nicht durch das ordinäre Blech einer Pfälzer Feuerwehrkapelle ersetzen. Und dann der Dirigent! Man muss Angst haben, dass er sich den Arm bricht."

„Jetzt übertreiben Sie doch ein bisschen, mein Lieber. Alle Achtung, mit Brahms kennen Sie sich aus. Sie sind doch auch Kurgast, nehme ich an? Bad Bergzabern der Bronchien wegen? Für meine Lungen ist diese wunderbare Salinenluft der wahre Balsam. Aber Sie sind eigentlich für solche Wehwehchen zu jung!"

„Ich bitte Sie. Sie passen doch auch nicht hierher in dieses morbide Ambiente. Sie sind mir schon drüben im Auditorium aufgefallen, wenn ich mir erlauben darf."

„Ach! Soll das heißen, Sie sind mir nicht ganz zufällig hierher gefolgt und nicht allein wegen der Akustik?"

„Wenn ich ganz offen sein darf: Es gibt zwei Gründe, die miserable Musik und ihr fantastisches Parfum. Nun seien Sie mir bitte, bitte deshalb nicht böse."

„Das muss ich mir noch überlegen. Aber wenn Ihnen mein Parfum aufgefallen ist, dann müssen Sie doch ganz in meiner Nähe ...?"

„Ja, schon, aber Sie haben mich nicht bemerkt. Sie müssen wissen, das ist mein Talent, nicht bemerkt zu werden. Ich beobachte Menschen, ohne dass Sie mich beobachten, verstehen Sie?"

„Nein, das verstehe ich nun gar nicht. Dann sind Sie wohl wirklich kein Kurgast, sondern vielleicht selbst Musiker?"

„Nein, weder noch. Ich halte mich nur vorübergehend hier auf. Genauer gesagt: Morgen bin ich bereits wieder unterwegs, gnädige Frau."

„Nun tun Sie mir den Gefallen und nennen Sie mich nicht gnädige Frau. Das klingt mir zu sehr nach Ehrfurcht vor dem Alter. Wir sollten eine andere Sprachregelung finden. Und zweitens sollen Sie nicht länger den Geheimnisvollen spielen. Das imponiert mir überhaupt nicht."

„Sehr einverstanden. Da unsere Bekanntschaft zwangsläufig bloß flüchtig sein wird, schlage ich vor, dass sich jeder für den anderen einen Namen ausdenkt."

„Ein nettes Spiel. Lassen Sie mich überlegen: Ich werde Sie ... Viktor nennen. Ja, Viktor! Ist Ihnen das Recht?"

„Ja, sicher, das ist sehr schmeichelhaft. Aber dann bitte mit c: Victor, der Sieger. Und ich taufe Sie hiermit auf den Namen Jasmin. Einverstanden?"

„Jasmin? Nichts dagegen. Wie kommen Sie darauf?"

„Ihr Parfum! Der Jasminduft, ganz sicher die Hauptkomponente, provenzalischer Jasmin, daneben ein Hauch von Vanille und ein Körnchen bitterer Zimt."

„Erstaunlich, Victor mit c! Jetzt hab' ich's: Sie reisen in Parfum, wie man in unserer Branche sagt. Wir sind sozusagen Kollegen. Ich besitze eine Parfümerie-Kette, müssen Sie wissen, und Sie sind Vertreter einer Herstellerfirma. Oder nein, die haben keine derart ausgezeichnete Nase, sie tun bloß so. Sie sind ein Createur de Parfum. Deshalb der Luftkurort: Sie brauchen Erholung für Ihre sensible Nase samt Nebenhöhlen."

„Da muss ich Sie enttäuschen, Jasmin. Ich will es mal so sagen: Ich kenne mich ganz gut mit Menschen aus. Meine Nase hilft mir, Menschen zu finden und sie zu erkennen. Ich bin also schon eine Art Schnüffler. Aber ich komponiere keine Parfums."

„Ach du lieber Gott, Sie sind Polizist, Victor. Nein, so sehen Sie nun wirklich nicht aus. Erbarmen, Sie werden mich doch nicht verhaften?"

„Da kann ich Sie beruhigen, Jasmin. Ich suche die Menschen nicht, um sie dingfest zu machen. Ganz im Gegenteil: Ich lasse Menschen verschwinden. Das ist meine Spezialität."

„Ach, jetzt erkenne ich Sie! Das Foto auf dem Plakat. Sie sind der Magier, der heute Abend im Kurhaus eine Vorstellung gibt. Also doch eine Art Künstler. Und Sie lassen Menschen verschwinden! Mit Simsalabim und einer Kiste mit doppeltem Boden. Sie tingeln durch die Gegend: heute hier für die Kurgäste, morgen vielleicht für das Publikum auf einem Weinfest in Landau. Also nehmen Sie mir's nicht übel, Victor, ein bisschen enttäuscht bin ich schon."

„Kann ich verstehen, Jasmin. Ein Tunichtgut im abgewetzten Frack mit Pomade in den Haaren und einem Kaninchen im Zylinder, denken Sie jetzt. Ein Jahrmarktschreier und Gaukler, der die Leute an der Nase rumführt. Doch bei mir gibt es keine Kaninchen und keinen doppelten Boden. Ich arbeite nur mit Menschen. Ich lese ihre Gedanken, schaue ihnen in die Seele und lasse sie verschwinden. Ich bin ein Magier in besonderer Mission."

„Schon gut, Victor, ich wollte Ihnen nicht zu nahe treten. Jeder macht seinen Job, Sie den Ihren und ich meinen. Sie handeln mit Illusionen, ich mit Düften, nicht wahr."

„Ich will Ihnen nicht widersprechen, Jasmin. Aber Telepathie ist etwas mehr als Einbildung und Gaukelei."

„Telepathie? Soll ich Sie beim Wort nehmen, Victor? Also gut, lesen Sie meine Gedanken. Ich werde Ihnen ein braves Medium sein. Fangen wir damit an: Weshalb bin ich hier in der Kur?"

„Ich will Sie nicht verletzen, Jasmin. Sie wissen nicht, worauf Sie sich einlassen."

„Nein, Victor, so kommen Sie mir nicht davon. Kneifen gilt nicht. Keine Ausrede!"

„Nun gut. Sie sind hier, weil Ihr Ehemann Sie anödet und Sie sich mit Ihrem Liebhaber treffen wollen. Sie machen eine Art Liebeskur. Deshalb auch Bergzabern, wo Sie keine Menschenseele kennt, und nicht Baden-Baden."

„Das, das ist nicht wahr. Wie können Sie es wagen ..."

„Ich habe Sie gewarnt, Jasmin. Die Kur ist nur ein Vorwand, Ihr Alibi. Sie hätten sich übrigens besser informieren müssen: In Bad Bergzabern gibt es keine Saline für unsere Nasen samt Nebenhöhlen; hier macht man Kneippkuren. Tatsächlich betrügen Sie Ihren Mann, und das nicht erst seit heute."

„Also gut, Victor, das haben Sie erraten. Sie sind tatsächlich ein Menschenkenner und ein Glückspilz dazu. Sie haben schon erwähnt, dass ich nicht in diese morbide, altersschwache Umgebung passe. Da liegt es ja fast auf der Hand, dass ich einen Kurschatten habe. Aber denken Sie bitte nicht zu schlecht von mir. Sie kennen meinen Mann nicht."

„Nun, Sie hassen ihn, Jasmin. Oder schlimmer: Sie verachten ihn. Er ist hässlich, kahl und dick, deutlich älter als Sie, kennt nur sein Geschäft, vernachlässigt Sie seit Jahren ..."

„Halt, jetzt habe ich Sie ertappt: Sie spielen die ganze Skala der Klischees durch. Und Sie haben mit mir leichtes Spiel: Mein Leben ist tatsächlich ein Klischee."

„Ich habe also Recht, was Ihren Mann und Sie betrifft?"

„Weshalb sollte ich es leugnen, Victor. Aber es ist nur die halbe Wahrheit. Ich kann ihn nicht mehr ertragen, diesen Fettwanst und Spießer. Stellen Sie sich vor: Er produziert Konserven. Fischkonserven! Ausgerechnet! Der ganze Mann ist ein Fisch, kalt und glatt, und er riecht wie ein Fisch, genauer gesagt: nach Hering in Senfsoße. Und das mir! Mein Leben ist der Duft der weiten Welt, die Eleganz der Parfums, die kostbaren Wohlgerüche aus Paris und Florenz."

„Aber es gibt eine Lösung, nicht wahr? Sie werden einen Weg finden, ihn und seine Konserven loszuwerden."

„Sie sind wirklich ein guter Psychologe, Victor, das ist das ganze Geheimnis Ihrer Wahrsagerei, nicht wahr? Ja, ich werde mich von diesem Fischmenschen befreien. Aber mehr kann ich Ihnen nun wirklich nicht offenbaren."

„Nicht nötig, Jasmin, Sie vergessen: Ich kenne Ihre Gedanken. Sie werden ihn finanziell ruinieren. Er ist es eigentlich schon, er weiß es nur noch nicht."

„Das kann nicht sein. Das gibt es nicht, Victor. Wer sind Sie? Was ist das für ein Spiel?"

„Gut, Jasmin, ich will ehrlich zu Ihnen sein. Ich lese keine Gedanken, nicht wirklich. Ich nehme Ihre gesamte Aura in mich auf. Das fängt mit Ihrem Auftreten an, Ihrer Körpersprache, Ihrer ganzen Erscheinung, das alles verrät mir, was für ein Mensch Sie sind. Dann Ihre Kleidung, Ihr Make-up und Ihre Frisur, auch Ihre Sprache. Und ein ganz besonderer Schlüssel zu Ihrem Innern, Ihren Gedanken und Gefühlen, ist Ihr Duft. Nicht bloß das Parfum, sondern die gesamte Komposition, Ihre Aura, alle intimen Komponenten tragen dazu bei, dass ich Sie sozusagen durchschaue. Das ist das Geheimnis."

„Aber all diese Details! Sie wollen doch nicht sagen, Sie können riechen, dass ich meinen Mann betrüge und ruinieren will!"

„Man braucht natürlich sehr, sehr viel Erfahrung und Menschenkenntnis, Jasmin. Geben Sie acht, Sie haben auch eine talentierte und erprobte Nase. Machen wir doch ein Experiment. Schließen Sie die Augen. Gut so. Und nun sagen Sie mir, was mein Geruch Ihnen verrät."

„Wenn Sie meinen. Also, Sie verwenden ein teures englisches Rasierwasser. Ich komme im Moment nicht auf den Namen. Doch, es ist Old Oxford! Eine elegante, sehr individuelle Marke."

„Hervorragend, Jasmin. Jetzt versuchen Sie, meine ganz persönliche Duftmarke zu bestimmen. Nur zu, seien Sie ganz offen."

„Da ist ein Hauch von Moschus. Könnte von einer Seife herrühren? Sie halten auf Tradition und Sportlichkeit."

„Sie sind ein Naturtalent, Jasmin. Weiter!“

„Seltsam, jetzt ist da plötzlich eine Spur Leder. Und noch etwas. Es könnte feines Olivenöl sein. Haben Sie in letzter Zeit Kontakt mit Speiseöl gehabt?“

„Ganz nahe, Jasmin. Sie sind fantastisch. Öffnen Sie jetzt die Augen.“

„Was ist das? Was tragen Sie da unter Ihrem Jackett?“

„Das ist ein Schulterhalfter, Jasmin! Das Leder! Gutes altes Kalbsleder. Ich liebe diesen Ledergeruch.“

„Und was soll das, Victor?“

„Sie werden gleich verstehen. Aber schauen Sie. In diesem Halfter steckt eine Waffe. Hier sehen Sie: eine Magnum mit einem Schalldämpfer. Und jeden Morgen öle ich das gute Stück mit reinem, kaltgepresstem Olivenöl. Leder und Olivenöl, Jasmin. Sie können sich und Ihrer Nase gratulieren. Sie brauchen wirklich keine Saline!“

„Aber wieso, Victor? Sind Sie denn auch Kunstschütze? Gehört das zu Ihrem Job als Magier?“

„Nicht schlecht, Jasmin. Kunstschütze. Ich habe Ihnen doch gesagt, ich lasse Menschen verschwinden. Dazu brauche ich meine Magnum. Ihr Mann, der kalte Fisch, schickt mich. Ach ja, er hat mir natürlich auch ein paar Dinge über Sie verraten. Und er hat etwas dagegen, von Ihnen ruiniert zu werden. Deshalb werde ich jetzt Sie verschwinden lassen, auf meine Art. Ich sagte ja: Ich bin ein Magier in besonderer Mission. Keine Angst, Sie werden es kaum spüren. Und niemand wird es hören, bei dem verdammten Krach, den sie da drüben mit dem guten Brahms vollführen. Am besten, Sie schließen jetzt wieder Ihre hübschen Augen.“

Lilo Beil

Rain, sweet rain

Charlotte stand auf der Terrasse ihres Hauses und schaute in den neuen Tag.

„A glorious day“, würden ihre englischen Freunde jetzt sagen, und es stimmte ja auch.

Für jeden, nur nicht für Charlotte. Wenn nach einer langen, kühlen Regenperiode plötzlich die Sonne aus den Wolken trat, wenn alle sich über den unverhofften Wetterumschwung freuten, dann begann für Charlotte eine schlimme Zeit.

Der Kopf schmerzte, eine unerklärbare Gereiztheit machte ihr den Tag sauer, die allgemeine Hochstimmung um sie herum steigerte ihr Unbehagen und ließ sie ihr Anderssein deutlich spüren. Auch jetzt nahm Charlotte das silberhelle Sonnenlicht, das den Dingen gestochen scharfe Konturen verlieh, als Feind wahr.

Quecksilbergift, das in den Augen schmerzte und brannte.

Drei mittelalte, dickliche Frauen kamen energischen Schritts die Straße empor geschnaubt, im Gleichtakt ausschreitend, dampfwalzenartig, mit den Armen Skistöcke bewegend, fast bedrohlich, Sinnbilder einer Ellbogengesellschaft, die Schwächere gerne beiseite schiebt. Skistöcke, wie grotesk mitten im Sommer. Und überhaupt. Welch komischer Sport, und nur in Deutschland denkbar, wo die Leute gerne im Gleichschritt marschieren und im Rudel auftreten.

„Des scheene Wetter muss mer ausnütze, gell“, sagte die eine Dicke. „Morge soll's widder Rege gewwe.“ Letzteres sagte sie mit einem beleidigten und empörten Unterton, als habe sich der Himmel persönlich gegen sie verschworen. Man hörte neuerdings oft diese Entrüstung in den Stimmen, wenn sich Regen ansagte. Welch eine Zumutung auch für Spaß gewöhnte Menschen, einmal im Haus bleiben zu müssen.

„Hoschd recht, Sandra“, erwiderte eine der Dicken. „Des Wetter muss mer voll ausnütze.“

Und die drei Dampfwalzen stampften weiter.

Charlotte musste jetzt doch in sich reingrinsen, trotz des Hämmerns in ihrem Kopf.

Wenn es nur bald regnen würde. Sie hielt beide Hände an die Schläfen, und sie erinnerte sich. Die Sehnsucht nach Regen, sie wusste, woher sie kam. Es war der Tag ihrer Konfirmation. Der 26.3.1963.

Die Konfirmation, ein Riesenereignis damals im Leben der Dorfbewohner und besonders im Leben ihrer Altersgenossen. Ob es heute auch noch so war? Vielleicht.

Charlotte wohnte seit vielen Jahren hier im Weschnitztal, eine Zugereiste, die am Leben der Gemeinde und des Dorfes in keiner Weise teilnahm und sich wie all die anderen Zugereisten zwar wohl fühlte in dieser wunderschönen Landschaft mit den sanften Hügeln, die mit den nächsten Nachbarn freundlich verkehrte, ansonsten aber gerne für sich blieb. Wie anders war das damals im Dorf ihrer Kindheit und Jugend gewesen, in jenem Dorf in der Westpfalz nicht weit von Ramstein.

Schon Wochen vor Palmsonntag wurde zuhause das große Fest vorbereitet und geplant und alles geputzt und geschmückt. Die Konfirmanden lernten und büffelten Psalme und Kirchenlieder und die Daten von Martin Luthers Leben vorwärts und rückwärts, denn sie wollten sich nicht blamieren, wenn am Tag des großen Ereignisses die Kirche gerammelt voll war und die Gemeindemitglieder, auch solche, die sonst nie in die Kirche gingen, über der Empore hingen, um möglichst jeden Versprecher und Patzer mitzubekommen, wenn die Konfirmanden abgefragt wurden. Charlottes Aufregung war so riesig gewesen, sie hatte, als alle Glocken zusammen läuteten, noch einmal im Geist ihren Psalm repetieren wollen, den 23. Psalm, „Der Herr ist mein Hirte, mir wird nichts mangeln", und sie hatte ihn völlig, aber völlig vergessen. Vor Schreck war ihr ganz schwindlig geworden, und man brachte sie zur Couch. Eine herbeieilende Großtante – zwergenhaft klein und daher von Charlottes Vater gerne heimlich als „das Steckzwiebelchen" bezeichnet – hielt ihr ein mit Tosca 4711 getränktes Taschentuch unter die Nase und brachte Charlotte, die dieses abscheuliche Kölnisch Wasser hasste, schockartig wieder ins Leben zurück.

Auch der Psalm war wieder gegenwärtig, und so bewegte sich die Konfirmationsgesellschaft in Richtung Kirche.

Vor dem großen Buntsandsteinbau, trutzig und kalt, errichtet in der Gründerzeit, wimmelte es heute wie sonst nie, noch nicht einmal an Weihnachten.

Die Leute kommentierten die Kleidung der Konfirmanden. Charlottes Kleid erregte Aufmerksamkeit, denn ihr Kleid war anthrazit, nicht schwarz wie das der anderen Konfirmandinnen, außerdem hatte es einen ganz großen weißen Kragen.

„Immer uffalle“, hörte sie im Vorbeigehen. Sie trug den Kopf hoch und ging weiter im Zug der Konfirmanden.

Die Leute kommentierten aber auch das Wetter. Wechselhaft war es, der Jahreszeit gemäß, aber nun eben brannte eine für den März überraschend heiße Sonne auf die Konfirmanden und die gaffende Menge vor der Kirche herab.

Charlotte kniff ein bisschen die Augen zu, denn die Sonne stach und erschien ihr heute nicht angenehm, sondern ein bisschen feindlich.

Überhaupt wäre sie am liebsten aus dem Zug der Mitkonfirmanden herausgetreten und nach Hause gerannt, um vielleicht mit ihrem Hund einen langen Spaziergang über die Felder und Wiesen zu machen. Doch zu Hause würden nur die Frauen herumwuseln, mit Töpfen und Pfannen hantieren, eifrig das Festessen zubereiten für die etwa 30 Gäste, die zu ihrem Ehrentag eingeladen worden waren. Sie freute sich auf das Essen, vor allem auf die Markklößchensuppe, die es nur an Festtagen gab, aber auch auf die Desserts und die vielen Kuchen am Nachmittag, vor allem die Gelberübentorte. Die hatte sie sich extra gewünscht. Charlotte holte tief Luft, sah an der Kirchentreppe unter den Zuschauern ihre englische Brieffreundin Lynne stehen, die aus London angereist war, um mit ihr die Osterferien zu verbringen, und lächelte ihr zu.

Lynne machte ein „Mut“-Zeichen auf Englisch, das sie gestern Charlotte gezeigt hatte, und lächelte zurück.

Nachdem die Zeremonie überstanden war, ohne Patzer übrigens, wurde vor der Kirche ein Gruppenfoto mit Pfarrer gemacht.

Charlotte hatte dieses Foto genau vor Augen, aber noch deutlicher hatte sich ihr jenes andere Foto eingeprägt. Eingeprägt für alle Zeiten, obwohl sie es in 1000 kleine Schnipsel zerrissen und dann die Fragmente angezündet hatte.

Sie konnte den Anblick des Fotos nicht ertragen, denn rechts ganz hinten stand ER.

Er, der Mann ihrer Kusine Gabi. Herbert Kramer, der Widerling, trotz seiner etwa 30 Jahre schon fast ganz kahlköpfig, dicklich und immer süffisant lächelnd, maßlos von sich eingenommen und seine wulstigen, sinnlichen Lippen schürzend.

Er war Steuereinnehmer, was immer das auch war, und er brüstete sich gerne damit, dass er in seiner Freizeit englische Bücher las. Er war auch in einem Bibelkreis und sehr bigott.

Auf dem Foto hatte er, ganz der liebevolle Gatte, den Arm um die Schulter seiner Frau Gabi gelegt, die sichtlich hochschwanger war. Seine Blicke, das hatte sich Charlotte damals eingeprägt, bevor sie das Foto zerstörte, waren aber nach vorne links gerichtet.

Genau auf Lynne, die, wunderhübsch und verführerisch mit ihrem blonden hoch toupierten Haar und dem Minirock, den Ehrenplatz neben ihr, Charlotte, hatte einnehmen dürfen, die als Hauptperson in der Mitte thronte.

Fotos lügen nicht. Der Blick, der nach vorne auf die schöne Engländerin gerichtet war, sprach Bände. Er war voller Begierde, und dies so frech und unverhohlen, dass sich Charlotte fragte, wieso der Fotograf diesen Blick nicht bemerkt und sich nicht geweigert hatte, abzudrücken.

Unter all den Tanten, Onkels, Großeltern, Großtanten, jüngeren Cousins und Kusinen, die freundlich in die Kamera sahen, dieser unverschämte, ja lauernde Blick aus Herbert Kramers Augen, Säuferaugen in einem aufgedunsenen Gesicht.

Lynne war der Blickfang des Tages, auch in der Kirche hatte sie mit ihrem superkurzen Minirock für Aufsehen gesorgt. In London war die Mode 1963 schon weiter als in der Westpfalz.

Lynne war zudem schon 16, zwei Jahre älter als Charlotte, und sie sah eher wie eine junge Frau aus.

Während des Essens bramarbasierte Herbert Kramer, der es

irgendwie geschickt verstanden hatte, neben Lynne zu sitzen, indem er die vorbereiteten Platzkärtchen vertauschte, und er brüstete sich mit seinem „Oxford English“, wie er es nannte.

Lynne stieß ab und zu Charlotte mit dem Fuß heimlich unterm Tisch, um ihr zu signalisieren, dass sie ziemlich genervt schien von ihrem Tischnachbar. Ab und zu konnte sie sich ein Lachen nicht verkneifen, wenn Herbert Kramers wundervolles „Oxford English“ gar zu bizarr wurde. Ob er zuviel Shakespeare lese, diesen Ausdruck verwende man schon seit über 300 Jahren nicht mehr, oder die englische Bibel?

Daraufhin war Herbert Kramer beleidigt und sprach eine Weile nichts mehr, was Lynne offenbar nicht bedauerte.

Die Märzsonne schien durchs Fenster, grell und gleißend.

„A glorious day“, sagte Lynne zu Charlotte, aber es war ironisch, und sie mussten beide lachen.

Herbert Kramer schaute die Freundinnen pikiert von der Seite her an und fasste noch einmal kräftig nach beim Schweinerollbraten. Außerdem sprach er dem pappsüßen Weißwein eifrig zu.

Zwischen dem Mittagessen und dem Kaffeetrinken verstreute sich die Konfirmationsgesellschaft etwas. Die Männer saßen rauchend und qualmend an einem kleinen Tischchen im Wohnzimmererker, einige der Frauen ließen es sich nicht nehmen, in der Küche beim Abwasch zu helfen, die jüngeren Vettern und Basen von Charlotte liefen ins Spielzimmer oder nach draußen in den Garten und den Hof, um sich nach dem langweiligen Herumsitzen auszutoben, wieder andere Gäste saßen in kleinen Grüppchen um den Tisch herum.

Man traute dem Wetter, so schön es gerade war, nicht sehr, es war Regen gemeldet, noch hielt sich aber die Sonne tapfer am Himmel.

„Komm, wir gehen ein bisschen zum Wasserhäuschen hoch“, sagte Charlotte zu Lynne. „Die Gespräche der alten Leute hier öden mich an.“

Sie gingen am Schlachthaus der nachbarlichen Metzgerei vorbei, wo Charlotte immer die Luft anhalten musste, weil es so nach Blut und toten Tieren roch.

Das Wasserhäuschen war das um 1900 erbaute Wasserreservoir des Dorfes, das etwas abseits vom Dorf und noch jenseits des Friedhofs auf einem Hügelchen lag, von Hecken und Bäumen umgeben, blickdicht und daher der Treff aller Liebespaare. Der Ort hatte etwas Romantisches und Heimliches, aber auch etwas Unheimliches an sich.

Charlotte und Lynne waren fast am Wasserhäuschen angekommen. Noch schien die Sonne, aber einige dicke dunkle Wolken hingen schon am Himmel.

„Wie schwarze Schäfchen, schön", sagte Charlotte und deutete nach oben.

Plötzlich hörten sie hinter sich etwas keuchen und schnauben.

Der Mann von Kusine Gabi näherte sich dem Freundinnenpaar.

„Ich muss mir die Beine vertreten", sagte er mit, wie es Charlotte erschien, ziemlich schwerer Zunge.

Er hatte reichlich Weißwein getrunken. Wie eklig, dachte sie. Wie er nach Schweiß und Alkohol stinkt. Die arme Kusine Gabi. Wie hält die es mit diesem Ekelpaket aus? Und nun bekommen sie auch noch ein Baby. Das arme Ungeborene tat ihr jetzt schon leid.

„Darf ich euch beiden Schönen Gesellschaft leisten?"

Ohne eine Antwort abzuwarten, drängte er sich zwischen die beiden Mädchen und legte die Arme um ihre Taillen. Sie wehrten sich, und er verschränkte eingeschnappt die Arme. Er hatte die Angewohnheit, den Mund schief zu legen und mit den Zähnen zu knirschen.

„So prüde ist man heute?"

Die beiden gaben keine Antwort.

Herbert Kramer seufzte: „Hab ich aber Pech heute. Na ja. Dann rauche ich eben halt mal eine. Irgendeinen Lustgewinn braucht der Mensch ja im Leben."

Er kramte umständlich eine Schachtel Overstolz aus seinem Nadelstreifenjacket hervor und tat erstaunt, oje, nun habe er doch das Feuerzeug vergessen in Gabis Tasche im Wohnzimmer. „Wo ist Gabi überhaupt?", wollte Charlotte wissen. „Die ist bei den Frauen beim Abwaschen in der Küche. Wo sonst?"

Er lachte fett, und es klang in Charlottes Ohren hämisch und gemein.

„Könntest du mir vielleicht das Feuerzeug holen? Du darfst auch eine mitrauchen, ab heute bist du ja erwachsen. Und Lynne sagt auch nicht nein, oder?" Seine lauernden Blicke ruhten auf den beiden Mädchen.

„In Ordnung", sagte Charlotte, die den Köder geschluckt hatte. Die Aussicht auf eine Zigarette war verlockend. „Ich eile mich auch ganz arg."

„Kannst dir Zeit lassen, Lynne kann in der Zwischenzeit mein Englisch aufmöbeln." Wieder dieser lauernde Blick, das fette Lachen, die Stimme heiser und die Zunge schwer.

Charlotte setzte sich in Bewegung. Den flehenden Blick aus Lynnes Augen hatte sie aus Freude darüber, als eine Erwachsene behandelt zu werden und eine Zigarette rauchen zu dürfen, nicht bemerkt.

Als sie am Friedhof angekommen war, meinte sie, ein Rufen von oben vom Wasserhäuschen her zu vernehmen. Sie blieb stehen, das Rufen war keine Einbildung.

Wie naiv sie gewesen war. Herbert Kramer hatte das Feuerzeug absichtlich vergessen. Er hatte alles so eingefädelt, um mit Lynne allein zu sein.

Weil er ...

Charlotte rannte, so schnell sie konnte, den Berg hoch. Das Geröll unter ihren Füßen brachte sie zum Stolpern. Die funkelnagelneuen Ballerinas mit der glatten Sohle. Von jenseits der dichten Hecke kamen verzweifelte Rufe.

„Charlotte, help me, please."

Ärgerliche Worte Herbert Kramers mischten sich in Lynnes Flehen.

Da auf einmal regnete es wie aus 1000 Kübeln. Im Nu lief das Wasser in Sturzbächen den Abhang hinunter. Ein Wolkenbruch ohnegleichen ergoss sich über die Landschaft.

„Verdammt", rief eine wütende Männerstimme. „Damn harlot. Verdammte Hure."

Charlotte, die nun im Innenbereich des Geländes angekommen war, sah, wie Herbert Kramer, der Lynne an das Geländer, das den oberen Teil des Wasserhäuschens umgab, gedrückt hatte, seine beiden Hände nun um den Hals des Mädchens legte. Vom plötzlichen Regen und von Charlottes unverhofftem Erscheinen irritiert, ließ er kurz von seinem Opfer ab, versuchte dann aber, sich erneut an Lynne zu drängen. Lynne versetzte dem Mann einen kräftigen Stoß mit beiden Armen, und dieser rutschte, schneller als man mit den Augen hätte folgen können, auf dem binnen kürzester Zeit spiegelglatt gewordenen roten Lehmboden aus, verlor das Gleichgewicht und stürzte. Das rostige Geländer des Wasserhäuschens, das die Gemeinde schon längst hatte reparieren wollen, brach von der Wucht des Aufpralls entzwei. Der schwere Mann ruderte in der Luft grotesk mit den Armen. Auf der Metallplatte vor der Eisentür des Wasserreservoirs schlug er dumpf auf. Dann war Stille. Nur das unaufhörliche Prasseln des Regens war zu hören. Die Mädchen liefen zu der Stelle, wo der Mann lag. Er röchelte, wollte offenbar noch etwas sagen, verstummte, drehte den Kopf zur Seite. Glasige Augen starrten das verschreckte Mädchenpaar an. Das waren nicht mehr die stieren Augen eines Säufers. Herbert Kramer war tot. Unter seinem Kopf, der auf der Metallplatte lag, bildete sich eine Lache, die vom Regen hellrot gefärbt wurde. Dunkelrot, hellrot, rosa.

Die beiden fassten sich an den Händen, liefen, stolperten über das Geröll und über die Rinnsale, die sich im Schotterweg bildeten, hinweg dem Dorf zu.

Die Konfirmationsgäste saßen schon bei Kaffee und Kuchen und attackierten mit ihren Kuchengäbelchen die Gelberübentorte, den Bienenstich und den Frankfurter Kranz und die vielen anderen Köstlichkeiten. Natürlich hatte man angenommen, dass die drei Fehlenden bei einem Spaziergang vom Unwetter überrascht worden waren.

Aber keine Bange, die beiden Mädchen hatten ja einen Beschützer bei sich.

Herbert, den Guten.

Die vor Nässe triefenden Mädchen stießen die Wohnzimmertür auf, Charlotte stammelte etwas von „Unfall am Wasserhäuschen“ und „Gabis Mann“, und zum zweiten Mal an diesem Tag wurde Charlotte schwindelig. Das grässliche Kölnisch Wasser des „Steckzwiebelchens“ kam erneut zum Einsatz.

Mittlerweile hatte man den Mann der Kusine geborgen. Er musste sofort tot gewesen sein, hatte der Arzt gesagt. Der Aufprall auf die Metallplatte, wie unglücklich. Kein Wunder aber bei diesem Wetter, dem rutschigen Boden, und dann, alle hatten gesehen, dass Herbert nicht mehr ganz nüchtern gewesen war. Er hatte doch ziemlich einen über den Durst getrunken. Die armen Mädchen, die den Toten hatten sehen müssen. Und erst die arme schwangere Frau, das ungeborene Kind. Und der gute Herbert ein solch liebender Ehemann. Er wäre ein wundervoller Vater geworden.

Als Charlotte einige Tage nach dem tragischen Ereignis ihre englische Freundin zum Bahnhof brachte, sagte Lynne auf einmal: „Rain, sweet rain.“

Sie schwiegen beide, sahen sich nur in stummem Einvernehmen an.

Und sie schwiegen ein ganzes Leben lang.

Einige Tropfen fielen auf Charlottes Terrasse. Sie brachte die Kissen der Gartenmöbel in Sicherheit, und bevor sie ins Haus ging, hörte sie ein metallenes Klick-Klack.

Die drei dicken Frauen kamen von ihrer Tour zurück, die nun sehr kurz ausgefallen war.

Der Regen wurde stärker.

„So en Mischt“, schimpfte eine der Dicken. Die anderen stimmten zu.

Charlotte zog die Balkontür hinter sich zu.

Rain, sweet rain. Sie wusste, warum sie den Regen so sehr liebte.

Walter Landin

Augenzeuge

Ins Dorf sind es knapp zehn Minuten, und der Bäcker in der Hasenbergstraße macht Punkt sieben auf. Die Wiese in aller Frühe, Grüntöne, Gräser, Büsche, Bäume, dazwischen winzige Farbtupfer, rote, gelbe, blaue, im Hintergrund leicht gewellte Hügel, ein Berg, die Burgruine. Ein feiner Nebelschleier schwebt über der Wiese. Eine Idylle, reif für das Fotoalbum.

Mitten im Bild, wie aus dem Boden gewachsen, der Mann. Steht einfach da, ein Bär von einem Mann, trägt Arbeitskleidung, eine Axt in der Hand, über der Schulter eine Schaufel. Er lässt die Axt los, wischt sich über die Stirn, schiebt die Mütze in den Nacken, schaut sich um. Hat er nicht einen gehetzten Blick? Wie soll ich das aus der Entfernung erkennen? Er stützt sich mit beiden Händen auf die Schaufel. Die Axt lehnt an seinem linken Bein, fällt um. Er fängt an zu graben. Erdbrocken fliegen durch die Luft. Warum gräbt er wie entfesselt? Er schaut sich nach allen Seiten um. Dann bückt er sich. Er ist kaum noch zu sehen. Er schüttet die Grube wieder zu, kratzt mit der Schaufel die Erde zusammen. Sind seine Hände nicht blutverschmiert? Warum mache ich nicht, dass ich weiterkomme? Die warmen Brötchen warten. Er trampelt die Erde mit seinen schweren Arbeitsschuhen fest. Und die Axt? Er reibt sich die Hände, fährt sich wieder über die Stirn, legt sich die Schaufel über die Schulter, greift nach der Axt. Gibt es in diesem Dorf überhaupt einen Polizeiposten? Der Mann entfernt sich einige Schritte, dreht sich um, begutachtet sein Werk. Warum nicht noch einige Äste, Zweige geschickt über der zugeschütteten Grube arrangieren?

Er kommt auf mich zu. Ich halte die Luft an, verharre bewegungslos. Noch kann ich mich aus dem Staub machen. Ins Dorf ist es nicht weit. Er kommt näher, wird größer. Einige Minuten nur, der Bäcker hat längst offen. Warum bleibe ich stehen? Keine zehn Meter ist er von mir entfernt. Ich starre ihn an.

Kaninchen und Schlange. Er baut sich vor mir auf, tippt mit der Axthand an seine Mütze. Diese Hand!

„Morgen, früh unterwegs."
Ich nicke, bringe kein Wort heraus.
„Urlaub?"
Ich nicke.
„Campingplatz Büttelwoog?"
Ich nicke.
„Idyllisch, nur die Düsenjäger um die Mittagszeit."
Ich nicke.
„Unterwegs zum Bäcker. Ganz schön früh."
Er tippt sich wieder mit der Axthand an die Mütze.
„Nichts für ungut."

Schon ist er verschwunden. Wie vom Erdboden verschluckt. Vor mir die verlassene Wiese, die Grüntöne, die Farbsprenkel. Soll ich die Polizei rufen? Ach was, die werden mich auslachen. Mit meiner Frau über den Vorfall reden? Warum soll ich sie im Urlaub beunruhigen? Vielleicht weiß der Campingplatzbesitzer ja etwas. Einem Schwätzchen ist er nicht abgeneigt, das habe ich schon gemerkt. Und die Zeitung morgen früh, die werde ich mir genau anschauen. Der Nebel ist gestiegen, die ersten Sonnenstrahlen brechen durch. Die Sonne ein milchig-weißer Ball. Es wird heiß werden heute. Morgens ins Schwimmbad, am Nachmittag einen Ausflug zum Teufelstisch. Vorsichtshalber eine genaue Personenbeschreibung zurechtlegen. Größe, Haarfarbe, Alter, besondere Merkmale. Schon viertel nach sieben. Der dampfende Kaffee, der gedeckte Tisch vor dem Zelt. Nur die warmen Brötchen fehlen noch. Braut und Bräutigam, unerreichbar füreinander, lasse ich rechts liegen. Ins Dorf sind es nur einige Minuten, und der Bäcker macht Punkt sieben auf.

Wolfgang Ohler

Wildschwein in Burgunder

„Also wissen'se, Frau Riedinger!"

„Herr Kommissar?"

„Ausgerechnet Wildschwein mit Kartoffelklößen! Mein Leibgericht, Frau Riedinger. Also für Wildschwein mit Klößen könnte ich jede Schandtat begehen. So wahr ich hier sitze."

„Aber Herr Kommissar! Sie als Kriminalbeamter!"

Kommissar Panter wischte mit der Serviette über seinen Schnauzbart.

„Ist doch nur Spaß, liebe Frau Riedinger. Aber mal ehrlich: Ist das weibliche Intuition gewesen? Oder haben Sie sich über mich erkundigt? Ein bisschen geschnüffelt, wie wir Kriminaler sagen?"

Vor Entrüstung wäre Frau Riedinger beinahe die Gabel aus der Hand gefallen.

„Wo denken Sie hin, Herr Kommissar. Das würde ich mir doch niemals erlauben. Nein, Wildschwein mit Kartoffelknödeln, das war auch die Leibspeise meines Mannes. Ach Gott, jetzt rede ich, als sei er ..."

Beschwichtigend legte Panter seine Hand auf den Arm der Gastgeberin.

„Darüber müssen wir uns noch unterhalten, liebe Frau Riedinger. Später, so leid es mir tut. Aber zuerst wollen wir es uns schmecken lassen. Dienst ist Dienst, und Schnaps ist Schnaps. Also die Soße: ein Gedicht! Rotwein, Holunder und ein bisschen Ingwer? Sie müssen wissen, ich koche selbst ganz gerne."

Frau Riedinger hatte sich wieder gefasst. Lächelnd schob sie die Sauciere näher zum Teller des Kommissars.

„Burgunder. Dunkler, schwerer Burgunder. Mein Fritz hat immer gesagt: Die Tunke zum Wildschweinbraten muss schwer und dunkel sein, dunkel und dick wie Saublut. Entschuldigung, Herr Kommissar. Aber so war er halt, mein Fritz."

Kommissar Panter schöpfte mit der Soßenkelle eine satte Portion aus der Sauciere und verteilte sie genüsslich über Fleisch und Knödel. Er seufzte vor Behagen.

„Schon recht, Frau Riedinger. Ich habe Ihren Fritz ja nur zu gut gekannt. Vom Stammtisch. Jeden Dienstagabend haben wir zusammen Doppelkopf gespielt. Herrje!“

Auch Frau Riedinger seufzte, griff nach der Weinflasche und schenkte ein.

„Und dazu einen guten Dornfelder, nichts anderes. Alles musste seine Ordnung haben. Da war mein Mann eigen.“

Kommissar Panter hob den Pokal gegen das Licht der Tischlampe und ließ den Wein im Glas funkeln.

„Prost, liebe Frau Riedinger. Ein Genießer ist er schon gewesen, und das ist bei einem Metzger nicht selbstverständlich. Ein lieber, freundlicher Genießer, der Fritz Riedinger. Doch, am Stammtisch im „Storchen“ vermissen wir ihn alle sehr.“

Nachdenklich betrachtete Frau Riedinger den Wein in ihrem Glas. Zwischen den Augenbrauen bildete sich eine tiefe Furche.

„Ach, wissen Sie Herr Kommissar, nett und freundlich ist er hinter der Theke gewesen. Und vielleicht bei Ihnen am Stammtisch. Er hat auch seine Nauben[1]. Wenn ihm etwas nicht passt, kann er fuchsteufelswild werden. Dann sollten Sie ihn mal erleben! Eine richtige Wildsau kann er sein. Noch eine Scheibe, Herr Kommissar?“

Kommissar Panter schnalzte zustimmend mit der Zunge und schob seinen Teller zur Platte mit dem Fleisch.

„Schönen Dank, Frau Riedinger. Na ja, so ein Metzgermeister hat es auch nicht leicht. Die Konkurrenz, die Kunden, denen nichts recht ist. Da wird sich so mancher Groll angestaut haben. Und Sie mussten es dann zu Hause ausbaden. Wir alle haben zwei Gesichter, nicht wahr?“

„Da haben Sie jetzt ins Schwarze getroffen, Herr Kommissar: Zwei Gesichter, ja die hat er. Eins fürs Fenster, ein anderes für mich, und die Leute kennen nur die saubere Fassade. Aber wenn es nur das wäre! Wie sagt man: Der Metzger liebt das frische Fleisch. Unsere Lehrmädchen können ein Lied davon singen. Kaum eine hat's ein Jahr ausgehalten. Manchmal war er außer Rand und Band, die alte Wildsau.“

1 Anmerkung: Nauben = pfälzisch für Merkwürdigkeiten

Kommissar Panter tat erstaunt.
„Na sowas. Er war doch auch nicht mehr der Jüngste, unser Fritz. Aber wie heißt es: Je oller, je doller."
Die plötzliche Stille am Tisch wurde nur durch gelegentliches Seufzen unterbrochen. Kommissar Panter hing seinen Gedanken nach und schob den letzten Bissen in den Mund. Er nahm einen tiefen Schluck aus dem Weinglas, bevor er wieder das Wort ergriff.
„Also wissen'se, Frau Riedinger!"
„Herr Kommissar?"
Panter wischte sich mit der Serviette die Burgundersoße aus dem Mundwinkel und zugleich die satte Zufriedenheit aus dem Gesicht. Statt dessen zog er die buschigen Augenbrauen hoch und legte die Stirn in kriminalistische Falten.
„Also wissen'se, Frau Riedinger. Vielen Dank für die vorzügliche Mahlzeit, aber eigentlich bin ich ja dienstlich hergekommen. Herrje!"
„Ich weiß, Herr Kommissar."
„Nun ja. Es sind jetzt drei Monate her, dass Ihr Mann verschwunden ist."
„Stimmt, Herr Kommissar. Heute vor drei Monaten habe ich ihn als vermisst gemeldet. Genau am dritten Juni."
„So ist es. Und da wir bis heute keine Spur von ihm gefunden haben, wird das Ermittlungsverfahren vorläufig eingestellt. Das ist nun mal so. Da kann man nichts machen. Wir haben wirklich alles versucht. Sogar mit den Kollegen drüben in Bitche zusammengearbeitet. Mit den Gendarmen können wir ja gut. Aber nichts. Auch dort keine Spur. Nun haben wir auch nicht erwartet, dass er sich drüben zur Fremdenlegion gemeldet hat, dazu ist er zu alt, unser Fritz. Das soll nun aber nicht heißen, dass wir davon ausgehen, er sei nicht mehr am Leben, Ihr Mann. Herrje!"
„Ich verstehe, Herr Kommissar. Sie haben Ihre Vorschriften."
„Im Normalfall machen wir dann die Akten zu, Frau Riedinger. Im Normalfall."
Die Metzgersgattin schaute den Kommissar fragend an.

„Also wissen'se Frau Riedinger!"
„Herr Kommissar?"
„Für mich ist er eben nicht bloß ein Fall, Ihr Fritz. Er war mein Skatbruder. Jeden Dienstagabend im ‚Storchen', herrje!"
„Ich weiß, Herr Kommissar."
„Gut. Dann werden Sie's mir nicht übel nehmen, wenn ich jetzt noch ein paar Fragen stelle?"
„Aber nein, Herr Kommissar. Vorher noch ein Schnäpschen? Damit Sie die Wildsau besser verdauen?"
Kommissar Panter winkte unwillig ab.
„Nein, Frau Riedinger. Wie gesagt: Dienst ist Dienst. Und jetzt ist Dienst. Ich muss Sie zunächst belehren: Sie müssen nicht aussagen, sie haben das Recht …"
„Aber Herr Kommissar, das ist doch nicht notwendig. Selbstverständlich will ich Ihre Fragen beantworten. Fangen Sie ruhig an."
Kommissar Panter zog ein Notizbuch aus der Tasche seines Jacketts und schlug nach kurzem Blättern eine eng beschriebene Seite auf.
„Also gut. Da ist eine Sache, auf die ich mir keinen Reim machen kann. Am zweiten Juni haben Sie beim Großhandel eine Tiefkühltruhe bestellt. Einen Tag, bevor Sie Ihren Fritz als vermisst gemeldet haben."
„Richtig, Herr Kommissar. Die alte war defekt. Kurzschluss oder so ähnlich. Die neue war im Angebot. Da habe ich nicht lange gefackelt und zugegriffen."
„Zugegriffen. Gut, Frau Riedinger. Nun was ganz anderes: Wie groß ist Ihr Mann?"
„Das habe ich doch schon angegeben. Ein Meter und sechzig. Er war nun mal kein Riese."
„Genau. So steht's in Ihrer schriftlichen Anzeige: ein Meter und sechzig. Und jetzt frag ich Sie, Frau Riedinger: Weshalb haben Sie auf der Bestellung angegeben, dass die Kühltruhe mindestens einssechzig breit sein muss?"
„Hab' ich das, Her Kommissar? Ja wissen Sie, der Herr Forstrat Mischo liefert mir immer gleich eine ganze Wildsau. Da brauche ich schon eine Menge Platz."

Der Kommissar kratzte sich nachdenklich am Kopf und schrieb eine Notiz in sein Büchlein.

„So, so, Frau Riedinger. Eine ganze Wildsau. Und das Gewicht?"

„Genau kann ich das nicht sagen. So ein ausgewachsener Keiler …"

„Aber nein! Das Gewicht Ihres Mannes! Herrje!"

„Ach so. Ja, warten Sie: ungefähr neunzig Kilo, schätze ich. Steht das denn nicht auch in meiner Anzeige?"

„So nicht, Frau Riedinger. Dort steht etwas anderes."

„Wie gesagt, Herr Kommissar, ich muss schätzen. Er war schon gut beisammen. Sein bester Kunde, wie man so sagt. Alles andere als ein Kostverächter. Und dann der Rotwein. Also auf's Gramm kann ich es nicht sagen. Was steht denn in den Akten?"

„Dort haben Sie achtzig Kilo angegeben. Achtzig Kilo haben Sie in der Anzeige geschrieben."

„Nun ja, das schmeichelt ihm allerdings. Sie haben ihn doch auch gekannt, unseren dicken Fritz, die Speckschwarte, wie ihn die Kollegen genannt haben. Aber sehen Sie, Herr Kommissar, ich habe ja auch kein Figürchen wie ein Mannequin."

„Eben. Nein, verstehen Sie mich nicht falsch. Das ist es nicht, was mich stört."

„Sondern, Herr Kommissar?"

Kommissar Panter bemühte sich, noch ein, zwei Falten mehr auf seine Stirn zu platzieren und blickte seine Gastgeberin streng an.

„Was heißt: o.K., Frau Riedinger?"

„Okay, Herr Kommissar?"

„Nein, nicht okay. Kleines o, Punkt, großes K, Punkt. Herrje!"

„Ach so, Herr Kommissar. Das ist eine Abkürzung. Soll heißen: ohne Knochen. Das ist im Metzgergeschäft üblich."

Plötzlich klang die Stimme des Kommissars scharf wie ein Tranchiermesser. Seine kurzsichtigen Augen in der Tiefe der Brillengläser wie zwei schwarze, ins Eis geschlagene Löcher.

„Ja, das habe ich mir gedacht, Frau Riedinger. Dann verraten Sie mir doch, bitteschön, weshalb Sie in der Anzeige in der Rubrik „Körpergewicht der vermissten Person" geschrieben haben: ca. 80 kg o.K.!"

Frau Riedinger schlug die Hand vor den Mund. Sekundenlang irrte ihr Blick zwischen den leeren Tellern mit den Resten der Burgundersoße hin und her.

„Also, Herr Kommissar, das muss ein Versehen sein. Wissen Sie, wenn man ein ganzes Leben hinter der Theke steht, tagein, tagaus, da geht einem einiges in Fleisch und Blut über."

„In Fleisch und Blut, Frau Riedinger?"

„Verstehen Sie mich nicht falsch, Herr Kommissar. Ich meine, da kann man sich schon mal vertun. Ich war halt sehr aufgeregt und durcheinander, als ich die Anzeige geschrieben habe. Ach Gott, mein armer Fritz."

Frau Riedinger suchte in ihrer Jacke vergeblich nach einem Taschentuch und schneuzte sich schließlich in die Serviette aus Damast.

„Herr Kommissar, was denken Sie denn von mir?"

Kommissar Panter machte nun seinem Namen alle Ehre: auf Beute aus, auf dem Sprung. Seine Stimme unerbittlich. Herrje!

„Ich denke, Frau Riedinger, wir sollten uns jetzt mal ihre neue Tiefkühltruhe anschauen. Oder brauche ich dazu erst einen Durchsuchungsbefehl?"

Erschrocken wehrte Frau Riedinger ab.

„Aber nicht doch, wo denken Sie hin. Selbstverständlich können Sie meine Truhe sehen. Zuvor noch ein Schnäpschen, zur besseren Verdauung?"

Kommissar Panter überhörte das Angebot und erhob sich energisch von seinem Platz.

„Gut, Frau Riedinger, dann wollen wir mal."

„Wir müssen in den Keller, Herr Kommissar. Moment, ich binde mir rasch die Schürze um."

„Sie brauchen keine Schürze, Frau Riedinger. Ich will nur einen Blick in die Truhe werfen. Das ist alles."

Die Metzgersgattin schritt die Steinstufen hinab, dicht gefolgt von Kommissar Panter. Mit einem großen Bartschlüssel sperrte sie das knarrende Schloss auf. Hinter der eisernen Kellertür empfing sie eine klamme Luft, die den Kommissar erschauern ließ. Von der Decke leuchtete mühsam eine schwache Glühbirne und warf klobige Schatten in den Raum.

„Da in der Ecke, Herr Kommissar."

Die Panteraugen hatten die Tiefkühltruhe bereits erspäht. Geschmeidig schlich sich der Kommissar an.

„Na, dann wollen wir mal, Frau Riedinger!"

Er klappte den Deckel der Truhe auf und spähte hinein.

„Ja, aber wissen'se, Frau Riedinger!"

„Herr Kommissar?"

„Leer! Die Truhe ist ja völlig leer, herrje!"

Hinter ihm hallte die Stimme dumpf im Gewölbe.

„Ja und, Herr Kommissar? Wir beide haben ihn ja auch gerade aufgefressen, den Rest von der Wildsau. Mit Knödeln und Burgundersoße."

„Aber Frau Riedinger!"

Kommissar Panter drehte sich zur Metzgersfrau um, die dicht hinter ihm stand. Nun hatte sie ja doch die weiße Metzgersschürze umgebunden, wunderte er sich, und in der Hand hielt sie das große Schlachtermesser. Und jetzt waren es ihre Augen, die wie Eis hinter den Brillengläsern schwammen und ihn von Kopf bis Fuß taxierten.

„Aber Frau Riedinger?"

„Fünfundsiebzig, würde ich schätzen, Herr Kommissar. Fünfundsiebzig Kilo, ohne Knochen. Herrje!"

Lilo Beil

Hälfte des Lebens

Zwischen Maisfeldern, hohen Tabakstauden, Obstplantagen mit zum Bersten voll hängenden Bäumen, zwischen Weinbergen und sanftem Hügelland fuhr Johannes Bohlender nach Wissembourg.

Mirabellen und Zwetschgen, von niemandem gepflückt, waren auf die Straße gekullert.

Mit gelben Birnen hänget und voll mit wilden Rosen / das Land in den See / Ihr holden Schwäne …

„Die Hälfte des Lebens" von Friedrich Hölderlin, Johannes Bohlenders Lieblingsgedicht, und dies noch mehr, seitdem er den Film gleichen Titels mit Ulrich Mühe als Hölderlin gesehen hatte. Nun war Ulrich Mühe tot, vor einigen Wochen an Krebs gestorben. Es war ein Schock gewesen für Johannes Bohlender. Sie waren gleichaltrig, beide 54 Jahre. Die Hälfte des Lebens? Die hatten sie hinter sich, zum Sterben aber waren 54 Jahre eigentlich zu früh. Ein seltsamer Gedanke ging durch Johannes Bohlenders Kopf. Als Ulrich Mühe den Hölderlin spielte, mochte es gerade um die Hälfte seines Lebens gewesen sein, ohne dass er es damals ahnte.

Da, rechts, ein Birnbaum mit grellgelben Birnen und eine Hecke mit letzten wilden Rosen, aber weit und breit kein See und schon gar keine Schwäne.

Dafür watschelte eine Gänseherde über die Straße, Johannes Bohlender bremste, er musste lächeln, es sah auch zu lustig aus. Ein Ortsschild: Kapsweyer.

Lustig war ihm heute eigentlich gar nicht zu Mute, denn er hatte einen anonymen Brief erhalten, der mit Eva zu tun hatte und mit einem Unbekannten, mit dem sie sich jeden Mittwoch in Wissembourg traf. Johannes Bohlenders erster Impuls war es gewesen, den Brief zu zerknüllen, in kleine Schnipsel zu zerreißen, in die Mülltonne zu werfen, ihn zu ignorieren und schließlich zu vergessen.

Aber das Ignorieren und das Vergessen, es gelang ihm nicht. Er hatte unter einem Vorwand das Geschäft verlassen, zuvor die

Arbeiten delegiert, und nun war er im Begriff, das zu tun, was er vor zwei Tagen noch für undenkbar gehalten hätte, nämlich seiner Frau hinterherzuspionieren. Eifersucht und Misstrauen, für ihn die unwürdigsten Eigenschaften, die ein Mensch haben kann, hatten sich in seinem Herzen breit gemacht, hatten begonnen, sein ganzes Wesen zu verändern und zu vergiften, ließen ihn nachts nicht schlafen und tags nicht konzentriert arbeiten.

Er vertraute Eva bis ins Kleinste. Sie liebten sich, und das seit fast 20 Jahren. Wohl war Eva um vieles jünger als er selbst, sie war attraktiv, was nicht zuletzt aus den neidischen Blicken der Frauen und den bewundernden Blicken der Männer zu lesen war, doch Eva entbehrte jeder Koketterie, sie war natürlich und ungezwungen und liebte ihn.

Und doch ... Und doch.

Kein Rauch ohne Feuer, gab es nicht diesen Spruch, der ihm dumm schien?

Und doch ... und doch.

Immer wieder diese Zweifel.

Er hatte nach Wissembourg fahren müssen, und wenn es nur deshalb war, um den anonymen Brief unbestätigt zu sehen, nur um vergeblich – heimlich – Ausschau zu halten nach Eva und dem Unbekannten, dem Paar, das sich, so hatte der anonyme Schreiber präzisiert, jeden Mittwoch um 15 Uhr im Café gegenüber von Martine Schäfers Laden traf, dem kleinen Café in der Hauptstraße des Städtchens.

Johannes Bohlender kannte das Café, er war mit Eva schon ein oder zwei Mal dort gewesen, es gab da den besten Flammkuchen von Wissembourg. Wie absurd. Wie geschmacklos. Ja, wie absurd. Er sollte umkehren, noch war Zeit, er würde seine Ehre retten, würde nicht vor Scham erröten müssen, wenn er sich im Spiegel sah, den lächerlichen Menschen, die jämmerliche Gestalt aus dem Cartoon, aus der französischen Boulevardkomödie, die lächerlichste aller Figuren, den „eifersüchtigen Ehemann". Oder doch den gehörnten Ehemann? Doch nun war er schon angekommen, er war, ohne es zu merken, schon über die Grenze gefahren, eine Grenze, die es schon lange nicht mehr gab. Er hatte die ehemaligen Zollhäuser passiert, die französischen Straßenschilder sagten ihm, dass er im Ausland sei, in Frankreich, die Grenze nur ein imaginäres Gebilde, anders als in seiner Kinder- und Jugendzeit, wo die Grenze real existierte, in den Köpfen sowieso, und wo man ohne Pass keinen Fuß in das Land des ehemaligen „Erzfeindes“ hätte setzen können.

Die Ruinen der alten Stadtmauer, des Pulverturms, die Silhouette der schönen Kirche „Pierre et Paul“, eigentlich war er süchtig nach Wissembourg, nach dem Elsass überhaupt, aber dies hier war keine Vergnügungsfahrt.

Er parkte auf dem Riesenparkplatz vor dem Zugang zur Altstadt, da gab es immer Parkplätze, er schaute sich nach Evas Auto um und ging die Reihen durch, aber es war nicht dabei. Sie würde einen abgelegenen Parkplatz ausgesucht haben. Heimlichtuerei passte nicht zu diesem großen Parkplatz. Er erschrak darüber, welchen Gang seine Gedanken nahmen. Unwürdig, sagte er sich, solche Gedanken, solche Verdächtigungen sind deiner unwürdig. Du verdächtigst deine Frau auf Grund eines hässlichen Zettels, und du hast keinen einzigen Beweis.

Sein Herz klopfte laut, seine Hände waren auf einmal schweißnass, das kannte er gar nicht von sich.

Es kam ihm vor, als betrachte er sich selbst von außen und als betrachte er einen Fremden. Vor ihm ging ein älterer Mann, der rief nach seinem kleinen Enkelsohn, der neben ihm her trottete: „Kumm her, Pierrele, vite vite.“ Der Kleine, das „Pierrele“, machte flinke stolpernde Kleinkinderschritte und rief: „Oui, oui, Opa, isch kumm schunn.“

„Du bisch e braves Biewele“, sagte der Opa und nahm den Kleinen an die Hand.

Das war so drollig, dass Johannes Bohlender schmunzelte, und das entgegen seiner gegenwärtigen traurigen Gemütsverfassung. Die Elsässer, das ist ein Völkchen für sich. So ein schönes Gemisch von französischer Lebensart und noch ein bisschen deutscher Sprache, vor allem hier im nördlichen Elsass.

Johannes Bohlender bog in die Hauptstraße ein.

Er hatte sich schon ein strategisches Plätzchen ausgedacht, von wo aus er Eva und den „Unbekannten“ würde beobachten können. Da gab es das Café mit dem schönen Buntsandsteineingang, er kannte den Namen nicht, aber wenn er da innen in der Ecke saß, konnte er das schräg gegenüberliegende Café-Restaurant einsehen, zumindest das Straßencafé. „Sie sitzen bei schönem Wetter immer draußen", hatte der anonyme Schreiber verraten. Und heute war schönes Wetter.

Und sie saßen draußen. Kaum hatte sich Johannes Bohlender an das runde Bistrotischchen gesetzt und einen ersten Blick auf die andere Seite geworfen, als er sie sah: Eva, mit dem Rücken zu ihm sitzend, und „ihn", der Eva gegenüber an der Wand saß.

Johannes Bohlender konnte von den beiden unmöglich bemerkt worden sein, denn der Nebeneingang von dem Seitengässchen her konnte von der Hauptstraße gegenüber nicht eingesehen werden.

Nein, das ist unmöglich. Wie perfide, dachte Johannes Bohlender, während er das Paar beobachtete. Geistesabwesend bestellte er einen „café noir" bei der Bedienung, die mittlerweile am Tisch erschienen war.

Doppelt perfide, weil der Unbekannte, „Er", genau dem Typ Mann entsprach, den Eva immer verspottet hatte als „Schönling" und den sie nie ernst nahm.

Der Mann sah irgendwie aus, als sei er ein Franzose, etwa in Evas Alter, eher etwas jünger, um die vierzig, mit längerem dunklem Haar, etwas gewellt, braungebrannt und mit interessantem Gesichtsschnitt. Ein romanisches Gesicht.

Vielleicht ein Künstler? Ein Architekt? Ein Arzt? Vielleicht auch nur ein Schwindler, auf jeden Fall aber ein Rivale.

Die Gewissheit, einen Nebenbuhler zu haben wie der besagte Gatte aus einer Feydeau-Komödie, plötzlich zu einer Vaudeville-Figur degradiert zu werden, ohne sich wehren zu können, löste in Johannes Bohlender die widersprüchlichsten Gefühle aus: Wut auf seine Frau und ihren Geliebten, Selbstekel, Scham, Ohnmacht und den Wunsch, sich zu wehren, dieser Ohnmacht ein Ende zu setzen und seinen Willen zu gebrauchen, etwas zu unternehmen, das diesem entwürdigenden Zustand von Ohnmacht, Ekel und blinder Wut ein für allemal Abhilfe schaffen würde.

Er beschloss, dass es noch heute, hier in diesem so idyllischen, romantischen, liebenswerten Städtchen eine Entscheidung geben würde.

Nur Geduld müsse er haben, nur ein klein bisschen Geduld, seine allerschwerste Übung überhaupt, denn er gehörte zur Gattung der Macher, der Entschlussfreudigen, nicht der Zögernden, Abwartenden, Besonnenen.

Am allerwenigsten gehörte er zur Gattung derer, die sich tatenlos in ihr Schicksal ergeben, sich treiben lassen, Entscheidungen aufschieben, Gottes Mühlen mahlen lassen, langsam aber gerecht.

Und Gerechtigkeit würde geschehen, er würde dafür sorgen, doch mit einem Quäntchen der notwendigen Geduld, des ein klein wenig Überlegens und Abwartens.

Eva und ihr schleimiger Schönling, ihr Gigolo, schäkerten und verhielten sich, wie Verliebte sich so verhalten. Johannes Bohlender sah nicht Evas Gesicht, da sie ihm den Rücken zudrehte, auch hatte sie heute das Haar hochgesteckt, das dunkelblonde Haar, sie trug Kleider, die er, Johannes Bohlender, noch nie an ihr gesehen hatte.

Die Erklärung für Evas Anderssein lag auf der Hand, soviel verstand er. Natürlich würde sie sich anders kleiden und anders frisieren für ein Abenteuer mit einem Liebhaber. Sie war sehr verändert, aber das waren doch Evas Gesten, ihre Art, den Kopf in den Nacken zu werfen, wenn sie lachte. Die Frau da vorne lachte oft, sie warf dabei den Kopf in den Nacken, dann saß sie regungslos, und der Schönling, so sah Johannes Bohlender, führte Evas Hand an seine Lippen, wobei er die Frau unentwegt ansah. So saß das Paar, regungslos, und schaute sich immerzu nur an. Eine Ewigkeit lang, wie es Johannes Bohlender erschien. Dann sagte der Schönling etwas, worauf die Frau wieder den Kopf zurückwarf, als lache sie laut. Bestimmt eine Anzüglichkeit, dachte der eifersüchtige Mann am Bistrotisch. Bestimmt.

Johannes Bohlender schloss wie im Reflex die Augen, dann schaute er grübelnd auf seine Hände, die leicht zitterten, er machte der Bedienung ein Zeichen, dass er zahlen wolle, und widerwillig guckte er doch zwischen den weißen gerafften

Stores des Cafés auf die andere Straßenseite. Eva und „Er“ waren verschwunden.

Panik ergriff Johannes Bohlender.

Die Bedienung kam mit der Rechnung an den Tisch, hastig warf er einen Geldschein auf die kleine Plastikschale und verließ das Café, ohne sich um das Rückgeld zu kümmern. Die junge Bedienung rief ihm verwundert hinterher: „Monsieur, votre argent“, aber er war schon verschwunden.

Wissembourg war belebt wie immer, auch unter der Woche. Johannes Bohlender schaute über die wuselnde Menge hinweg, er war ein sehr großer Mann, und dort, schon ziemlich weit vorne, bewegte sich das Paar in Richtung Rathaus. Johannes Bohlender folgte den beiden, fast hätte er vor Eile einen Kartenständer mit Hansikarten umgestoßen.

Am Touristenbüro blieben die beiden stehen, sie umarmten sich, eine Reisegruppe strömte über die Straße, wie eine Herde, mindestens 30 Leute auf einmal, und als die Gruppe sich verstreut hatte, war Eva allein. Der Mann war spurlos verschwunden.

Die Umarmung war eine Abschiedsumarmung gewesen.

Eva ging nun mit schnellen Schritten in Richtung Maison de Sel, vielleicht hatte sie dort um die Ecke, an der Lauter unten, ihr Auto abgestellt.

Johannes Bohlender folgte, er war durch das Verschwinden des Mannes mehr als irritiert, aber alles ging doch nun ganz automatisch. Seinem Willen waren, das spürte er, schon längst Grenzen gesetzt worden durch den Gang der Ereignisse. Nun blieb ihm, dem Willensmenschen, nichts übrig, als zu reagieren auf das, was sich weiter ereignen würde.

Jeglicher Gedanke an gezieltes Planen kam ihm auf einmal unnütz vor, lachhaft sogar.

Eva wollte am Maison de Sel schon nach links abbiegen, als sie kurz zögernd stehen blieb.

Sie wird mich doch nicht bemerkt haben, durchzuckte es Johannes Bohlender.

Eva änderte die Richtung und ging geradeaus, anstatt abzubiegen. Sie ging zielstrebig und gar nicht mehr zögerlich auf die Kirche Pierre et Paul zu.

Sie liebte diese Kirche, wie Johannes Bohlender wusste, und sie ließ keinen Besuch des Städtchens Wissembourg verstreichen, ohne eine Kerze anzuzünden. Sie war nicht religiös, aber sie hatte einen kleinen Hang zum Mystischen. Und nun hast du auch noch Grund, für deine Untreue Abbitte zu leisten, meine Liebe, dachte Johannes Bohlender.

„Hast du zur Nacht gebetet, Desdemona?" Diese Zeilen aus „Othello" fielen Johannes Bohlender ein. Sie hatten dieses Shakespearestück damals im Englischunterricht gelesen, und er hatte über den eifersüchtigen Toren Othello gespottet.

Johannes Bohlender wusste auf einmal, was er tun würde. Der planende Othello in ihm war zu neuem Leben erwacht. Schluss mit dem Sich-Treiben-Lassen, Schluss mit der Unentschlossenheit, Schluss damit, sich weiter zum Spielball des Schicksals machen zu lassen.

Er, Johannes Bohlender, war ein Mann der Tat.

Keine Menschenseele war mehr in der dunklen Kirche, bald würde sie verschlossen werden.

Nur dort vorne in der Kirchenbank, Eva, kniend sogar. Das war untypisch für Eva, die sich sonst nur mit dem Kerzenanzünden begnügte. Sie war ja nicht religiös. Aber sie hatte Grund, reuig zu knien.

„Hast du zur Nacht gebetet, Desdemona?"

Johannes Bohlender war hinter die Kniende getreten, ja, Eva, ihr hochgestecktes Haar, die Kleidung, die er nicht kannte, für „Ihn" gekauft, die Frau vom Café gegenüber, die hübsche Frau, seine Frau. Zwei kräftige Hände umschlossen den Hals der Knienden, die Hochsteckfrisur war überaus praktisch.

Als Johannes Bohlender losließ und der leblose Körper am Boden lag, sah er zum ersten Mal Evas Gesicht.

Doch es war nicht Evas Gesicht. Die Tote war nicht Eva. Vor ihm lag eine Unbekannte. Eine Doppelgängerin seiner Frau.

Schlafwandlerisch langsam verließ Johannes Bohlender die dunkle Kirche, unbemerkt.

Als er zu Hause ankam, übrigens genau zu der Zeit, zu der er immer und jeden Tag vom Geschäft heimkam, als er müde die Tür aufschloss, kam ihm lachend Eva entgegen, ihr Haar offen wie immer, in ihrer „Haustracht“, wie sie es nannte, in Jeans, einem T-Shirt, mit Turnschuhen.

„Du siehst abgespannt aus“, sagte sie besorgt. „Ärger im Geschäft?“

Und dann fügte sie hinzu, ihn schelmisch von der Seite ansehend.

„Gut, dass du den dummen Brief nicht ernst genommen hast. Das war nur so eine Marotte von mir. Ich wollte testen, ob du eifersüchtig werden kannst. Gut, dass du nicht in Wissembourg warst. Ich weiß, dass du mich auch liebst, ohne eifersüchtig zu sein.“

Eva war erstaunt, dass ihr Mann wortlos in sein Zimmer ging.

Wolfgang Ohler

Sartre, Vidocq und der Mord in der Metro

Brassai hielt den Kopf gesenkt und verbarg das Gesicht hinter dem hochgestellten Mantelkragen. Er hielt sich dicht an den Wänden, mied jedoch die Seite mit den Werbeplakaten, die die Blicke auf sich zogen. Wie ein Schatten bewegte er sich über Gänge und Treppen, ließ sich in dem Menschenstrom treiben, wich dabei jeder Berührung aus, als könne schon dies eine Spur hinterlassen. Als sich die Menge an einer Biegung staute, nutzte er das Gedränge, um den grauen Hut, den er bereits zuvor vom Kopf genommen hatte, zu Boden fallen zu lassen.

Dann hatte er die Rolltreppe erreicht. Während sie ihn nach oben trug, drehte er sich um und schaute zum Tunnel zurück, aus dessen weißem Neonschlund die Menschen auftauchten. Seine Sinne waren bis zum Äußersten angespannt. Er hätte es sofort bemerkt, wenn der Strom dort unten Strudel gebildet, wenn die Hast eines Verfolgers das Gleichmaß aufgebrochen oder Rufe das monotone Geräusch der Stimmen und Schritte übertönt hätten. Doch der Aufruhr blieb aus, niemand war hinter ihm her, keiner beachtete ihn. Er war in Sicherheit, vorläufig zumindest. Er schlüpfte aus dem grauen Trenchcoat und rollte ihn, bis die Treppe ihn am oberen Absatz ablud, zu einem Bündel zusammen. Aus der Jacke, die unter dem Mantel zum Vorschein gekommen war, zog er eine Plastiktüte, in die er das Kleidungsstück verschwinden ließ. Ein paar Schritte später warf er den Packen in den Abfallcontainer am Ausgang der Metrostation. Alles geschah ohne Hast und unauffällig, wie er es geplant hatte.

Als Brassai ins Freie trat, schlug ihm der Lärm der Straße entgegen. Für einen Tag im späten Oktober war die Luft erstaunlich mild. Das Tageslicht zog sich bereits aus der Häuserschlucht auf die Dächer zurück. Einzelne Fahrzeuge hatten die Scheinwerfer eingeschaltet. Der grau verhangene Himmel sah nach Regen aus. Am Kiosk deckte der Verkäufer die ausgelegten Zeitungen mit einer Folie ab und schaute dabei immer wieder nach oben, als sei er den Passanten eine Erklärung für sein Verhalten schuldig. Die Skala über dem Stationsschild sprang auf 17.28 Uhr.

All dies registrierte Brassai: Auf diese Weise hielt er die Gedanken unter Kontrolle und zwang sich, in seiner Aufmerksamkeit nicht einen Augenblick nachzulassen. Auch jetzt, da die innere Spannung abebbte und einem Gefühl der Erleichterung Platz machte, durfte er keinen Fehler begehen.

Als die Ampel grün zeigte, überquerte er die Fahrbahn. Auf der anderen Straßenseite verengte ein Bauzaun das Trottoir bis auf einen schmalen Steg. Brassai ging die Bretterwand entlang, auf die „Vive l‘anarchie" gesprüht war. Bevor der Zaun auf die Häuserfassade traf, wich er einer Telefonzelle aus, die er in einem Karree umlief. Hinter der Kabine, mit dem Rücken zum Holzzaun, eine Bank. Da die Fußgänger durch Hinweise beiderseits der Baustelle aufgefordert wurden, den gegenüberliegenden Gehweg zu benutzen, kam kaum jemand an dem kleinen Platz mit der Telefonzelle vorbei.

Auf diese Nische war Brassai gestoßen, als er die nähere Umgebung der Metrostation ausgekundschaftet hatte: für seine Zwecke wie geschaffen. Aus diesem versteckten Winkel konnte man durch die Lücke zwischen Zelle und Zaunecke hindurch den Eingang zur Metro auf der Straßenseite gegenüber beobachten, ohne selbst gesehen zu werden.

Wie erwartet fand er die Stelle verlassen vor. Dreck und Abfall hatten sich angesammelt. Hinter der Palisade alles ruhig. Brassai wischte über die Lehne der Bank und setzte sich. Aus der Innentasche der Jacke griff er ein Päckchen Zigaretten, schüttelte mit einer lockeren Bewegung des Handgelenks eine hervor und zog sie mit den Lippen heraus. Er schützte die Flamme des Feuerzeugs mit der Hand, obwohl in dem Versteck kein Lufthauch zu spüren war. Tief atmete er die ersten Züge ein und ließ den Rauch durch die Nase ausströmen.

Als er die Sirene hörte, schaute er auf seine Uhr. Er hatte gut geschätzt: knapp zehn Minuten. Die erste Panik, das Entsetzen, dann der Alarm, der dichte Verkehr um diese Zeit, schneller war es nicht zu schaffen. Noch einmal wurde das schrille Geräusch schwächer und näherte sich dann rasch. Bevor das

Fahrzeug in Sicht kam, eilte ihm der blaue Schein voraus und flackerte über die Schatten der Häuser. Ein Einsatzwagen der Schutzpolizei, stellte Brassai mit Genugtuung fest, keiner der schnellen Citroëns der Kripo.

Im selben Augenblick bemerkte er die Gestalt, die den kurzen Stau genutzt hatte, um die Straße zu überqueren und plötzlich am Fahrbahnrand auftauchte: ein Mann, der auf die Telefonzelle zueilte und darin verschwand. Lange wird er sich nicht darin aufhalten, dachte Brassai und war mit seinen Gedanken schon wieder in der Metro. Am Vormittag hatte er den Anschluss überprüft: Die Leitung war tot. Drüben scharten sich ein paar Passanten um den Eingang, in dem die drei Flics verschwunden waren.

Der Mann in der Zelle ließ sich Zeit. Durch die verdreckte Scheibe zeichneten sich die Umrisse der Gestalt ab, die jetzt reglos verharrte. Brassai stutzte und beugte sich vor, um herauszufinden, was sich in der Kabine tat. Im nächsten Moment erkannte er dicht hinter dem Glas ein Gesicht, das zu ihm herüberschaute. Wie ein Stromstoß durchzuckte es ihn: Er wurde beobachtet!

Der Blickkontakt dauerte eine Sekunde, nicht länger, dann zog sich das Gesicht hinter der blinden Scheibe zurück. Brassai überlegte fieberhaft. Konnte es sein, dass er entdeckt war? Oder bildete er sich die Gefahr ein? Es war doch bisher alles nach Plan verlaufen. Sprungbereit wartete er und ließ die Kabine nicht aus den Augen.

Die Tür öffnete sich und der Unbekannte trat heraus. Als er sich umdrehte und humpelnd auf die Bank zukam, hatte ihn Brassai mit einem Blick taxiert: Ein großer, kräftiger Mann von über 60 Jahren, der sich beim Gehen auf einen Stock stützte, bekleidet mit einer abgewetzten Kordhose und einem Parka, auf dem Kopf eine Baskenmütze. Das von einem grauen Vollbart umrahmte Gesicht blickte freundlich und zeigte ein verlegenes Lächeln. Brassai atmete auf. Das war kein Polizist, auch kein Agent, das sagte ihm seine Spürnase. Wahrscheinlich wollte der Alte seine Hilfe, weil er mit dem Telefon nicht zurechtkam.

Der Unbekannte nickte Brassai zu und nahm am anderen

Ende der Bank Platz. Erst nach einer Weile wandte er sich an seinen Nachbarn und deutete mit dem Stock auf die Telefonzelle.

„Funktioniert nicht. Aber meinen Euro gibt er nicht wieder raus. Da kann man nichts machen. Ich muss mir doch ein Handy zulegen."

Der Mann sprach verständlich, jedoch mit grobem Akzent. Ein Ausländer der Aussprache nach, Brite oder Niederländer. Nein, von dem drohte wahrhaftig keine Gefahr, der war harmlos. Vielleicht bringt seine Gegenwart sogar einen Vorteil: Zwei Männer auf der Bank gegenüber der Station wirken unauffälliger als ein Beobachter allein.

Brassai bemerkte, dass er das Mundstück der Zigarette zerbissen hatte und schmeckte den bitteren Tabak auf der Zunge. Ärgerlich warf er die Zigarette zu Boden, trat sie mit dem Schuh aus und spuckte die Tabakkrümel hinterher. Er schaute hinüber zur Metro, wo gerade die Feuerwehr eintraf. Noch immer keine Kripo, gut so. Männer mit Gerätschaft sprangen aus dem Fahrzeug und wurden von dem Eingang verschluckt. Er beneidete sie nicht um ihre Arbeit. Während er beobachtete, was drüben vor sich ging, hatte er aus dem Augenwinkel das andere Ende der Bank unter Kontrolle.

Der Mann mit der Baskenmütze saß ruhig auf seinem Platz und schaute ebenfalls interessiert hinüber.

„Schrecklich, was so alles passiert."

Er hatte es vor sich hin gesagt, als rede er zu sich selbst. Brassai blieb stumm.

„Die arme Frau."

Auch diese Bemerkung fiel beiläufig, und es dauerte einen Herzschlag lang, bis Brassai begriffen hatte. Er saß wie gelähmt, und die Gedanken wirbelten durch sein Hirn.

Die arme Frau! Er weiß also Bescheid, der Alte. Er muss dort unten gewesen sein, als es passierte. Er hat alles gesehen. Nein, das war doch nicht möglich! Wie sollte ihm das Hinkebein so rasch gefolgt sein? Vielleicht hatte er nur darüber sprechen gehört, drüben am Ausgang. Vom Zeitungsmann, der war wohl schon informiert. So kann es gewesen sein. Du siehst Gespenster! Mach dich nicht verrückt! Aber wieso war er hier, der Alte? Wer war dieser Mann?

Mit einem Ruck drehte Brassai sich zu ihm hin. Da saß er, das kranke Bein von sich gestreckt, spähte er hinüber zu dem blauen Licht. Dann schüttelte er den Kopf und schaute Brassai an. Müde war dieses Gesicht, ein wenig verwundert wirkten die Augen, die seinem Blick standhielten. Da blitzte keine Entschlossenheit, lauerte keine List, von Feindschaft keine Spur. Brassai war ratlos. Er musste herausfinden, was es mit der Bemerkung auf sich hatte. Er griff nach einer neuen Zigarette. Einen Augenblick zögerte er und hielt dann die blaue Packung dem anderen hinüber. Der Fremde lehnte dankend ab, nein, er rauche nicht, schon lange nicht mehr. Brassai deutete mit der brennenden Zigarette.

„Was ist mit der Frau?"

„Tot. Unter den Zug gekommen."

Langsam blies Brassai den blauen Rauch in einer dünnen, steilen Fahne in die dämmrige Luft.

„Schrecklich, diese Unfälle. Man liest in letzter Zeit oft davon."

Unwillkürlich hielt er den Atem an.

„Es war kein Unfall."

Brassai hörte es und umklammerte mit beiden Händen die vordere Kante der Sitzfläche. Aufspringen wollte er, nur fort von diesem Teufel, dem Hinkefuß mit der sanften Stimme und dem harten Akzent, der sein Spiel mit ihm trieb, denn das war ihm jetzt klar: Das konnte kein Zufall sein! Oder sollte er sich auf ihn stürzen, ihm das Maul stopfen? Aber als er in die ruhigen, bedächtigen Augen sah, wurde er wiederum unsicher. Gab es doch eine harmlose Erklärung? Würde der Alte sich denn zu ihm setzen, hier in diese verlassene Ecke, wenn er alles wüsste?

„Also ein Selbstmord?"

Wieder schüttelte der Alte den Kopf.

„Nein, kein Selbstmord. Mord! Ein kaltblütiger Mord."

Nun hatte er sie, seine Gewissheit: Der Alte hatte alles beobachtet. Dies war die neue Lage, und er musste damit fertig werden. War die Falle bereits zugeschnappt?

Brassai schaute sich um. Niemand in der Nähe, nichts Verdächtiges. Auch auf der anderen Straßenseite die Situation unverändert. Und der Alte seelenruhig auf seinem Platz, als wäre nicht das Geringste vorgefallen, als plaudere er über das Wetter.

„Doch, diese Frau ist kaltblütig ermordet worden", wiederholte er, als müsse er seinen Banknachbarn überzeugen.

„Woher wissen Sie das?"

„Ich habe es gesehen. Mit meinen eigenen Augen. Ich war dabei."

„Sie wollen gesehen haben, wie man dort unten eine Frau umgebracht hat? In der Metro?"

„So ist es. Ich habe gegenüber gestanden, auf der anderen Seite, als sie vor den einfahrenden Zug gestoßen worden ist. Entsetzlich."

„Haben Sie es der Polizei gemeldet?"

Der Mann mit der Baskenmütze schaute Brassei offen ins Gesicht. Dann strich er sich durch den grauen Bart.

„Nein, habe ich nicht. Sonst wäre ich nicht hier."

Brassai blieb ruhig und beherrscht. Er musste einen klaren Kopf behalten. Dies war kein Traum, sondern Wirklichkeit. Also hatte alles einen Sinn, eine Erklärung. Noch war ihm rätselhaft, worauf der Alte hinauswollte. Er musste mitspielen, auf ihn eingehen. Aber er würde auf der Hut sein, sich nicht überrumpeln lassen.

„Wie meinen Sie das? Weshalb haben Sie sich der Polizei nicht zur Verfügung gestellt?"

Wieder zeigte der Krückstock hinüber zur Metro.

„Sehen Sie, jetzt tragen sie den Zinksarg hinunter. Viel wird von ihr nicht übriggeblieben sein. Aber um ihre Frage zu beantworten: Ich wollte mit Ihnen sprechen, das liegt doch auf der Hand."

Brassai hielt dem Blick stand.

„Mit mir?"

„Ja, mit Ihnen. Mit dem Mörder."

„Das soll ein Scherz sein!"

„Ich kann verstehen, dass Sie so reagieren. Aber glauben Sie mir: Ich bluffe nicht. Ich weiß so gut wie Sie, was dort unten vorgefallen ist. Es wird dunkel und bald regnen, ich spür's in meinem Bein. Deshalb möchte ich gleich zur Sache kommen. Ich will Ihnen etwas zeigen, das Sie überzeugen wird. Ich habe es unter meiner Jacke. Ich werde sie jetzt öffnen und langsam hineingreifen. Tun Sie nichts Unüberlegtes! Ich bin kein Polizist und trage keine Waffe."

Brassai saß sprungbereit und ließ den Mann mit der Baskenmütze keine Sekunde aus den Augen.

„Ich wüsste nicht, was das sein soll, es interessiert mich auch nicht. Natürlich können Sie tun und lassen was Sie wollen, aber verschonen Sie mich mit Ihrem Geschwätz und dem geheimnisvollen Gehabe. Damit können Sie mir nicht imponieren."

Der Mann öffnete vorsichtig den Reißverschluss. Die Hand verschwand in der Jacke und kam langsam, unendlich langsam wieder zum Vorschein; die behutsame Bewegung schien kein Ende zu nehmen; es war die Zeremonie eines Zauberers, der das Publikum in seinen Bann zieht, es empfänglich macht für die Magie und gefügig für den fremden Willen. Brassai biss die Zähne aufeinander. Seine Kiefermuskeln zuckten. Auf den ersten Blick erkannte er das Bündel, das der andere einen Moment noch in der Hand wog, als wollte er das Gewicht abschätzen, um es dann sorgsam, als sei der Inhalt zerbrechlich, auf die Bank zu legen. Es war die Tüte mit dem grauen Mantel.

Die Tüte mit dem grauen Mantel. Wie ein Rad kreiste dieser Gedanke in seinem Kopf, dass ihn schwindelte. Er war so bestürzt, dass er zu keiner weiteren Überlegung fähig war: die Tüte mit seinem grauen Mantel. Dann vernahm er, wie die bedächtige Stimme zu ihm sprach.

„Fragen Sie jetzt nicht, was das ist und was das alles soll. Sagen Sie gar nichts, sondern hören Sie zu. Ich will es Ihnen erklären. Ich habe gesehen, wie die Frau unter den Zug gekommen ist. Und ich bin mir fast sicher, dass ich als einziger Augenzeuge weiß, dass sie weder gestürzt noch gesprungen ist, sondern von dem Mann im grauen Mantel dicht hinter ihr gestoßen wurde. Ich stand, wie gesagt, auf der Seite gegenüber und habe die Szene sofort aus den Augen verloren, da mir die Bahn die Sicht genommen hat. Ich habe mir gedacht, dass Sie, der Mörder, zum Ausgang eilen würden, und habe das Gleiche getan, so schnell es mir möglich war."

Der Erzähler hielt inne und betrachtete nachdenklich den Krückstock.

„Meine Hüfte macht mir zu schaffen, besonders bei diesem Wetter, aber wenn es drauf ankommt, bin ich recht flink auf meinen drei Beinen. Und dieses Mal ist es drauf angekommen. Ich musste Sie einholen. Ich hatte wohl den kürzeren Weg, denn als ich auf der Rolltreppe stand, da entdeckte ich Sie unter mir, wie Sie gerade den Mantel ausgezogen haben. Von da an ist es ein Kinderspiel gewesen, Ihnen zu folgen."

Brassai gestand sich ein, dass er den Alten unterschätzt hatte. Aber beging der nicht gerade denselben Fehler? Oder sah der Fremde nicht die Gefahr? Hatte er am Ende noch einen Trumpf in der Hand, den er nicht, noch nicht ausspielte?

„Sie haben eine blühende Phantasie, Monsieur. Ich gebe zu, ich war da unten, als der Unfall passiert ist, und ich habe auch Grund, mit einer so lästigen Sache nicht behelligt zu werden. Sie wissen: polizeiliche Ermittlungen, Zeugenvernehmung und all diese Unannehmlichkeiten. Ich leugne nicht, dass ich direkt hinter der Frau gestanden bin, als es geschehen ist. Instinktiv habe ich noch versucht, sie zurückzuhalten. Diese Reaktion haben Sie aus Ihrer Sicht wohl falsch gedeutet. Alles andere ist barer Unsinn. Wie wollen Sie etwas beweisen? Mit diesem Paket? Das ist doch lächerlich."

Der Mann mit der Baskenmütze seufzte tief.

„Sie verstehen mich falsch. Gar nichts will ich beweisen und niemanden überzeugen, glauben Sie mir. Wir sind hier nicht vor dem Tribunal de Grande Instance und nicht bei der Sûreté. Wir sitzen auf einer Bank in der Dämmerung mitten in Paris. Keiner beachtet uns, niemand hört uns zu. Sie können mit mir reden, wie zu sich selbst. Oder, falls Sie Katholik sind, wie zu Ihrem Beichtvater."

Brassai lachte laut auf.

„Sie sind nicht bei Trost. Selbst wenn ich der Mörder wäre: Nennen Sie mir einen vernünftigen Grund, weshalb ich mich ausgerechnet Ihnen anvertrauen soll, und nennen Sie mir einen weiteren Grund, weshalb ich Sie, den angeblich einzigen Tatzeugen, nicht gleichfalls umbringe, um meine Haut zu retten. Mit meiner Pistole oder mit einem Dolch, welche ich Ihrer Ansicht nach unter der Achsel oder im Ärmel trage, wie sich das für einen Mörder gehört. Würde sich ein solcher Gangster in aller Ruhe beschuldigen lassen, oder was würde er tun? Das frage ich Sie!"

„Nun beruhigen Sie sich, mein Freund. Wir kommen der Sache näher. Es soll mir Recht sein, wenn Sie den Mörder vorläufig nur als Rolle akzeptieren, die Sie uns beiden vorspielen. Ich will Ihnen sagen, weshalb Sie sich so und nicht anders verhalten und weshalb Sie solche Geduld mit mir haben. Weil Sie kein gewöhnlicher, alltäglicher Verbrecher sind, der eine günstige Gelegenheit zum Morden ergreift oder gar aus Hass, Eifersucht oder derart banalen Motiven tötet. Ich vermute, Sie sind ein Profi, der die Gefahr liebt und sie deshalb zu seinem Geschäft gemacht hat. Einer, der die Risiken sorgsam abwägt wie ein Unternehmer, der sich zu einer gewagten Investition entschließt. Ein solcher Geschäftsmann handelt nicht unüberlegt. Deshalb warten Sie ab. Sie brauchen Klarheit über mich und über Ihre Lage. Sie müssen herausfinden, was ich über Sie weiß, was ich von Ihnen will und vor allem wie ich Sie entdeckt habe. Erst dann werden Sie sich entscheiden. Sie haben keine Eile mehr: Jetzt arbeitet die Zeit für Sie, denn die Dunkelheit wird Ihre Flucht oder ein neues Verbrechen begünstigen."

Die bedächtigen Augen blickten plötzlich entschlossen. Blitzschnell hatte der Krückstock die Hand gewechselt und schlug zwischen den beiden Männern auf die Bank.

„Allerdings fühle ich mich Ihnen nicht wehrlos ausgeliefert. Ohne Waffe stehen Ihre Chancen gegen mich nicht besonders gut, auch wenn ich doppelt so alt sein mag wie Sie. Und ich gehe jede Wette ein, dass Sie nicht bewaffnet sind. Das wäre zu riskant. Man macht sich nicht mit einem grauen Mantel und unter einem grauen Hut unsichtbar, um im Falle einer Kontrolle mit einer Pistole oder einem Stilett aufzufallen. Nein, ich schätze Sie schon richtig ein: Sie benutzen unauffälligere Waffen; Sie töten mit der U-Bahn, mit dem Wasser der Seine oder in einem Fahrstuhlschacht. Eine echte Waffe in der Hand, das wäre Ihnen auch zu primitiv. Ich sage es noch einmal: Sie sind kein impulsiver Mörder im Affekt. Sie begehen Ihre Tat überlegt, nach Plan, ja, nach philosophischem Kalkül. Und deshalb ..."

Der Fremde brach mitten im Satz ab. Zum ersten Mal, seit er sich zu Brassai gesetzt hatte, wurden sie gestört. Ein schwarzer Straßenkehrer mit einer bunten Wollmütze auf dem Kopf schob seine Karre auf dem schmalen Trottoir heran. Er hielt an und sah in den Abfallkorb neben der Telefonzelle. Erst jetzt bemerkte er die beiden auf der Bank. Er stutzte, schulterte wieder seinen Besen und zog weiter.

Als sei er der Ertappte, nicht ich, dachte Brassai, als der Alte so plötzlich verstummt war. Noch immer wurde er aus diesem Menschen voller Widersprüche nicht klug. Schon die Sprache, diese altmodische, wichtigtuerische Ausdrucksweise, die im Gegensatz zum holprigen Akzent stand. Dann dieses Hinkebein, das schneller gewesen war als er. Und nun dieser treffende Scharfsinn und zugleich der fast rührende Versuch, den Killer neben sich mit der Krücke einzuschüchtern. Es gibt zwei Erklärungen für dieses sonderbare Verhalten, sagte sich Brassai: Der Alte ist einer dieser geschwätzigen Intellektuellen, die für jedes Abenteuer dankbar sind und es schick finden, mit einem Verbrecher zu plaudern. Oder er hat die wahnwitzige Idee, seine zufällige Beobachtung zu nutzen und ihn, den Täter, zu erpressen. Eine unmittelbare Bedrohung sah er in ihm nicht mehr. Dafür war der Zeitpunkt verpasst. Soeben waren die Polizisten zu ihrem Fahrzeug zurückgekehrt und fuhren davon. Der Alte hat ganz Recht: Die Zeit arbeitet für mich, dachte Brassai und schaute auf die Uhr. Eine halbe Stunde war seit dem Vorfall vergangen. Er konnte sich in aller Ruhe diesem Schwätzer widmen.

„Nun sagen Sie endlich: Was wollen Sie von mir?"

Der Mann mit der Baskenmütze schien zu überlegen.

„Lassen Sie mir ein wenig Zeit. Ich kann das nicht mit zwei Worten erklären. Zunächst möchte ich ein Missverständnis vermeiden. Mein Interesse an Ihnen und Ihrer Tat ist rein berufsmäßig; denn auch mein Geschäft, so kann man sagen, ist oder besser war das Verbrechen. Wenn ich von einem außergewöhnlichen Mord spreche, so ist das eine nüchterne, kriminologische Bewertung. Verstehen Sie mich also nicht falsch: Ich bewundere Sie deshalb nicht, sondern verabscheue Sie, wie ich bisher jeden Mörder, mit dem ich zu tun hatte, verabscheut habe. Ich will auch nicht verheimlichen, dass ich Sie wegen dieses brutalen Verbrechens zur Rechenschaft ziehen werde."

Wieder zuckte es Brassai in den Fäusten. Es kostete ihn seine ganze Beherrschung, ruhig sitzenzubleiben. Nur zu gerne hätte er dieses Großmaul gestopft.

„Sie nehmen den Mund ganz schön voll. Wenn ich tatsächlich der Killer wäre, für den Sie mich halten, würde ich mir Ihre Frechheiten kaum bieten lassen."

„Ich habe bereits gesagt, dass ich auf Ihre Vernunft baue. Sie sind ein intelligenter Mensch, das merkt man an der Art, wie Sie reden. Sie sollen endlich wissen, mit wem Sie es zu tun haben. Dann werden Sie mich verstehen und eher bereit sein, über sich selbst zu sprechen."

Also doch ein Erpresser. Brassai zündete sich eine neue Zigarette an. Was sonst könnte er damit meinen, auch sein Geschäft sei das Verbrechen, und er werde ihn zur Rechenschaft ziehen. Aber auch ein Spinner und Dilettant, so wie er es anstellte. Also abwarten. Mit dem würde er fertig werden. Brassai nahm einen tiefen Zug und blies den Rauch zu seinem Banknachbarn hinüber. Dieser machte mit der Krücke eine abwehrende Bewegung.

„Ich bin Deutscher. Das werden Sie an meiner Aussprache gemerkt haben. Ich stamme aus einer kleinen Stadt dicht hinter der Grenze, die man in Frankreich Deux-Ponts nennt. Auch die Gegend, die Pfalz, hat einen französischen Namen: Palatina; und wegen der Nähe zur französischen Grenze haben uns die Nachbarn früher „Pfalzfranzosen" beschimpft. Ja, diese Grenze: Sie ist oft über unsere Stadt hinweggegangen, ebenso oft haben wir sie in der anderen Richtung überrannt. Mein Vater hat oft gesagt, wir könnten ohne Mühe über diese Grenze spucken, ebenso wie die dort auf der anderen Seite. Und tatsächlich haben wir uns gegenseitig bespuckt. Er, mein Vater, war in der Lorraine geboren: ein Malgré-nous, wie man die Lothringer nannte, die in die deutsche Uniform gezwungen worden sind. Von ihm habe ich schon als Kind Französisch gelernt.

Nun aber zu uns beiden. Ich bin Richter gewesen, Strafrichter, bis man mich vor vier Jahren pensioniert hat. Das meine ich, wenn ich von einem berufsmäßigen Interesse an Ihrem Geschäft, dem Mord, spreche. Jetzt werden Sie auch die Bemerkung verstehen, dass ich Sie zur Rechenschaft ziehen werde. Ich will mir ein Urteil über Sie bilden und dann über Sie richten, nicht mehr und nicht weniger. Im Grunde habe ich auch früher nichts anderes getan: mit Verbrechern, denen ich im Gerichtssaal begegnet bin, über deren Schandtaten geredet und dann ein Urteil gesprochen. Weiter hatte ich mit der Sache nichts zu tun. Was danach kam, ist nicht mehr meine Aufgabe gewesen. So könnten wir es auch heute handhaben."

„Wie meinen Sie das: Wir könnten es ebenso handhaben?"

„Das ist doch nicht schwer zu verstehen, lieber Freund. Mein Vorschlag lautet, dass Sie mir den Mord gestehen und zwar in allen Einzelheiten: Was Sie dazu veranlasst hat, Ihre Motive also; wer war das Opfer, in welcher Beziehung standen Sie zu dieser Frau, steht ein Auftraggeber dahinter, der Sie bezahlt, und so weiter. Danach werde ich das Urteil über Sie sprechen."

Doch ein Verrückter, schoss es Brassai durch den Kopf, ein Wahnsinniger! Nicht bloß ein Trottel, kein alter, gutmütiger Narr, der seinen Mitmenschen mit seinen Launen auf die Nerven geht. Und solche Verrückte sind unberechenbar. Also Vorsicht. Andererseits hat es den Vorteil, dass man einem solchen Idioten kein Wort glaubt. Jetzt passt alles zusammen. Aber wie sich diesem Irren gegenüber verhalten?

Die gelben Neonlampen über der Fahrbahn schalteten sich ein und drängten den Rest Tageslicht aus der Straßenschlucht gegen den Himmel. Die Dämmerung ließ die Gestalt mit der Krücke größer, fast bedrohlich erscheinen. Brassai entschloss sich, auf das Spiel des Verrückten einzugehen.

„Gut, Sie sind also der Richter, ich bin der Killer. Ein weiterer

Anlass, Ihnen den Schädel einzuschlagen, meinen Sie nicht? Sind wir beide in diesen Rollen nicht zwangsläufig Todfeinde? Nennen Sie mich also nicht Ihren lieben Freund!"

„Das mit der Feindschaft muss nicht unbedingt sein. Es gibt, wie so oft im Leben, zwei Möglichkeiten. Wenn der Richter den Täter verurteilt, so gibt er ihm die Chance, sein Verbrechen zu sühnen. Er ist also sein Freund. Das Urteil unterbricht den Kreis des Bösen und der Gewalt. Das ist der Sinn der Strafjustiz, in Ihrem wie in meinem Land: Der Zirkel aus Gewalt und Gegengewalt und immer so fort wird zerbrochen, die Kette von Tod und Vergeltung, von Täter, Opfer und Rache wird zerrissen. Das Urteil ist ein Symbol. Es bedeutet Frieden."

„Jetzt reden Sie wie ein Pfaffe. Aber Sie sprachen von zwei Möglichkeiten."

„Ich will ehrlich sein: Ich glaube nicht mehr an diese Symbolik. Sie ist eine schöne Idee, ebenso wie die Vorstellung, dass die Strafe die verletzte Gerechtigkeit wieder heile. Oder umgekehrt, dass das ungesühnte Verbrechen in der Gerechtigkeit eine bleibende Wunde hinterlässt, die bis in alle Ewigkeit schmerzt. Das ist Unsinn, Gott sei Dank. Denn von der Gerechtigkeit bliebe sonst kein Stückchen übrig, und die Schmerzen wären unerträglich. Unser Strafrecht funktioniert vielmehr ganz und gar unpathetisch: Durch die Verurteilung des einen Mörders wird ein Exempel statuiert, damit der Bürger an die Geltung des Gesetzes glaubt und pariert, auch wenn zehn andere Morde unentdeckt bleiben."

Wenn man ihn so reden hört, dachte Brassai, macht er einen vernünftigen Eindruck. Vielleicht werde ich ihn am besten los, wenn ich auf ihn eingehe.

„Wenn das so ist, mein lieber Richter, dann muss Ihnen der eingebildete Mord in der Metro kein Kopfzerbrechen machen. Niemand außer uns beiden weiß davon, und es gibt genug andere Verbrechen, an denen dem Bürger das Gesetz demonstriert werden kann. Die Angelegenheit soll unter uns bleiben, wie Sie selbst sagen, und der Frau ist ohnehin nicht mehr zu helfen. Wenn ich Ihnen damit einen Gefallen tue und unser Gespräch dann zu Ende ist, so sollen Sie Ihr Geständnis haben.

Also hören Sie: Ich habe es getan. Zufrieden? Ich muss jetzt gehen und rate Ihnen, nicht alleine in dieser toten Ecke zurückzubleiben. Es wimmelt in dieser Gegend von zwielichtigen Gestalten und Gaunern. Au revoir. Das heißt, es ist wohl besser, wir begegnen uns nicht wieder."

Als Brassai sich erheben wollte, erhielt er einen gewaltigen Schlag vor die Brust, der ihn zurück auf die Bank warf und ihm den Atem nahm. Der stechende Schmerz und die fassungslose Wut ließen ihn aufbrüllen. Doch bevor er sich auf den Alten stürzen konnte, traf ihn ein zweiter Stoß gegen den Hals, der seinen Kopf wie von einer Keule getroffen nach vorne schleuderte und den Schrei zu einem Gurgeln erstickte. Die vorbeihuschenden Lichter der Straße verschmolzen in einer lautlosen, gelbroten Explosion, die mit einer stechenden Flamme in sein Hirn drang und alles auslöschte.

Als Brassai wieder zu sich kam, regte sich zuerst der Instinkt, einer tödlichen, direkt über ihm lauernden Gefahr ausgeliefert zu sein. Er zog die Beine an den Körper und versuchte, sich zur Seite zu wälzen, weg aus diesem drohenden, dröhnenden Schatten. Vergeblich, etwas hielt ihn an seinem Platz fest. Da erst spürte er den bohrenden Schmerz in der Brust und die würgende Klammer um seinen Hals. Die Schwärze um ihn her lichtete sich, die gelben und roten Punkte waren wieder da und tanzten vor seinen Augen. Brassai hatte Erfahrung mit solchen misslichen Lagen. Unter Aufbieten seines ganzen Willens zwang er das Bewusstsein zurück. Der Schleier zerriss, und er erkannte den Boulevard mit dem vorbeifließenden Lichterstrom. Nach weiteren qualvollen Sekunden erinnerte er sich, was geschehen war. Der Fremde!

Brassai drehte sich zur Seite und fühlte erst jetzt, dass seine Arme nach hinten über die Lehne gebogen waren und sich nicht bewegen ließen. Er war an die Bank gefesselt! Die Klammer um seinen Hals erlaubte nur ein knappes Drehen des Kopfes. Da saß er, der verrückte Teufel, und sah ihn mit einem Blick an, der vorwurfsvoll und zugleich besorgt war.

Brassai schloss die Augen. Nein, das durfte nicht wahr sein. Er hatte sich überrumpeln lassen, von einem alten, irren Krüppel. Nur einen Gedanken lang hatte er nicht auf die Krücke geachtet. Und nun war er in der Gewalt dieses Wahnsinnigen, der sich für einen rächenden Gott hielt. Wie lange seine Ohnmacht wohl gedauert hatte?

Der Mann neben ihm schien diese Gedanken zu erraten.

„Sie waren nur kurze Zeit bewusstlos, einige Sekunden, nicht länger. Tut mir leid, dass ich Gewalt anwenden musste. Aber Sie ließen mir keine andere Wahl, denn ich bin mit Ihnen noch nicht fertig. Und ich hatte Sie gewarnt. Ich hoffe, ich habe Ihnen keine Rippe gebrochen. Der Stoß gegen die Halsschlagader ist nicht weiter schlimm. Den Schock haben Sie in einigen Minuten überwunden. Dann können Sie wieder sprechen und den Kopf bewegen."

Brassai fühlte, wie seine Kräfte zurückkehrten. Er bäumte sich auf und stemmte den ganzen Körper gegen den Widerstand, der seine Arme hinter dem Rücken festhielt. Der Schmerz drohte, die Brust zu zersprengen und ließ ihn auf die Bank sinken. Mit einem Fluch gab er auf. Doch statt der Worte kam ein heiseres Röcheln aus der malträtierten Kehle.

„Hat keinen Zweck. Lassen Sie das. Gegen meine Knebelkette kommen Sie nicht an; die hält fest wie ein Paar Handschellen. Man muss auf alles vorbereitet sein, wenn man sich für Menschen Ihres Schlags interessiert. Früher war das einfacher für mich. Da konnte ich im Sessel sitzen, und man hat mir die Verbrecher vorgeführt. Heute muss ich sie mir selbst suchen. Das bringt einige Gefahren mit sich."

Hilflos hörte Brassai dem Fremden zu. In seinem Kopf ballte sich ein einziger Gedanke, der so mächtig wurde, dass er das Dröhnen und Pochen in den Schläfen zurückdrängte. Er würde es diesem Krüppel heimzahlen, ihn notfalls mit bloßen Händen erwürgen oder ihm mit dem Schlagring in seiner Tasche den arroganten Schädel spalten. Seine ohnmächtige Wut trieb ihm die Tränen in die Augen.

Die ersten dicken Tropfen fielen vom Himmel. Brassai wandte sein Gesicht nach oben, dem kühlenden Regen zu. Es war nicht der dünne, graue Herbstniesel, sondern ein spärlicher, milder Schauer, wie er im frühen Mai fällt. Der Fremde mit der Krücke schlug den Kragen hoch und rückte näher heran.

„Das Wetter soll uns nicht weiter stören. Es wird Ihnen helfen, einen klaren Kopf zu bekommen, den werden Sie brauchen. Ich setze mich neben Sie, dann können Sie flüstern, bis die Stimme wieder funktioniert. Doch es reicht, wenn Sie zunächst zuhören.

Sie haben nach der zweiten Möglichkeit gefragt, nach der Alternative zu der Idee der Aussöhnung des Verbrechers mit seinem Richter: Das ist die dunkle, unheimliche Seite der Strafjustiz. Sie haben sicherlich schon überlegt, ob ich verrückt bin. Ich gestehe Ihnen zu, dass einiges für diese Annahme spricht. Was Ihnen so sonderbar erscheint, ist jedoch nichts weiter als eben diese andere Art der Begegnung zwischen Richter und Mörder, der ich auf der Spur bin."

Der alte Richter beugte sich zu Brassai herüber. Besorgt schaute er nach oben in die Dunkelheit, aus der die Regentropfen dichter herabfielen. Brassais schwarzes Haar hing bereits in nassen Strähnen in die Stirn. Der Fremde erhob sich.

„Sie sind mein Gefangener, also muss ich für Sie sorgen."

Er packte den grauen Trenchcoat aus der Tüte und legte ihn Brassai um die Schultern.

„Als ich Sie dort unten in der Metro beobachtet habe, war mir sofort klar, dass dies die Chance war, auf die ich gewartet habe. Ich habe geahnt, dass wir beide gemeinsam hinter das Geheimnis kommen können. Welches Geheimnis, werden Sie fragen. Nun, ich habe davon gesprochen, dass ich Abscheu gegenüber dem Mörder und seiner Tat empfinde. Jeder anständige Bürger tut das, meinen Sie nicht? Ich behaupte jedoch, dass diese Abscheu mehr ist, als nur Empörung über das Urverbrechen der Menschheit und über den Gesetzesverstoß: nämlich auch verdrängtes Verlangen, es dem Verbrecher gleich zu tun. Ein Psychoanalytiker würde sagen: Unsere Abscheu hat die Funktion des neurotischen Symptoms. Ich möchte Sie nicht mit Theorien langweilen, sondern die Zusammenhänge an einem Beispiel erläutern. Die heimliche Lust am Töten, die verdrängte Sehnsucht des Bürgers, den Mörder nachzuahmen, sie äußert sich nach spektakulären Verbrechen in dem Aufschrei nach der Todesstrafe, die in meiner Heimat vor sechzig Jahren abgeschafft worden ist, und die Ihr Präsident, der schneidige Herr Sarkozy, gerade wieder eingeführt hat. Und so wird sich hier in Frankreich nun bald wieder der Kreis schließen: Der Tat des Mörders folgt die Tat des Richters, und beide befriedigen damit die gleiche Lust am Töten."

Der Regen hörte so plötzlich auf, als habe man eine Dusche abgestellt. Es ist ein Albtraum, dachte Brassai, dies hat nichts mit der Realität zu tun. Die Zaunnische hatte sich von der übrigen Welt gelöst und schwebte mit der Bank und den beiden Männern irgendwo im Universum. Das wirkliche Leben spielte sich jenseits der Telefonzelle in der Milchstraße der Neonlampen ab. Wie im Schlaf vernahm Brassai die Geräusche, die aus der wachen Welt herüberdrangen. Die Stimme an seinem Ohr gehörte dagegen in diesen bösen Traum, aus dem er sich nicht befreien konnte.

„Früher, als der Scharfrichter selbst noch hinrichten durfte und die Bürgerschaft an diesem Schauspiel teilnahm, hat man die Lust am Töten hemmungslos ausgelebt. Mord, Inquisition, Todesurteil und Vollstreckung waren eine blutige Orgie. Man kann sich den Kreislauf des Bösen ausmalen: Der auf frischer Tat gefasste Mörder, dem das Blut seines Opfers an den Händen klebt, wird gefoltert, verstümmelt, verurteilt und von einer blutrünstigen Meute gerichtet, die sich an ihrer Rache so berauscht, dass aus ihr neue Mörder hervorgehen, die töten, um sich hinrichten zu lassen."

Der Erzähler beugte sich vor und schaute Brassai ins Gesicht, als wollte er sich vergewissern, dass man ihm zuhörte.

„Selbst Sie als Mörder werden einwenden, dass heute in der zivilisierten Welt solche Massaker nicht mehr geschehen oder zumindest auf den fernen Schauplatz eines exotischen Krieges begrenzt bleiben. Aber stimmt das denn? Wir haben zwar eine Menge Barrieren errichtet, um dem Strafprozess die Spontaneität der Rache zu nehmen und um Richter und Mörder einander zu entfremden. Abstände hat man geschaffen zwischen dem Verurteilten, der durch eine sterile Maschinerie direkt vom Leben zum Tode befördert wird, und seinem Richter, der zum Zeitpunkt der tödlichen Injektion durch die Giftspritze gar nicht mehr an sein Urteil denkt, sondern beim Kaffee sitzt und die Zeitung liest. Abstand aber vor allem zu dem Opfer, das längst verscharrt und vergessen ist. Und dennoch bleibt es derselbe Kreislauf von Gewalt und Tod: Der Mörder bringt sein Opfer um, der Richter bringt den Mörder um, und dessen letzter Gedanke ist die Rache. Richtet, auf dass ihr gerichtet werdet!"

Zusehends ereiferte sich der alte Richter. Seine Rede war laut und lebhaft geworden, gelegentlich suchte er nach Worten. Er gestikulierte, als spreche er zu einer großen Zuhörerschaft, schien Ort und Zeit vergessen zu haben, auch den Mann neben sich, der ihn hilflos hasste.

Brassai spürte, dass seine gefesselten Arme gefühllos wurden. Wie spät es wohl war? Wie lange schon saß er auf dieser Bank? Eine Stunde, zwei Stunden? Die Ereignisse und seine vorübergehende Bewusstlosigkeit hatten ihm das Gefühl für die Zeit verlieren lassen. Er musste das Geschwätz des alten Irren unterbrechen. Leise, mit schmerzender Stimme begann er zu sprechen.

„Was soll das alles? Wie lange halten Sie mich noch fest?"

„Was das soll? Sie enttäuschen mich. Gerade habe ich es Ihnen doch erklärt. Wir beide, Sie und ich, führen den komplizierten und nicht mehr überschaubaren Prozess auf seinen festen Kern zurück. Wir halten die große Zentrifuge der Gerechtigkeitsmaschine an, die den Zusammenhang zerstört, die das Ganze auseinanderbricht in seine Atome, die bunten Farben des Spektrums auflöst, die Musik in einzelne Töne zersplittert, alles Wichtige zerteilt und die Bruchstücke an den Rand schleudert. Wir beide halten den Wirbel an, der alles durcheinander wirft, bis man die Orientierung verloren hat, die Teile fallen ins Zentrum zurück, finden zueinander und ergeben wieder das ursprünglich Ganze. Spüren Sie es denn nicht: Diese Bank mit dem Mörder und seinem Richter, dort drüben das Opfer, das ist das Paradies des Tötens, der Gewalt und der Rache, des Richtens und der Vergeltung, aus dem uns unsere Kultur und Zivilisation vertrieben haben in die Hölle der seelenlosen Gerichtssäle, der anonymen Prozesse und sterilen Strafvollstreckung. Hier ist der Ort und die Stunde der Wahrheit!"

Brassai zerrte wild an den Fesseln. Erst jetzt wurde ihm die tödliche Gefahr klar, in der er sich befand.

„Mein Gott, Sie werden mich töten! Das ist es doch, worauf es hinausläuft. Sie haben die verrückte Idee, mich zu verurteilen und dann selbst das Urteil zu vollstrecken. Ihr Beruf hat Sie wahnsinnig gemacht! Merde!“

Was für ein Narr war er gewesen. Nicht er würde den Richter umbringen, dazu war gar keine Gelegenheit. Nein, der Alte würde ihn töten. Darauf hatte er es von Anfang an abgesehen. Deshalb hatte er ihn in seine Gewalt gebracht. Ich bin das Opfer, kam es Brassai in den Sinn, er ist der Mörder, am Ende bin auch ich der Verrückte, und er ist normal. Er wollte lachen, doch aus seiner Kehle kam ein gurgelndes Ächzen.

„Sie trauen mir zu, dass ich Sie töte? Gut so! Das nimmt Ihnen den Hochmut des Mörders, zu glauben, er allein entscheide über Leben und Tod. Es ist auch gut, dass jeder vor dem anderen Angst hat. Ich will Ihnen diese Angst nicht nehmen, denn ich möchte Sie nicht noch einmal überrumpeln, so wie vorhin, als Sie mich nicht ernst genommen haben. Wenn Sie sich an die Spielregeln halten, stehen Ihre Chancen nicht schlecht, Monsieur. Mir haben Sie voraus, dass Ihnen der Vorsatz, einen Menschen umzubringen, vertraut ist. Sie haben Übung im Töten. Außerdem bin ich schon immer ein Gegner der Todesstrafe gewesen. Aber dafür waren rationale Gründe ausschlaggebend, die zwischen uns beiden nicht gelten. Sie haben sicherlich bemerkt, dass diese Bank, auf der wir sitzen, nichts mit der Wirklichkeit dort drüben in der Stadt zu tun hat. Dies hier ist ein Spiel, dessen Ausgang wir nicht kennen, so wie wir als Kinder gespielt haben. Vertrauen Sie deshalb nicht auf Ihre Erfahrungen, denn sie passen nur zu der Welt dort drüben.“

Wieder wurden sie durch den Straßenkehrer gestört, der vor sich hin pfeifend die Strecke zurückschlenderte. Nahe der Telefonzelle hielt er seinen Karren an und schaute zur Bank hinüber. Etwas an den beiden Männern, von denen der eine in gekrümmter Haltung vornüber gebeugt da saß, erschien ihm auffällig. Der Ältere mit der Baskenmütze legte nun seinen Arm um den Jüngeren, der wohl betrunken war, und drohte mit der Faust herüber.

Zwei Schwule, dachte der Schwarze, ein hochgewachsener Serer aus dem Senegal, und er machte mit der Hand eine obszöne Geste zu den beiden hinüber. Dann setzte er seine Route fort.

Als Brassai den Arm um seine Schultern spürte, begann er zu reden. Es kostete ihn keinerlei Überwindung über sich und die Tat zu sprechen. Er war selbst überrascht, denn es hatte sich nichts geändert. Er fühlte die tödliche Bedrohung durch den Mann neben sich, den er hasste und dem er den Tod wünschte. Wenn er auch vieles nicht verstanden hatte, so erfasste er doch die Absurdität der Situation, und alles, was um ihn herum geschah, passte in diese absurde Szene, so wie die freundliche Umarmung. Bedenkenlos offenbarte er dem Alten sein Leben, erzählte über die früheren Verbrechen und schilderte zum Schluss die Ermordung der jungen Frau, deren Namen er nicht einmal gekannt hatte.

Der Richter hörte aufmerksam zu, ohne Brassai ein einziges Mal zu unterbrechen. Als der Erzähler zu Ende war, bat er um eine Zigarette. Der Alte griff in Brassais Jackentasche. Er fand die Schachtel und das Feuerzeug und steckte dem anderen eine Zigarette zwischen die Lippen. Die Hand, welche die kleine Flamme hielt, zitterte.

„Ich habe gewusst, dass Sie sich mir anvertrauen würden, früher oder später. Aber ich muss gestehen, dass es das schrecklichste Geständnis gewesen ist, das ich je gehört habe. Sie haben uns beiden nichts erspart. Mag sein, dass in der Provinz, in der ich zu Hause bin, sogar einem Mord noch etwas Gemütliches anhaftet."

Brassai balancierte die Zigarette im Mundwinkel und blies den Rauch durch die Nase.

„Und nun? Wie lautet Ihr Urteil?"

„Ich weiß noch nicht. Lassen Sie mir Zeit."

Der alte Richter rückte ein Stück zur Seite, als müsse er Abstand gewinnen, um überlegen zu können. Er rieb die Handflächen gegeneinander, als fröre ihn.

„Im Augenblick bin ich ratlos. Das war ich früher oft, wenn ich über ein Urteil nachdachte. Wissen Sie was: Ich will Ihnen zunächst erzählen, wie ich auf Sie und den Mord aufmerksam geworden bin. Das ist nämlich für die Beurteilung Ihres Falls nicht ohne Bedeutung, sondern macht das Bild erst vollständig und erklärt mein Interesse, ja man kann sagen: meine Kompetenz für diesen Mord. Denn es war kein Zufall, dass ich Sie beobachtet habe.

Erinnern Sie sich an die Bemerkung über die philosophische Machart Ihres Verbrechens? Das war nicht nur so dahingesagt. Ich will es Ihnen erklären. Zwei Männer haben mich auf Ihre Spur gebracht. Beide haben hier in Paris gelebt; man hat Straßen nach ihnen benannt. Der eine: Jean Paul Sartre, ein Philosoph. Sie haben sicher von ihm gehört. Nein? Nun, er starb vor knapp dreißig Jahren, am 15. April 1980. Im selben Jahr wurden Sie geboren? Sehen Sie, es passt alles zusammen. Der andere ist Vidocq, ursprünglich ein Verbrecher wie Sie, später jedoch der Begründer der Sûreté, gut und böse also in einer Person. Das war vor zweihundert Jahren. Was haben die beiden mit meinem Mord zu tun, werden Sie fragen."

Eigentlich ist jetzt alles egal, dachte Brassai. Entweder sitze ich die ganze Nacht auf der Bank neben diesem sonderbaren Menschen, der nun mehr über mich weiß als jeder andere in dieser Stadt und dem ich eben noch den Tod geschworen habe, oder ich wache plötzlich aus diesem Albtraum auf. Wenn ich nur die Fesseln los wäre.

„Haben Sie noch ein wenig Geduld, dann werde ich Sie von der Kette befreien, das verspreche ich. Es muss Sie doch interessieren, wodurch Sie sich verraten haben, trotz aller Vorsicht und Routine. Denn ich wusste bereits, dass Sie den Mord begehen würden, bevor Sie die Frau auf die Schienen gestoßen haben. Ich habe es Ihnen angesehen: Ihr Mördergesicht hat es mir gesagt.

Das wird Sie umso mehr erstaunen, als Sie bemüht gewesen sind, einer von vielen in der Menge dort unten auf dem Bahnsteig zu sein, unauffällig und grau. Damit komme ich auf diesen Sartre zurück. Er nennt den Zustand, dass man als bloßes Exemplar der menschlichen Rasse in Erscheinung tritt, unsere undifferenzierte Transzendenz; eine Gleichförmigkeit, die uns als namenlose Benutzer der U-Bahn in dem menschlichen Strom versinken lässt, der unaufhörlich und seit es die Metro gibt durch die Gänge der

Stationen dahinfließt, in einem Rhythmus, dem ich mich unterordne, der mich umgibt und mit sich nimmt. Mein eigenes Ziel erscheint nach außen hin als das Ziel aller anderen und lässt sich von deren Ziel nicht unterscheiden, auch wenn es in Wahrheit Mord und Totschlag ist. Diese Transzendenz war Ihre Tarnkappe, die Sie in der Menge unsichtbar gemacht hat. Der Rhythmus der Menschen in der Metro, von dem Sie sich haben tragen lassen, war Ihr Hinterhalt, aus dem heraus Sie die Ordnung nur einen Pulsschlag lang durchbrochen haben: als Ihre Hand aus dem Gleichmaß der Hände ausgeschert ist, die dort unten dafür vorgesehen sind, Billets zu halten, Taschen zu tragen, Türen zu öffnen, aber nicht zu töten.

Ich langweile Sie doch nicht? Geben Sie acht, jetzt erhält diese philosophische Interpretation ihre geheimnisvolle Bedeutung. Sartre, der starb, als Sie geboren wurden, erläutert diese Gedanken, die er 1943, in meinem Geburtsjahr, niedergeschrieben hat, an folgendem Beispiel: Um von der Metro-Station „Trocadéro“ nach „Sèvres-Babylone“ zu gelangen, steigt man in „La Motte-Picquet“ um, in deren Gängen man sich zu diesem Zweck in die anonyme Menge der Passanten einreiht! Zu den vielen Namenlosen, die diesem Beispiel gefolgt sind, haben heute Sie und ich gehört. Sie, um unbemerkt und unerkannt den Mord auszuführen, für den man Sie bezahlt hat. Ich, weil ich mich entschlossen habe, dem Beispiel auf den Grund zu gehen. Weil ich heute Mittag von meinem Hotel am Ende der Rue de Maubeuge mit dem Bus hinunter zum Place Trocadéro gefahren bin und dann weiter mit der U-Bahn bis „La Motte-Picquet-Grenelle“, um dort nach „Sèvres-Babylone“ umzusteigen und dabei die indifferente Transzendenz des Benutzers der Metro zu erleben. Was sagen Sie nun?“

Brassai nahm einen letzten tiefen Zug und spuckte die Kippe auf den Boden. Die Glut glomm noch einen Augenblick. Dann ertrank sie in der Nässe einer Pflasterfuge.

„Das sind Zufälle, mehr nicht. Wenn überhaupt, dann interessiert mich nur eine Frage: Wieso sind Sie auf mich aufmerksam geworden? Was war mit meinem Gesicht?“

Der alte Richter ließ sich Zeit. Er schien zu überlegen. Auf dem Boulevard hatte der Verkehr nachgelassen. Das fließende Geräusch der über den nassen Asphalt zischenden Reifen war in einen pulsierenden Rhythmus übergegangen, den die Ampel in Intervallen zum Schweigen brachte. Das Neon tauchte die Straße in dunstiges Licht, in das die Schwärze der Nacht sickerte und sich in die Risse und Klüfte der Fassaden einniste- te. Über den Dächern schwebte der Schimmer der nächtlichen Großstadt.

„Es mag widersprüchlich klingen, aber der Fluchtpunkt meiner Entdeckung war Sartres Gedanke, dass dort unten in den Katakomben, in denen sich die Menschen stauen, jeder einzelne seine Identität einbüßt. Wer dort ein Verbrechen begeht, habe ich mir gesagt, der bleibt anonym, falls es ihm gelingt, sofort wieder ein Stück dieser Menge zu werden. Es gibt keinen günstigeren Ort, um einen Menschen zu ermorden, als diesen großen Strom, wo das Opfer untergeht, ohne dass man feststellen kann, welcher Teil der Flut ihn ertränkt hat. Sie werden nicht leugnen, dass Sie so oder ähnlich überlegt haben, als Sie die Tat planten."

Der Richter schaute Brassai fragend ins Gesicht, erhielt jedoch keine Antwort.

„Nun gut. Um die Tat unbemerkt begehen zu können, haben Sie sich in die Menge der Metromenschen eingereiht. Sie waren ein durch graue Gänge wandelnder grauer Hut über einem grauen Mantel, ein grauer Mann ohne Namen und ohne Identität, haben Sie gedacht. Und doch hat Sie etwas verraten, wie gesagt: Ihr Gesicht! Das Gesicht des Mörders, das wie eine grell geschminkte Maske zwischen all dem Grau aufleuchtete; das wie ein rotes Signal den Nebel der grauen Gestalten durchdrungen hat; ein Gesicht, das vor Mordlust glühte und doch von niemandem außer mir bemerkt worden ist, denn auch die Blicke sind dort unten stumpf und grau, darauf ausgerichtet, Schilder und Hinweise, Daten und Zahlen zu lesen. Als ich dieses schreckliche Gesicht sah, wenige Meter mir gegenüber, war mir sofort klar, dass im nächsten Augenblick etwas Furchtbares passieren wird. Ich stand auf der anderen Seite wie gelähmt, habe nur dieses Gesicht gesehen und konnte nicht eingreifen. Also hat

Vidocq Recht, schoss es mir durch den Kopf. Dann die Tat, der Bann ist gebrochen. Ich nehme die Verfolgung auf. Den Rest kennen Sie."

Der Richter machte eine Pause, als wollte er seinem Zuhörer Gelegenheit geben, sich zu äußern. Doch die Bank neben ihm blieb stumm.

„Was hat dieser Vidocq mit meinem Gesicht zu tun, werden Sie fragen. Das will ich Ihnen erklären. Sie haben sicher schon gemerkt, dass ich an die Magie der Zahlen glaube: Die Welt lässt sich in Ziffern und Zeichen einfangen, diese geben Einblick in das Wesen und die Ordnung der Dinge. Also passen Sie auf: Vor exakt zweihundert Jahren hat dieser Eugène François Vidocq seine Laufbahn als Verbrecher an den Nagel gehängt und eine andere Karriere begonnen. Er gründete die Urzelle der französischen Kripo, die Sûreté. Da er aus seiner dunklen Vergangenheit die Gewohnheiten, Schlupfwinkel und Methoden der Kriminellen der Stadt kannte, hatte er als Polizist großen Erfolg. Er blieb jedoch ein Grenzgänger, dem man nie so recht traute, einer, der beide Sprachen beherrscht, die des Milieus und die der Bourgeoisie. Als er sich zur Ruhe setzte, wurde er der Freund Balzacs, der ihn animierte, über sein Leben und seine kriminalistische Arbeit zu schreiben. In einem dieser Bücher bin ich auf das Geheimnis dieses erstaunlichen Verbrecherpolizisten gestoßen. Er hatte angeblich einen magischen Blick für das Kriminelle, konnte auf der Straße und im Gerichtssaal immer wieder Täter identifizieren und dadurch zur Aufklärung von Straftaten beitragen. Solche Erfolge beruhten in erster Linie auf seinem trainierten Personengedächtnis. Sie müssen sich vorstellen, dass es damals keine Fotografie, keine Daktyloskopie und erst recht keine DNA-Analyse gegeben hat, also kein verlässliches Mittel der Identifizierung. Die ganze Stadt ein Meer der Anonymität. Vidocq und seine Mitarbeiter waren deshalb darauf angewiesen, dem Verbrecher, wenn er ertappt war, ins Gesicht zu sehen, sich dieses Gesicht einzuprägen, um es bei späterer Gelegenheit wiederzuerkennen. Das Archiv der tausend Verbrechervisagen existierte nur in Vidocqs Kopf. In jenem Buch hat er beschrieben, wie er diese Sammlung bewältigen konnte: Er hat die Gesichter auf bestimmte auffällige Merkmale zurückgeführt und sie nach einem Schema in sein Gedächtnis eingeordnet. Ein Soziologe würde sagen, er reduzierte die Komplexität des Gesichtsuniversums der Stadt auf die Systeme der Hakennasen, verkrüppelten Ohren, Schielaugen, entstellenden Narben und eingeschlagenen Zähne. In dieses grobe Raster teilte er seine Kunden ein und sortierte sie in der Verbrecherkartei in seinem Kopf. Sie zum Beispiel ..."

Der Richter unterbrach sich und schaute Brassai prüfend ins bleiche, von dunklen Haarsträhnen halb verdeckte Gesicht.

„Sie zum Beispiel hätte er sich unter den Kennzeichen Boxernase und Raubtiergebiss gemerkt, mich anhand der hohen, intelligenten Stirn und meines Hinkebeins. Die Natur des Menschen und die Natur seiner Gesellschaft kamen dieser Art des Registrierens entgegen: Die Entstellten, Hässlichen, Aussätzigen, die Narbengesichter, wie sie Eugène Sue in „Die Geheimnisse von Paris" beschrieben hat, wurden mit Vorliebe in die Kriminalität verstoßen und dort von Vidocq aufgestöbert, gemerkt und später identifiziert.

Soviel zur rationalen Seite, die der gute Vidocq der Verbrechervisage abgewonnen hat. Zum Ende jener Abhandlung bin ich auf eine Anmerkung gestoßen, die mich mehr fasziniert hat als der ganze wissenschaftliche Teil. Dort schreibt Vidocq, er habe im Verlauf der Jahre hinter dem Gesicht des Verbrechers das Gesicht des Verbrechens entdeckt. Zuerst dachte ich, auf einen Vorläufer der deterministischen Lehre Lombrosos über kriminelle Veranlagung gestoßen zu sein, die geglaubt hat, die verbrecherische Neigung an der Physiognomie des Menschen ablesen zu können. Aber etwas ganz anderes war gemeint: Vidocq schildert dort einige Fälle, bei denen das Gesicht des Täters den bösen Vorsatz verraten habe. Da ist die Rede von der Visage des Verbrechens, die durch die kriminelle Energie geprägt gewesen sei, von dem Glanz der Mordlust in den Augen, ja, von einer tollwütigen Arroganz des Bösen, die die Gesichter gezeichnet habe. Die Mordgedanken, so Vidocq, seien diesen Tätern auf die Stirn geschrieben gewesen. Er berichtet, wie er dem Auge des Verbrechens in den Kaschemmen und Gassen begegnet ist, den Menschen, der diese verräterische Maske zur Schau trug, verhaftet hat und sich die Tat wirklich aufklären ließ."

Atemlos hielt der Richter inne. Zuletzt hatte er wieder zu sich selbst gesprochen und schien seinen Zuhörer neben sich vergessen zu haben. Er beugte sich nach vorne und schaute Brassai, dessen Kopf noch tiefer gesunken war, ins Gesicht. Entschuldigend bemerkte er, dass er zum Ende komme und die Marter bald überstanden sei.

„Ich nehme an, Sie können ermessen, was diese bisher unbeachtete Beobachtung bedeutet. Dagegen sind Vidocqs sonstige Leistungen, über die man noch heute mit Anerkennung spricht, biederes kriminalistisches Handwerk, so wie alle nachfolgenden Bemühungen, den Straftäter zu identifizieren. Wer Augen im Kopf und ein merkfähiges Gedächtnis hat, kann es ihm gleichtun. Einer seiner Schüler namens Bertillon, ein langweiliger Buchhaltertyp, ist noch einen Schritt weitergegangen: Er hat die festgenommenen Verbrecher exakt vermessen und aus den Maßen ein Erkennungsbild zusammengestellt. Aufzeichnen, messen, vergleichen, katalogisieren und selbst die moderne Fotometrie: Darin erschöpft sich seither die Kunst der Kriminalisten, zu denen auch wir Richter gehören. Mit echter Kunst hat dieses Datensammeln jedoch tatsächlich nichts, aber auch gar nichts zu tun. Im Gegenteil: Es nimmt den Zahlen ihren Zauber, und man überlässt es deshalb besser den Computern, falls man nicht völlig darauf verzichten kann. Genial dagegen die Entdeckung, dass das Urverbrechen selbst eine unverwechselbare Identität, ein Gesicht hat, das Erkennen solcher Gesichter, wahrhaftig eine im hohen Maße künstlerische Leistung. Nun könnte man zweifeln, ob Vidocqs Intuition nicht eine nüchterne Erklärung findet. Aber dagegen wehre ich mich. Ich glaube ihm, wenn er detailliert ein solches Mordgesicht beschreibt, und ich weiß aus eigener Erfahrung, dass es dieses Auge des Verbrechens gibt. Dass ich Sie dort unten beobachtet habe, war das letzte Experiment, das mich bestärkt hat."

Brassai gab sich keine Mühe mehr, all das zu verstehen. Mehrmals war der Richter in eine andere Sprache verfallen, wohl die seines Landes, und hatte sich besinnen müssen, dass er einen Zuhörer hatte. Schon lange schaute Brassai auch nicht mehr zur Straße hinüber. Er hatte eine Haltung eingenommen, bei der er den Druck der Fessel weniger spürte. Dennoch war das taube Gefühl die Arme hinauf in Schultern und Rücken gekrochen und drang allmählich ins Gehirn vor. Überrascht stellte er fest, dass Hass und Wut einer müden Gleichgültigkeit wichen, eine Art innere Erschöpfung seinen Willen lähmte.

Der Redeschwall schwächte seine Widerstandskraft wie ein langsam wirkendes Gift. Und dennoch werde ich ihn töten, dachte er, auch wenn ich es nicht mehr fertigbringen sollte, ihn zu hassen. Da fiel ihm ein, dass er bisher noch niemals aus Hass getötet hatte und seine Opfer ihm stets gleichgültig gewesen waren; weshalb sollte es diesmal anders sein. Bei diesem Gedanken lachte er kurz auf. Irritiert stockte der Richter in seinem Vortrag.

„Glauben Sie mir, es ist so, wie ich gesagt habe: Die meisten Mörder, die vor mir gestanden haben, waren armselige Kreaturen, die ihr Unglück nicht fassen konnten, die in einem einzigen Augenblick ihres unauffälligen Daseins über sich hinaus gewachsen sind und ihr eigenes Leben ebenso zerstört haben wie das des Opfers. Doch es gab Ausnahmen. Das waren die Mörder Ihres Schlags, die ihr Verbrechen mit kalter Leidenschaft begangen haben, nicht weil sie durch die Umstände dazu getrieben worden sind. Ganz selten habe ich es in der Verhandlung erlebt, dass solche Angeklagten bei der Schilderung der Tat noch einmal von dem Geschehen überwältigt wurden, dass das Böse wieder Macht über sie bekam, die Hände sich verkrampften, als würden sie zupacken. In solchen Momenten habe auch ich in die Fratze des Mordes geblickt, gezeichnet von der dunklen, unheimlichen Energie, die von einem Besitz ergreift, wenn man diesen Verrat am Leben begeht. Wenn einen dieser Größenwahn gepackt hat. Kain, Judas und Raskolnik hatten bestimmt solche Gesichter. Aber auch Sie, als Sie dort unten lauerten, um die Frau vor den Zug zu stoßen: Da waren Sie ein solcher Raskolnik, und die Arroganz Ihrer bösen Seele leuchtete bis zu mir herüber. Deshalb gebe ich Vidocq Recht:

Es existiert wirklich, das Auge des Verbrechens. Es hat Sie, den Verräter, verraten! Es ist der Beweis Ihrer Schuld. Sie gehören zu den hochmütigen Mördern, die sich anmaßen, Herr über Leben und Tod zu sein!"

Der alte Richter stand auf. Steif stützte er sich auf seine Krücke. Als er vor Brassai trat und dem beleuchteten Boulevard den Rücken zukehrte, fiel sein Schatten auf den Mann auf der Bank. Gegen das Licht der Straße hob sich die Gestalt schwarz und mächtig ab.

„Ich habe meine Entscheidung getroffen. Im Namen des Volkes verurteile ich Sie wegen Mordes zum Tode."

Brassai hörte die Worte, als würden sie aus großer Entfernung gesprochen werden. Er dachte nicht an Gegenwehr und fühlte sich müde und erschöpft. Er ließ den Kopf vornüber sinken und wartete, dass etwas geschehen würde. Dann bemerkte er, dass das Neonlicht auf ihn fiel, und hörte die Stimme neben sich. Der Alte hatte sich wieder zu ihm auf die Bank gesetzt.

„Sie sind frei. Ich habe die Fesseln gelöst. Sie können gehen."

Es dauerte eine Weile, bis Brassai begriffen hatte. Vorsichtig bewegte er die Arme. Sie waren gefühllos, so dass er nicht gespürt hatte, dass die Kette abgenommen worden war. Mit Mühe gelang es ihm, die schmerzenden Arme über die Lehne zu heben. Er kreuzte sie vor der Brust und umfasste mit den Händen die steifen Schultern. Langsam und prüfend bewegte er die erstarrten Gelenke. Noch immer fiel es ihm schwer, einen klaren Gedanken zu fassen.

„Lassen Sie sich Zeit. Es wird einige Minuten dauern, bis Sie sich richtig bewegen können. Dann sollten Sie gehen. Wir sind fertig miteinander. Es ist vorbei."

Um die Handgelenke zogen sich die tiefen Abdrücke der Kette. Brassai ballte die Fäuste und öffnete sie. Er bog die Schultern zurück und achtete auf den Schmerz in der Brust. Es kam ihm vor, als wache er allmählich aus einem schweren Schlaf auf. Mit beiden Händen fuhr er sich über das Gesicht, das feucht vom Regen war. Jetzt fiel es ihm wieder ein: Töten wollte er diesen Mann, der neben ihm auf der Bank saß. Wie lange war es her, dass er sich das vorgenommen hatte?

Der alte Richter rückte ein Stück von ihm ab.

„Wir können nicht über unseren Schatten springen. Und doch versuchen wir es immer wieder. Ich habe geglaubt, ein derart ungeheuerliches Verbrechen selbst richten zu können. Einmal wollte ich erleben, was es heißt, nicht bloß zu verurteilen, sondern auch mit eigener Hand Vergeltung zu üben. Ich hätte es mir denken können, dass ich nicht fähig bin, Sie zu töten. Ja, geradezu absurd erscheint es mir jetzt. Wie ein Kind habe ich mich benommen. Um vergelten zu können, reicht es nicht aus, die Macht dazu in den Händen zu haben. Diese Erfahrung habe ich schon damals in der schwarzen Robe gemacht. Denn der Sinn der Rache ist es, das Leid besser zu ertragen, das einem zugefügt worden ist. Vergeltung und Rache leben vom Schmerz, und daran hat der Richter nicht teil. Für ihn ist die Verurteilung nur ein Vorwand. Heute habe ich den Schmerz zwar gefühlt, dort unten, als ich zusehen musste, wie die Frau gestorben ist. Jetzt ist mir auch kein Gesetz und keine Autorität im Weg, um die Vergeltung zu verhindern. Aber dennoch bringe ich es nicht fertig, das Opfer an Ihnen zu rächen. Vielleicht habe ich zu lange darüber geredet."

Brassai spürte, dass die Kraft in seine Muskeln zurückkehrte. Er stand auf und ließ den Richter nicht aus den Augen. Seine Hand glitt in die Tasche und die Finger schlossen sich fest um die Rillen des Schlagrings. Der Alte schaute zu Brassai auf. Er hatte die Arme vor der Brust verschränkt. Die Krücke lehnte neben ihm an der Bank.

„Bevor Sie gehen, möchte ich Ihnen noch etwas sagen. Es soll ein kleiner Trost für die Unannehmlichkeiten sein, die Sie mit mir hatten. Sehen Sie: Auch wenn das Urteil nicht vollstreckt wird, so hat es doch seine Bedeutung. Es ist ein Kainsmal. Wie Sie ist auch Kain verurteilt, aber nicht bestraft worden. Das Urteil, das ich über Sie gefällt habe, soll Sie beschützen: Wer Kain erschlägt – das wird siebenfach gerächt werden; und der Herr machte ein Zeichen an Kain, dass niemand, der ihn fände, ihn töten solle."

Brassai sah auf den Richter hinab und lächelte. Die Finger krampften sich um den Stahl in der Tasche, bis die Kante schmerzhaft in die Hand schnitt. Ja, es war ein absurdes Spiel, da hatte der Alte Recht, und nach seinen absurden Spielregeln werde ich es zu Ende spielen, dachte Brassai.

Als er die Ecke des Zaunes erreicht hatte, schaute er zurück. Der alte Richter saß still auf der Bank, als würde er schlafen. Mit raschen Schritten überquerte Brassai den Boulevard de Grenelle und schlug die Richtung zur Seine ein. Auf dieser Seite der Straße sah man das rote Auge an der Spitze des Turms, das über der nächtlichen Stadt glühte.

Lilo Beil

Die Mutprobe

Das alles ist nun etwa 40 Jahre her, aber mir ist, als sei es gestern geschehen.

Es war höchste Zeit. Der Zug aus Mannheim würde schon angekommen sein. Und da stand er auch schon, der freche Onkel, zwischen zwei Koffern, und er rief über die Köpfe der Leute weg, dass es über den Bahnsteig hallte: „Na, da seid ihr ja endlich, habt ihr noch schnell ein Vaterunser beten müssen, bevor der Gottseibeiuns aus der Großstadt in den Vatikan eingelassen wird?"

Die Reisenden schauten komisch, wir waren aber an die Lästerreden unseres Onkels gewöhnt, der eine Woche lang die „südpfälzische Einöde" unsicher machen würde, wie er sich auszudrücken beliebte.

„Oh, die Frau Päpstin hat ein neues Dirndl, sehr schick", sagte er zu meiner Mutter und dann, ohne sich um die Umstehenden auch nur einen Deut zu scheren: „Habt ihr wieder mal den Opferstock geplündert?" Meine Mutter, die mit ihrer neuen, weißen Bluse (Marke Woco) und dem Dirndl wirklich eine sehr ansehnliche Pfarrfrau abgab, wurde über und über rot und nestelte an ihrem im Nacken zu einem Knoten geschlungenen dunklen Haar herum.

Es gibt Situationen, in denen man wünschte, der Erdboden täte sich auf und man dürfte versinken.

Der Onkel aber setzte eine Unschuldsmiene auf, nahm die beiden Koffer hoch, stellte sie in unser Leiterwägelchen, das wir mitgebracht hatten (es war das Jahr 1959 und wir waren ein Haushalt ohne Auto), und dann rief er zu meinem Vater hinüber, laut und ungeniert: „Ich hoffe doch, Euer Merkwürden hat schon etwas Abendmahlswein vom Sonntag kalt gestellt, und Taufkuchen oder Hochzeitstorte gibt es bestimmt auch noch? Ich bin ja nicht hierher gekommen, um wie der heilige Hieronymus oder irgendein anderer komischer Heiliger in der Wüste zu darben."

Mein Vater, der auf die Scherze des Onkels einging, des

Onkels, der vor nichts und niemandem Ehrfurcht hatte, sagte humorig: „Nein, Abendmahlswein gibt es nicht, für dich haben wir himmlisches Manna reserviert. Da kannst du frohlocken."

Meine Schwester und ich, neun und zwölf Jahre alt, wurden jetzt erst vom Onkel bemerkt. Kinder waren ihm etwas lästig.

„Na, ihr zwei Unschulden vom Lande, hat man euch noch nicht ins Nonnenkloster gesteckt? Ihr kriegt doch nie einen Mann ab, spindeldürr wie ihr seid!"

Dann setzte der Onkel noch eins drauf. Zum Vater gewandt, sagte er etwas leiser, denn die Adenauer-Ära war prüde und Oswalt Kolle hatte 1959 die Menschen noch nicht aufgeklärt: „Ein paar Pornohefte hast du mir bestimmt schon besorgt, wie soll ich das sonst hier eine Woche lang aushalten in dieser Einöde?" Wir Kinder verstanden eigentlich nicht, was der Onkel meinte. Wir kannten Fix- und Foxi-Hefte und Mickymaus-Hefte, die lasen wir immer bei den Freundinnen, wir kannten den heldenhaften Sigurd, das lasen die Buben, und den Petzi, Pingo und Pelle gab es in der „RHEINPFALZ" als Fortsetzung.

Den Porno aber kannten wir nicht.

Es war gut, dass die Mannheimer Tante nicht mitgekommen war, sie hätte dem Onkel die Leviten gelesen. Zumindest zum Schein. Der Onkel seufzte: „Irgendwie werd ich es schon überstehen, aber bei euch hier im Zulu-Kral passiert ja nie was."

Wenn er wüsste, was ich weiß, dachte ich bei mir, und ich beschloss, mein Tagebuch noch besser zu hüten. Zum Glück hatte es einen kleinen goldenen Schlüssel.

Und hier ist der Inhalt meines Tagebuchs aus dem Jahr 1959:

SONNTAG, den 6. April

Heute weihe ich endlich mein neues rotes Tagebuch ein, das ich schon am 11. Januar zum Geburtstag bekommen habe.

Was Komisches ist passiert, ich verstehe es nicht so richtig, aber ich versuche, es richtig zu beschreiben.

Gestern, am Samstag, war es zuerst ein wenig langweilig. Wir mussten den Gartenzaun streichen, und Marianne und ich bespritzten uns zwischendurch mit Farbe; das war lustig. Nur Mama war nicht begeistert, doch zum Glück gibt es Persil. Dann haben wir uns einen Bananenshake gemacht im neuen Starmix, das ist der letzte Schrei.

Danach mussten wir die Straße kehren, wie das jeden Samstag so ist.

Straßenkehren macht Spaß, denn einige nette Jungs wissen genau, dass ich jeden Samstagnachmittag die Straße kehre, und da haben sie auch zufällig um diese Zeit immer was zu tun in unserer Straße.

So geht die Zeit rum wie nichts. Nach dem Straßenkehren mussten wir Muttertagssträuße verkaufen für das Müttergenesungswerk. Bei Trautmanns bekamen wir Frankfurter Kranz und einen roten Zuckerosterhasen. Frau Trautmann gibt uns immer was; sie sieht aber krank aus.

Marianne hatte wieder eine von ihren tollen Ideen. Sie schlug vor, eine Mutprobe zu machen.

Die Mutprobe bestand darin, dass ich – weil ich die Ältere bin – eine halbe Stunde auf dem Friedhof aushalten sollte, sie 20 Minuten. Nicht hinter der Kirchhofmauer versteckt, sondern mitten zwischen den Zypressen und Grabsteinen.

Zuerst wollte ich die Mutprobe abwehren, doch dann wollte ich doch nicht kneifen.

Wir gingen um 8 Uhr ins Bett, sprachen unser Nachtgebet, die Mutter gab uns einen Gutenachtkuss, wir stellten uns müde und „schliefen ein“, um 9 Uhr hüpften wir putzmunter aus unseren Betten und schlichen uns in den Garten, am Studierzimmer des Vaters vorbei – er übte gerade an seiner Sonntagspredigt und deklamierte etwas von Heuchlern und Sündern und „unschuldigen Kindlein“ (wir fühlten uns nicht betroffen).

Die Mutter bügelte gerade den schwarzen Talar und das Beffchen und die Altardecke, die Küchentür stand halb offen, aber sie bemerkte uns nicht. Wir „schliefen ja fest“.

Die Gartenwege waren mondbeschienen, es roch nach Buchs, nach Tulpen und Narzissen.

Gegenüber dem Garten, durch einen kleinen Weg getrennt,

liegt der Friedhof. Marianne passte auf, dass ich nicht schummelte.

„Geh weiter, du Feigling. In die Mitte."

Sie hatte den großen Blechwecker dabei, um die Zeit zu kontrollieren. Ich hockte schon so ungefähr 10 Minuten hinter einem hohen, ganz alten und windschiefen Grabstein, die Zeit schien stehen zu bleiben, als ich Stimmen hörte. Ein Getuschel. Ich hielt den Atem an. Die Toten kommen aus den Gräbern, dachte ich nur, die Gespenster kommen, um mich zu holen. Es waren keine Geister, sondern eine Frau und ein Mann. Sie blieben jetzt drüben unter den Zypressen stehen.

Ein Liebespaar. Es wurde interessant.

Meine Mutprobe wurde interessant und leichter, ich war nicht mehr allein auf dem gruseligen Friedhof, und ich pfiff auf alle Gespenster.

Ich erkannte jetzt den Mann, ich erkannte seine tiefe Stimme. Es war der Bauer Trautmann. Seine Frau hatte uns am Nachmittag den Zuckerhasen und den Kuchen geschenkt.

Aber die Frau war nicht seine Frau. Es war nicht Frau Trautmann, sondern die Magd, Carola. Sie war jung und hübsch, der Bauer aber schon uralt, so Ende dreißig.

Sie schäkerten herum und dann sagte er: „Hast du die Tropfen?"

Das war komisch. Ich verstand nichts.

„Ja, ich war in der Stadt vorhin, der Karl hat mich mitgenommen auf seiner Vespa.

„Gut. Ab heute läuft's."

„Ja, ... aber da knistert was, komm, lass uns verschwinden."

„Bis morgen zur gleichen Zeit hier."

Ich bin vor Angst fast gestorben, aber sie haben mich nicht bemerkt. Die Zeit war um, meine Schwester rief leise vom Gartentürchen her. Dann war die Reihe an ihr. Ich habe ihr keinen Ton gesagt von dem Liebespaar. Dann sind wir ins Bett gegangen, unbemerkt von den Eltern. Der Talar und das Beffchen hingen gebrauchsfertig und gebügelt an der Garderobe im Flur, der Vater war in seiner Deklamation gerade bei „Sodom und Gomorrha", bei „Pech und Schwefel" angelangt.

Am Sonntagabend, also heute, habe ich es geschafft, hinter den Zypressen zu sein. Marianne war früh eingeschlafen, morgen ist Schule. Das Liebespaar war pünktlich da. Sie haben geknutscht. Ich lerne viel. Dann hat sie gesagt, die Carola: „Nächsten Samstag wissen wir mehr.“

Das war alles, mehr habe ich nicht verstanden.

12. April
Heute Abend sind die zwei nicht zum Kirchhof gekommen. Waren wohl verhindert.

Aber ich hab meinen ersten Liebesbrief bekommen, von ... ? Wird nicht verraten.

19. April
Eine Woche ist vergangen. Heute habe ich Glück gehabt. Sie waren wieder da, haben aber nichts geredet, nur das andere. Meine Eltern haben gesagt, Frau Trautmann sei sehr krank. Wir haben ihr ein paar Blumen gebracht, sie hat sich gefreut. Sie ist ganz blass.

26. April
Heute waren die zwei nicht da.

27. April
Heute habe ich wieder Glück gehabt. Sie haben sich auch unterhalten. Alles konnte ich nicht verstehen, sie sprachen zu leise.

Am Schluss hat die Carola gesagt: „Lang kann's nicht mehr dauern.“

Wir haben heute Maibowle gemacht, die war gut.

30. April
Frau Trautmann ist tot. Keiner war verwundert, aber ein bisschen jung ist sie schon gewesen, obwohl sie älter aussah. Der alte Doktor Berghoff hat gesagt, sie hat zu viel gearbeitet für ihre kränkliche Verfassung. Es war eine Herzschwäche.

Ich muss immer an die Tropfen denken, von denen die Carola gesprochen hat.

Schade, die Frau Trautmann war immer lieb zu uns gewesen und hat immer eine Kleinigkeit gehabt für uns.

Die Leute sagen, es gibt im Herbst eine Hochzeit. Die Carola und der Herr Trautmann. Ein wenig bald nach der Beerdigung, aber die Trautmann-Kinder brauchen eine Mutter und der Hof eine Bäuerin.

So wird es schon recht sein, sagen die Leute, und der Bauer ist fromm und geht jeden Sonntag in die Kirche. Er hat eine Extrabank für seine Familie. Mit Samtpolstern.

28. Juni

Morgen kommt der Onkel aus Mannheim. Da wird es wieder Stimmung geben.

Wenn er uns Kinder auch nicht leiden kann, seine Sprüche sind irgendwie klasse.

Sonst passiert bei uns doch nicht viel.

Das mit den Tropfen ist mein Geheimnis.

Ich glaube aber, mein Tagebuch sollte ich besser gut abschließen.

Walter Landin

Der Tag, an dem Erwin von der Vergangenheit eingeholt wurde

Montag, 16. Juni 2008

1

Wie erst jetzt bekannt wurde, verstarb am Dienstag der vergangenen Woche im Alter von 98 Jahren Dr. Wilhelm Frank. Dr. Frank wurde am 30. April 1910 in unserer Gemeinde geboren. Bis 1945 wirkte er als Arzt in Frankenthal. Anschließend wanderte er nach Uruguay aus, wo er sehr erfolgreich eine chirurgische Klinik leitete. Er blieb jedoch seiner Heimatgemeinde durch großzügige Spenden stets verbunden. So wäre der Bau unserer Festhalle, die 1969 in seiner Anwesenheit eingeweiht wurde, ohne seine tatkräftige Unterstützung nicht möglich gewesen. 1982 wurde er zum Ehrenbürger ernannt. Am kommenden Sonntag findet in der katholischen Kirche ein Sterbeamt für den verdienstvollen Sohn unserer Gemeinde statt. Dem Gemeinderat liegt ein Antrag vor, die Untergasse in Dr.-Frank-Straße umzubenennen.

Mittwoch, 17. Dezember 1969

2

Gerd glaubte seinen Augen nicht zu trauen. Das ganze Dorf schien auf den Beinen zu sein. Auf dem breiten, mit Kastanien bestandenen Weg näherte sich Gerd der dunklen, verschworenen Gemeinschaft. Von weitem zerflossen die Schwarztöne und formten eine undurchdringliche Einheit. Der Weg war vom Schnee nur notdürftig geräumt. Der Kies knirschte unter den Schuhen.

Gerd trug seine braunen Hosen, die mit den Bügelfalten.

„Jeans? Kommt nicht in Frage!“, hatte seine Mutter am Morgen bestimmt. Den Parka hatte er sich nicht ausreden lassen.

Er stellte sich abseits. Am Eingang der Leichenhalle traten die Totengräber in ihren langen, schwarzen Umhängen von einem Fuß auf den anderen. Einer der Totengräber zog die Mütze ab und fuhr sich mit der Hand durch das schüttere Haar. Sicherlich hatten die vier Männer geflucht. Ausgerechnet jetzt, wo alles steinhart war und so viel Schnee lag. Bestimmt hatten sie den Boden mit Spitzhacken aufbrechen müssen, mühsamste Schufterei, Schaufel für Schaufel. Der einfache Holzsarg ohne ein Kreuz stand verloren in der Leichenhalle, davor ein einziger Kranz. Gerd konnte die Schrift auf der Schleife nicht entziffern.

Die Trauergemeinde. Alte Frauen, die ihre flinken Augen hinter dicken, tief in die Stirn gezogenen Kopftüchern verbargen, Greise, die sich an Gehstöcken festklammerten, Männer, die betont lässig ihre Taschenuhren aus der Westentasche zogen, während ihre Frauen unverhohlen die Aufmachung der Wartenden begutachteten, Mädchen, die einander mit dem Ellbogen stießen, Jungen, die sich versteckt knufften und kniffen, ein gezischtes „Ruhe", vorgehaltene Hände, Köpfe, die sich nahe kamen, Flüstern, Nicken, Getuschel, zum Grinsen verzogene Münder, im Einklang zuckende Unterkiefer, Speichel, der am Kiefer festfror.

Wenige Meter von Gerd entfernt stand der alte Hausmann. Der hatte den Toten gefunden. Der Alte machte ein zufriedenes Gesicht und wippte leicht in den Knien. Hielt er nicht eine Zigarre in der Hand versteckt? Der Platz am Harmonium war leer. Gerds Finger begannen klamm zu werden. Überhaupt machte sich die Kälte breit, kroch durch den Parka, den Pullover, saugte sich auf der Haut fest, war nicht mehr abzuschütteln. Der Pfarrer ließ sich noch immer nicht blicken. Sonst war er doch die Pünktlichkeit in Person. Gerd schaute sich um. Niemand schien dem Toten nachzuweinen. Ziemlich weit vorne entdeckte Gerd seine Mutter. Endlich öffnete sich die Tür. Nur ein Messdiener mit einem Holzkreuz erschien, gefolgt vom Pfarrer. Sie kamen den Kiesweg herauf. Das Murmeln wurde leiser, das Gekichere erstarb. Erwartungsvoll teilte sich die Menge. Der Pfarrer betrat die Leichenhalle, die sonst von Angehörigen überquoll.

„Rufe unseren verstorbenen Bruder heim in Dein Reich."

„Wir bitten Dich, erhöre uns."

„Herr, gib ihm die ewige Ruhe, und das ewige Licht leuchte ihm."

„Wir bitten Dich, erhöre uns."

Die Totengräber packten den Sarg und setzten ihn unsanft auf den kleinen, schwarz drapierten Friedhofswagen. Die Menge formierte sich. Am Grab hatten die Träger Probleme mit dem vereisten Untergrund, rutschten fast aus, kamen mit der Abseiltechnik nicht zurecht. Ruckweise ließen sie den Sarg sinken. Die Zuschauenden schoben sich näher zum Grab, verfolgten gespannt jede Einzelheit der Vorführung. Der Pfarrer warf drei Schaufeln Erde auf den Sarg. Danach stimmte er „Wir sind nur Gast auf Erden" an. Einzelne Stimmen fielen ein.

„... gar manche Wege führen aus dieser Welt hinaus ..."

Gerd brachte keinen Ton heraus.

Freitag, 12. Dezember 1969

3

Gerd war spät dran. Gleich würde der Bus, der von Gerolsheim kam, in die Bahnhofstraße einbiegen. Gerd besuchte in Frankenthal das Gymnasium. Auf der anderen Straßenseite näherte sich ein Radfahrer. Gerd konnte die Umrisse erkennen. Es war nicht mehr ganz so dunkel wie noch vor wenigen Minuten, als er das Haus verlassen hatte. Schon von weitem winkte ihm der Radfahrer zu.

„Hallo, Gerd, wie geht's? Du kommst doch heute Abend?"

Heute Abend? Gerd wusste im ersten Moment nicht, was gemeint war. Der Radfahrer trat voll in den Rücktritt, die Reifen quietschten, das Rad kam direkt vor Gerd zum Halten. Erwin schlug Gerd auf die Schulter.

„Gell, du kommst doch!"

Als Gerd nicht antwortete, fügte Erwin hinzu: „Na, zum großen Fest in der Festhalle. Gell, du kommst, alle gehen hin."

Gerd nickte.

„Klar, da schau ich vorbei."

Erwin schlug ihm nochmals auf die Schulter.

„Ich lad' dich auch ein, auf ein Bier oder ein Gläschen Sekt an der Bar oder einen Wodka mit 'ner Kirsche drin, was du willst."

Gerd drehte sich um, sah, dass der Bus schon in die Bahnhofstraße eingebogen war, drückte Erwin am Arm.

„Bis heut Abend dann, Erwin."

Gerd spurtete los.

4

Erwin, mit seinem runden Gesicht, den kurzen Haaren, hoch rasiert, die Ohren frei geschoren. So eine Frisur hatte Gerd auf seinem Kommunionbild auch. Erwin trug immer eine dunkelblaue, schmierige Kappe, schwere Feldschuhe, eine Arbeitshose und oft eine grüne Schürze. Erwin arbeitete bei der Gemeinde, Mädchen für alles, wie er stolz sagte. Wenn die Kanalisation verstopft war, wenn es galt, den Rathausvorplatz zu säubern, weil ein festlicher Anlass bevorstand, wenn der Rasen vorm Schulhaus gemäht werden musste, Erwin mit seinem runden Gesicht und seinem breiten Lachen war zur Stelle.

„Mondgesicht, Mondgesicht", schrieen die Dorfkinder hinter Erwin her. Gerd hatte früher auch mitgeschrieen.

„Balla, balla, der tickt nicht richtig."

Erwin drehte sich dann immer um und winkte den Kindern zu. Erwin war genauso alt wie Gerds Mutter. Er war mit ihr in die Schule gegangen.

„Der Erwin hat jede Klasse doppelt gemacht, in der vierten Klasse wurde er aus der Schule entlassen", wusste Gerds Mutter.

„Der ist halt zurückgeblieben, aber ein herzensguter Mensch ist er."

Vor zwei Jahren war Erwins Mutter gestorben, sein Vater schon Anfang der fünfziger Jahre.

Am Tag nach der Beerdigung seiner Mutter radelt Erwin durchs Dorf, schwankt von einer Seite auf die andere, kippt um, rappelt sich mühsam wieder hoch. Dass Erwin betrunken ist, ist nichts Ungewöhnliches. Das kommt manchmal vor, meistens am Samstagabend. Dass er am Tag nach der Beerdigung betrunken durchs Dorf radelt, ist für die strengen Dorfbewohner Grund genug, hinter den Vorhängen den Kopf zu schütteln. Aber das Schlimmste, das Ungeheuerlichste, das ist Erwins Aufmachung. Auf dem Kopf trägt er den blauen Sommerhut seiner Mutter mit zwei Stoffblumen an einem roten Bändchen und mit einem hauchdünnen hell-blauen Schleier, der normalerweise nach hinten geschlagen wird, den Erwin aber übers Gesicht gezogen hat. An den Füßen seine Feldschuhe, dreckig und lehmverschmiert, dann dicke dunkelbraune Strümpfe, selbst gestrickt. Die Wollstrümpfe endeten kurz über dem Knie. Aber die absolute Krönung das fleischfarbene Korsett seiner Mutter, in das er sich hineingezwängt hat, den Busen dick ausgestopft. So präsentierte er sich den Augen der empörten Dorfbewohner.

Am Tag nach der Beerdigung!

„Das ist natürlich schon eine Sauerei“, regte sich auch Gerds Mutter auf, „aber der Erwin hat so an seiner Mutter gehangen, der hat ihren Tod noch nicht verkraftet.“

Andere Dorfbewohner zeigten sich weniger verständnisvoll, zumal Erwins Auftritt keine einmalige Vorstellung blieb. Auch an den kommenden Tagen machte er in seinem abenteuerlichen Aufzug die Runde im Dorf. Konsequenzen wurden gefordert.

„Untragbar!“

„So einer ist bei der Gemeinde angestellt! In die Klapsmühle gehört der!“

5

„Schon halb acht vorbei. Deine Trödelei, das war doch Absicht.“

Mutters vorwurfsvoller Ton.

„Vater und ich, wir gehen jetzt sofort los. Wir wollen nicht zu spät kommen zur Einweihung. Und zieh’ dich ordentlich an. Ich hab dir alles zurechtgelegt. Ich will mich nicht schämen müssen.“

Als sie die Tür schon halb zugezogen hatte, drehte sie sich nochmals um.

„Wir würden uns freuen, wenn du bei uns sitzen würdest."

Endlich war sie draußen. Schon halb acht vorbei. Was essen wollte Gerd auch noch. Auf dem Sessel neben dem Kohleofen lag fein säuberlich sein grauer Anzug. Dazu das hellblaue Hemd, sogar die gestreifte Krawatte hatte Mutter nicht vergessen. Für einen Augenblick überlegte er, ob er überhaupt zum Fest gehen sollte. Feierliche Einweihung der Festhalle, Begrüßung durch den Bürgermeister, Festrede des Herrn Landrat, Musikkapelle, Kirchenchor, Ehrung der Jubilare, Turnvorführung der Kleinsten. Und zum Schluss die Marinas, die bekannte Tanzband. Der frisch gebügelte Anzug, Mutters Auftritt. Aber Erwin, der ihn heute Morgen eingeladen hatte. Erwin, der in der neuen Festhalle saß und auf ihn wartete.

6

„Werte Besucher, namens der Gemeinde entbiete ich Ihnen herzliche Willkommensgrüße. Möge es Ihnen vergönnt sein, Ihre Alltagssorgen zu vergessen und einige weinfröhliche Stunden bei uns in unserer wunderschönen, neuen Festhalle zu verleben."

Höflicher Applaus. Der Saal war voll besetzt. Gerd wollte am Eingang stehenbleiben, wurde aber von den Nachkommenden weitergeschoben. Wie im Bus, dachte er. Wenn der morgens total überfüllt ist! Ungefähr in der Mitte entdeckte er seine Mutter, die ihm hektisch zuwinkte. Gerd schaute schnell in eine andere Richtung. Ganz am Rand, in der hintersten Reihe, sah er Erwin vor einem Krug Bier sitzen. Sollte er gleich mal zu ihm hingehen? Weiter vorne bemerkte er jetzt Werner und Peter, seine Freunde. Gerd schlängelte sich durch. Auf der Bühne, rechts im Hintergrund, stand ein Tannenbaum, kaum noch sichtbar unter elektrischen Kerzen, Lametta, Engelhaar und Kugeln in allen Farben.

„Sieht man dich auch mal wieder, altes Haus?"

Peters Stimme übertönte das Gemurmel ringsum. Werner rückte zur Seite, und Gerd quetschte sich dazwischen.

„Die Schule, du weißt ja."

Der Bürgermeister verlas gerade die Grußbotschaft der Weinkönigin, Heide, der Ersten.

„... greifet zum Saft der Reben und trinket Sonne ins Leben!"

Dann das Grußwort der Weingräfin, ungereimt.

„... möge das Fest feuchtfröhlich und harmonisch verlaufen."

Dann die Grußworte vom Karnevalsverein, von der Laienspielschar und der Freiwilligen Feuerwehr, vom Verkehrsverein der Verbandsgemeinde.

„Und jetzt hören Sie den Liederkranz, der uns eine Kostprobe seines Könnens gibt!"

Wieder Applaus, diesmal so laut, dass Gerd nicht verstand, was Peter sagte. Er nickte einfach.

„Kumbaya, my Lord, kumbaya!"

„Müssen die immer so ausländisches Zeugs singen?", fragte der Herr gegenüber, der mit dem roten Gesicht. Gerd kannte ihn nicht.

„Als ob wir kein deutsches Liedgut hätten!"

Nach dem letzten, donnernden Kumbaya drehte sich der Dirigent schwungvoll zum Publikum um, deutete mit seiner Rechten auf die Mitglieder des Männerchores, verbeugte sich mehrmals, genoss sichtlich den Beifall. Der Bürgermeister schob den Dirigenten sanft zur Seite, da dieser nicht freiwillig die Bühne räumen wollte.

„Und jetzt die Ansprache unseres hochverehrten Landrats, Herrn Doktor ..."

Den Namen konnte Gerd nicht mehr verstehen. Das Gemurmel der Leute wurde lauter und lauter, kaum jemand schien der Programmabfolge auf der Bühne noch seine Aufmerksamkeit schenken zu wollen. Nur der Applaus kam auf die Zehntelsekunde genau, wie einstudiert. Der Herr Landrat postierte sich hinter dem Mikrofon, zog umständlich einige Blätter aus seiner Jackentasche, räusperte sich einmal, noch einmal.

„Werte Festgäste ..."

7

„Unser Liederkranz mit seiner nächsten Kostprobe! Auf den speziellen Wunsch unseres hochverehrten Ehrengastes."

Wieder dieser geheimnisvolle Ehrengast. Gerd schaute zu Peter, doch der zuckte nur mit den Schultern. Der Dirigent betrat wieder die Bühne, verbeugte sich, hob seinen Taktstock, fuchtelte mit den Armen.

„Nun ade, du mein lieb' Heimatland, lieb' Heimatland ade!"

Der Herr von gegenüber, der mit dem roten Gesicht, war sichtlich erfreut.

„Nun also, es geht doch auch anders!"

„Das darf doch nicht wahr sein", murmelte Gerd vor sich hin.

„Es geht jetzt fort zum fremden Strand, lieb' Heimatland ade! Und so sing ich denn mit frohem Mut ..."

Bei der zweiten Strophe setzte ein spärliches Klatschen ein, zuerst zögernd, hier und dort im Raum. Ein Klatschen, das sich steigerte, den ganzen Saal erfasste, ein rhythmisches Klatschen, gegen das die Sänger vom Liederkranz alle Mühe hatten anzusingen.

„Gott weiß, zu dir steht stets mein Sinn,
doch jetzt zur Ferne zieht's mich hin,
lieb' Heimatland ade!"

Sogar Peter klatschte begeistert mit. Werner zögerte noch etwas, wusste wohl nicht so recht, wohin mit seinen Händen, „vom moos'gen Stein am wald'gen Tal", klatschte zwei-, dreimal in die Hände, ließ es wieder sein, „da grüß ich dich zum letzten Mal", das Klatschen im Saal wurde lauter, schneller hektischer, raste dem Lied voraus, „lieb Vaterland ade! AAADEEEEEEE!"

Der nun folgende Beifall, das Trampeln, übertraf alles an diesem Abend. Der Bürgermeister betrat wieder die Bühne, umarmte den Dirigenten, der sich pausenlos vor dem Publikum verbeugte und ab und zu mit knapper Geste auf seinen Chor zeigte.

Der Bürgermeister hob den Arm, der Applaus hielt unvermindert an. Der Bürgermeister trat ans Mikrophon.

„Hochverehrtes Publikum ..."
Alles Weitere ging unter.
Der Bürgermeister hob beide Arme.
„Ich darf endlich unseren Ehrengast auf der Bühne begrüßen."
Der Beifall wurde schwächer. Einige hatten das Wort Ehrengast aufgeschnappt und vergaßen vor Neugierde zu klatschen. Gerd empfand die verminderte Lautstärke als wohltuend.
„Unser Ehrengast! Ein großer Sohn unserer Gemeinde!"
Im Saal war es vollkommen ruhig geworden.
„Unser Ehrengast, seit vielen Jahren in der Fremde. Unser großzügiger Spender, ohne den wir die Einweihung unserer wunderschönen Festhalle nicht feiern könnten. Nach 24 Jahren in der Fremde wieder in unserer Mitte, unser hochgeschätzter Doktor Frank!"
Die Bühne betrat ein kleiner, schlanker Mann, der auf den ersten Blick jung wirkte. Er trug einen hellbeigen Anzug mit weit ausgestellten Hosenbeinen. Dazu dunkelbraune Lackschuhe mit weißem Besatz, eine rote, dezente Fliege. Und ein breitkrempiger Hut, der die gleiche Farbe wie sein Anzug hatte, krönte den Aufzug. Der Hut erinnerte Gerd entfernt an einen Cowboyhut, eine Art Luxusausführung. Der Bürgermeister umarmte nun diesen jugendlich wirkenden Herrn. Als er ihm auf die linke und rechte Backe einen Kuss hindrückte, rutschte der Hut des Herrn Doktor zur Seite. Der Hut fiel zu Boden, schlohweißes Haar kam zum Vorschein. Der Bürgermeister bückte sich beflissen. Diese Schnelligkeit hätte Gerd dem schwergewichtigen Ortsvorsteher nicht zugetraut. Der Ehrengast trug wieder seinen Hut. Seine rechte Hand hatte der Bürgermeister gepackt, zerrte sie in die Höhe. Langsam setzte wieder Applaus ein.
„Einen Applaus für unseren großzügigen Spender! Den erfolgreichen Sohn unserer Gemeinde."
Der Applaus wurde nur ein wenig stärker, erreichte nicht die Lautstärke wie nach dem letzten „Ade". Nun folgte die offizielle Einweihung. Quer über die Bühne war ein Band gespannt, das der Bürgermeister, der Landrat und der Ehrengast gemeinsam mit einer riesigen Schere durchschnitten.

Wie bei der Einweihung einer neuen Straße, dachte Gerd. Der Landrat übergab dem Bürgermeister einen Schlüssel. Der Bürgermeister bedankte sich überschwänglich und führte den Ehrengast, diesen geheimnisvollen Doktor Frank, von der Bühne zum Tisch in der ersten Reihe. Peter hatte sich erhoben. Notgedrungen stand Gerd ebenfalls auf. Erst jetzt entdeckte er das protzige Blumenbukett auf dem Tisch.

„Die Schwarze da ist wohl seine Frau."

Peter pfiff anerkennend durch die Zähne. Gerd konnte kaum etwas erkennen, sah nur hochtoupierte, schwarze Haare, glitzernden, rosa Stoff und eine geöffnete Sektflasche vor der Dame.

„Wir fahren fort mit unserem Programm. Es folgt eine turnerische Darbietung unserer ..."

Weiter kam der Herr Bürgermeister nicht. Im hinteren Teil des Saales entstand Getöse, Gläser klirrten, Stühle stürzten um, Geschrei.

„Dieser Verbrecher, dieser elendige Verbrecher."

Erwins Stimme.

„Lass' mich los, lass' mich los, den bring' ich um, das Schwein!"

Erwin schlug wild um sich, befreite sich aus der Umklammerung eines Saalordners, versuchte nach vorne zu stürmen. Doch allzu eng standen die Tische, die Stühle.

„Was ist denn in den Erwin gefahren?"

Gerd kam die ganze Szene unwirklich vor. Zwei Ordner hatten Erwin inzwischen gepackt, mehrere Männer, die in der Nähe gesessen hatten, halfen kräftig mit. Erwin war durch einen Pulk von Körpern verdeckt.

„Lasst mich los, ich bring' den um, den Sauhund!"

Die Stimme zitterte.

Der Bürgermeister stand hilflos am Mikrophon.

„Ruhe, darf ich um Ruhe bitten! Wir wollen mit dem Programm fortfahren! Ruhe, bitte!"

Erwin wurde hoch gezerrt. Fünf, sechs Männer hingen an ihm. Er hatte aufgehört zu schreien, hielt den Kopf gesenkt. Gerd konnte sehen, dass er im Gesicht blutete.

„Die haben ihn brutal zusammengeschlagen“, brachte Gerd heraus.

„Selber schuld.“

Der Herr von gegenüber, der mit dem hochroten Gesicht, nahm einen kräftigen Schluck aus dem Schoppenglas.

„Herr Ober, noch einen!“

Gerd wollte einem ersten Impuls folgen, wollte aufspringen, wollte Erwin helfen, blieb jedoch wie gelähmt sitzen. Was war nur in Erwin gefahren? Die Ordner waren mit Erwin, der mehr geschleift wurde, als selbst zu gehen, am Ausgang angekommen. Im Saal war es wieder ruhig.

8

Werner und Peter kamen fast gleichzeitig zurück. „Nichts los, todlangweilig.“

Peter trank im Stehen sein Bier aus. Seit dem Eklat mit Erwin war das Geschehen auf dem Fest für Gerd wie ein Film abgelaufen, den er von weitem ansah, zu dem er jedoch nicht dazugehörte.

„Gehen wir noch in den Ochsen?“, fragte Werner.

Gerd nickte, stand auf und folgte seinen Freunden.

Erwin ging ihm nicht aus dem Kopf. Der blutende Erwin. der gutmütige Erwin. Was hatte nur zu seinem Ausbruch geführt? So hatte Gerd den Gemeindearbeiter noch nie erlebt. An der Eingangstür rempelte ihn ein Mann an.

„He, können Sie nicht aufpassen, verdammt!“

Gerd war außer sich. Der Mann drehte sich um. In der Hand hielt er eine Bierflasche am Hals fest.

„Schon gut, es gibt keine Probleme“.

Peter legte den Arm um Gerd.

„Unser Freund meint es nicht so, hat zu viel geschluckt, der Kleine.“

Gerd wollte protestieren, aber Werner drückte ihn sanft weiter. Der Betrunkene lachte und schlug Peter auf den Rücken.

„Mann, du bist verrückt.“

Peter wischte sich vor der Festhalle den Schweiß von der Stirn.

„Der Kerl hätte Kleinholz aus dir gemacht. Du bist wirklich verrückt."

An der Kirche blieb Gerd stehen.

„Ich hab's mir anders überlegt. Ich geh nach Hause."

Gerd entschloss sich zu einem kleinen Umweg. Also nicht das Mitteltor hinunter und die Bahnhofstraße hoch. In knapp zehn Minuten wäre er zu Hause gewesen. Die Affengasse war ein winziges Gässchen mit Kopfsteinpflaster. Die einzige Laterne flackerte. Hier war der alte Kindergarten. An der Laterne lehnte ein von Regen und Schnee aufgeweichtes, zerfetztes, nur vom Frost notdürftig zusammengehaltenes Wahlplakat. Schon vor Wochen waren die Plakate abtransportiert worden. Der Politiker war kaum noch zu erkennen, Anzug, Schlips, schräg gehaltener Kopf, weltmännischer Blick, die rechte Hand leicht angehoben. Ein Auge des Politikers war schwarz ausgemalt.

„Damit Sie auch morgen in Frieden leben können."

An jeder Ecke, an jedem Verkehrsschild, an jedem Laternenpfahl hatten Plakate gehangen. Dazu noch die Stellwände und die umfunktionierten Werbeflächen.

„Auf den Kanzler kommt es an."

„Wir haben die richtigen Männer."

„Wir schaffen das moderne Deutschland."

„Wir schneiden die alten Zöpfe ab."

Gerd kam auf die Löwenstraße, breiter, besser erleuchtet als die Affengasse. In der „Weinstube Keller" war anscheinend nicht viel los. Um den Wirt saßen am Stammtisch drei Männer. Der Wirt spielte auf dem Akkordeon.

„Süßer die Glocken nie klingen."

Soweit Gerd durchs Fenster sehen konnte, war die Gaststätte sonst leer. Klar, das Fest in der neu eingeweihten Festhalle war noch in vollem Gang. Und wer etwas auf sich hielt, der war dabei.

Gerade als Gerd die Feldstraße überqueren wollte, kam ihm ein Auto entgegengerast. Viel zu spät bremste der Fahrer ab, der Wagen kam ins Schleudern, Gerd sprang zur Seite. Der Fahrer riss das Steuer herum, schnitt die Kurve, die Reifen quietschten, Vollgas, der Motor heulte auf, der Wagen schlingerte noch etwas und verschwand hinter der nächsten Kurve. Gerd hatte das Nummernschild nicht erkennen können. Alles war viel zu schnell gegangen. Gerd kannte sich bei Autos nicht aus, aber das war ein Mercedes gewesen, ein besonderer, riesig in den Ausmaßen, lang, vor allem lang. So stellte sich Gerd einen Diplomatenschlitten vor. Ungewöhnlich, so ein Auto im Dorf.

Samstag, 13. Dezember 1969

9

Nie soll sie zu Ende gehen, diese Kurve am Ortseingang. Gerd hatte die Augen geschlossen, wurde sanft ins Polster gedrückt mit einem leichten Drall zur Scheibe hin. Ein Gefühl der Schwerelosigkeit. Gerd fiel in die Waagerechte zurück. Der Bus fuhr auf der langen Geraden. Die ersten Häuser. An der Ecke standen einige Leute beisammen. Gerd schien es, als ob sie schwiegen, aneinander vorbeischauten, erstarrt. Vor der Schule hielt ein Polizeiauto. Ein Polizist lehnte am Wagen, eine Hand auf das Dach gestützt, die andere am Telefonhörer. Der Polizist nickte. Gerd glaubte, das mehrmalige Jawohl zu hören. Polizei im Dorf. Im Dorf gab es keine Polizeidienststelle. Und es kam selten vor, dass die Polizei sich im Dorf zeigte. Wozu auch? Samstagabends nach einer Schlägerei beim Ochsen, aber nur ab und zu. Die samstägliche Schlägerei wurde zumeist ohne Mitwirkung der Polizei über die Runden gebracht.

Der Polizist telefonierte immer noch. Gerd stieg aus dem Bus und bog in die Goethestraße ein. Hinten am Hoftor stand seine Mutter und winkte ihm. Der Polizeiwagen, der telefonierende Polizist, Mutter, die am Hoftor wartet. Mutter, die ihm entgegenkam.

„Erwin ist tot!“

Erwin tot, die Einweihung der Festhalle, die Prügelei, die haben den Erwin fertig gemacht. Gerd ballte die Faust in seinem Parka.

„Erwin ist tot. Heute Morgen haben sie ihn gefunden, im Park, an der alten Mauer, da hat er sich aufgehängt, der Erwin."

Gerd blieb stehen. Aufgehängt! Erwin sollte sich aufgehängt haben!

„Jetzt komm schon, das Essen wird kalt, du bist spät dran."

„Aber warum um alles in der Welt sollte der Erwin sich aufhängen?"

„Aber du kennst doch den Erwin. Du weißt doch, was mit dem los war."

„Klar, klar, Erwin, der Dorfdepp, der kann sich aufhängen, das ist dann ganz normal."

„Natürlich ist das schrecklich, Gerd. Aber weißt du, was in dem Erwin vorgegangen ist? Vielleicht hat er einen klaren Moment gehabt, das soll es ja geben."

Gerd schloss das Hoftor auf. Erwin war tot. Erwin hatte die letzte Nacht nicht überlebt.

Mutter beim Kaffee, offensichtlich bemüht, keine der so aufregenden Einzelheiten auszulassen.

„Der alte Hausmann hat den Erwin gefunden. Jeden Morgen in aller Herrgottsfrühe macht der seinen Rundgang durch das Dorf, seinen Dackel, viel zu fett übrigens, hat er dabei. ‚Wissen Sie', sagt der Hausmann immer, ‚ich schlafe nachts so schlecht, die alten Knochen, da muss ich früh raus, das ist für mich wie eine Erlösung. Und der Hund, der macht sich auch bemerkbar, wissen Sie!'"

Gerd unterbrach seine Mutter. Der alte Hausmann mit seinen Beschwerden interessiere ihn nicht so viel.

„Ja, ja, in aller Frühe, kurz nach sechs, hat er den Erwin gefunden. Der alte Hausmann war nämlich nicht bei der Einweihung. ‚Das ist zu laut für mich, das vertrage ich nicht mehr', soll er gesagt haben. Er hat seine Runde gemacht, wie immer. Plötzlich hat der dicke Dackel angefangen zu winseln. Der alte Hausmann hat ihn weiterziehen wollen. Vielleicht wittert er eine Maus, hat er gedacht, vielleicht erwacht sein Jagdtrieb, Jagdtrieb, dass ich nicht lache, bei dem Vieh!"

„Bitte, Mutter, was war mit Erwin?"

„Immer der Reihe nach! Wegziehen den Köter, aber der ist hartnäckig gewesen, hat angefangen zu heulen, mit den Vorderpfoten gekratzt."

Mutter genoss jedes einzelne Wort.

„Der Hausmann hat ihm gut zugeredet. Plötzlich hat sich der Dackel losgerissen, ab ins Gebüsch, vorbei an der Riesenplatane. Dann hat er sich mit der Leine in einem Busch verheddert. Der alte Hausmann keuchend hinterher, der ist wirklich nicht mehr der Jüngste, auch wenn er immer über seine Wehwehchen jammert, noch ganz schön rüstig ist der. Also, der Hausmann durch's Gebüsch, bückt sich, versucht, die Leine aus dem Busch zu zerren. Endlich ist der Dackel frei. Der Hausmann richtet sich auf, klein ist er ja nicht. War früher bestimmt mal ein stattlicher Mann. Also, der kommt hoch, und da, gerade in diesem Augenblick, stößt er mit dem Kopf an was Hartes. Ein Ast, hat er zuerst gedacht. Er will den Gegenstand zur Seite schieben, sehen kann er ja so gut wie nichts, ist noch stockdunkel um die Zeit, will das Ding zur Seite drücken, spürt Stoff, lehmige Schuhe, schreckt zurück, tastet sich hoch, das ist ja ein Mensch, der da hängt. Feuerzeug raus. Der alte Kerl raucht was weg, in seinem Alter und immer diese stinkenden Zigarren. Feuerzeug angeknipst. Und da hat er den Erwin erkannt, Erwin am Baum, eine Schlinge um den Hals, die blaue Zunge soll aus dem Mundwinkel herausgehangen haben, behauptet die Schüttler. Die Hände zur Faust geballt. In der Hand soll er einen Zettel gehalten haben, behauptet die Schüttler, einen Abschiedsbrief, die Spinnerin, der Erwin konnte gerade seinen Namen schreiben. Der alte Hausmann ist dann sofort raus aus dem Park, hat beim Gemeindediener Sturm geklingelt, dem atemlos alles brühwarm erzählt, die Aufregung! Der Gemeindediener hat die Polizeistelle im Nachbardorf angerufen. Bis die gekommen sind! Eine Dreiviertelstunde soll das gedauert haben. Den Tatort haben sie abgesperrt. In der Zwischenzeit sind da jede Menge Schaulustige gewesen, obwohl es noch dunkel war. Aber so ein Selbstmord, der kommt nicht alle Tage vor."

„Selbstmord? Wieso eigentlich Selbstmord?“

Vater lachte auf. Mutter schaute Gerd verständnislos an.

„Was denn sonst? Natürlich Selbstmord!“

„Und warum hat er das gemacht, der Erwin? Und warum ausgerechnet letzte Nacht, nach dem Streit in der Festhalle?“

„Was für ein Streit? Ach so, die kleine Meinungsverschiedenheit, was soll die denn damit zu tun haben?“

Gerd setzte die Kaffeetasse eine Spur zu fest auf die Untertasse zurück.

„Soll das ein Witz sein?“, fuhr er seine Mutter an.

„Aber Gerd, du reimst dir da was zusammen. Der Erwin ist ein lieber Kerl gewesen, aber eben nicht normal. Da weiß man nie, was so einer im nächsten Moment macht. Der Erwin hat Selbstmord begangen, der hat sich aufgehängt. Vielleicht hat er einen lichten Augenblick gehabt. Aber die Polizei wird das schon klären. Die haben doch die Leiche vom Erwin mitgenommen. Für die Beerdigung ist die noch nicht freigegeben. Die wollen den Erwin erst noch untersuchen.“

„Obduktion nennt man das“, belehrte Gerd seine Mutter.

„Ja, so heißt das. Den Vogel hat die Schüttler abgeschossen. Das Korsett seiner Mutter, Gott hab sie selig, ein Glück hat sie das nicht mehr erleben müssen. Was wollte ich denn erzählen? Ach so, das Korsett seiner Mutter soll der Erwin getragen haben, wie damals vor zwei Jahren. Die spinnt doch, die Schüttler.“

Gerd lehnte sich zurück.

„Wer ist dieser Doktor? Was hat er mit dem Erwin zu tun gehabt? Warum ist der damals abgehauen aus dem Dorf?“

Gerd hatte seine Fragen hastig, vorwurfsvoll herausgestoßen. Danach war es still in der Küche.

„Was der Herr Doktor mit dem Erwin zu tun haben soll? Woher soll ich das wissen. Und weg aus dem Dorf ist er, ’45, als die Amis vorm Dorf gestanden haben, da ist er ab.“

„Und warum, wenn ich fragen darf?“

„Warum, warum, wie soll ich das wissen, der ist halt fort.“

Mutter wollte Kaffee nachgießen, Vater legte seine Hand auf die leere Tasse.

„Warum rückt ihr nicht raus mit der Sprache? Der muss doch

Dreck am Stecken gehabt haben, euer feiner Herr Doktor. Was soll dieses Drumherumgerede?“

„Also gut, der war für die Nazis, der Herr Doktor. Aber das waren viele im Dorf. Und Dreck am Stecken, ich weiß nicht. Der hat auch nur seine Pflicht getan. Und dann ist er halt ab in die Fremde, nach Südamerika. Und dort hat er sein Glück gemacht, ist ein schwerreicher Mann geworden. Sein Dorf, das hat er aber nicht vergessen. Denk doch an die Spende für die Festhalle. Da müssen wir doch dankbar sein!“

Vater saß noch immer schweigend am Tisch. Mutter rührte viel zu lange in ihrem Kaffee.

„Lass doch das Vergangene ruhen. Das ist schon so lange vorbei, warum darin rumstochern?“

„Nichts ist vorbei!“

Gerds Stimme klang empört.

„Überhaupt nichts! Der Erwin ist tot, noch keine vierundzwanzig Stunden. Nichts ist vorbei! Begreift das doch endlich! Der Erwin ist tot. Und dieser verdammte Doktor hat ihn auf dem Gewissen!“

Vater stand auf und verließ die Küche.

„Das hast du jetzt davon. Vater hast du rausgeekelt. Aufgeregt hat er sich, nur wegen dir. War das nötig?“

10

Gerd fröstelte. Er drehte den Warmwasserhahn auf und ließ heißes Wasser zulaufen. Wenn das Oma wüsste! Komisch, dass sie noch nicht geklopft hatte, wo er doch schon so lange in der Badewanne lag. Das Wasser war wieder angenehm warm, aber Gerd ließ weiter zulaufen. Heiß sollte es werden, so heiß, dass er es kaum noch ertragen konnte. Die Badewanne war bis zum Rand voll. Nur ein kleines Fleckchen Knie war noch nicht vom heißen Wasser bedeckt. Gerd beugte sich aus der Badewanne und schaltete sein kleines Radiogerät ein, das auf dem Klodeckel stand. Es musste kurz nach halb fünf sein, die 2. Halbzeit in den Bundesligastadien hatte längst begonnen.

„Nach ein paar Takten Musik schalten wir um ins Müngersdorfer Stadion zum Spiel des Tabellendritten gegen den zehnten, den 1. FC Kaiserslautern."

Gerd hatte also im richtigen Moment eingeschaltet, gleich würde er erfahren, wie es um die Roten Teufel stand. Und wenn Erwins Tod wirklich kein Selbstmord war? Gerds Spaziergang durch das nächtliche Dorf, nachdem er sich von seinen Freunden an der Kirche getrennt hatte, das Auto mit dem fremden Kennzeichen, die quietschenden Reifen. War das Auto nicht in Richtung Park gerast? Und der Doktor, der so plötzlich aus der Festhalle verschwunden war, kurz nachdem man Erwin zusammengeschlagen hatte. Einen Leibwächter hat der Doktor doch bestimmt. Also den Erwin rein ins Auto, ab in den Park, das Seil aus dem Kofferraum, um den Hals, dran an den Baum, saubere Arbeit. Aber was für einen Grund könnte der Doktor gehabt haben? Erwin musste etwas gewusst haben, etwas für den Doktor sehr Unangenehmes.

„Es steht, nachdem nun knapp 15 Minuten in der zweiten Halbzeit gespielt sind, 4:1 für den Favoriten. Die Spieler beider Mannschaften schliddern wie tollpatschige Welpen umher. Beim Spiel der Kölner gegen die Lauterer verbirgt sich unter der freundlichen Schneedecke eine tückische Eisplatte."

Gerd überlegte, ob er das Radio ausschalten sollte, aber er war dann doch zu faul. Oder die hatten zu fest zugeschlagen, als sie Erwin aus dem Saal prügelten. Und dann lag er am Eingang und rührte sich nicht mehr. Und einer der Ordner musste zum Doktor marschiert sein, dem was ins Ohr geflüstert haben. Weg war er, der Doktor, mit dem Auto vorgefahren, Erwin rein in den Kofferraum, mit quietschenden Reifen durchs Dorf, vorbei an Gerd, in den Park, Erwin an den Baum gehängt, Selbstmord vorgetäuscht.

„Resultatsänderung im Müngersdorfer Stadion. Wir schalten um."

Anschlusstreffer für den FCK? In Gerd keimte eine leise Hoffnung auf.

„Hannes Löhr, der Torschütze in der 57. Spielminute."

Gerd schlug mit der flachen Hand aufs Wasser. Und er hatte doch tatsächlich auf den Anschlusstreffer gehofft. Das winzige Foto in dem alten, dunkelbraunen Lederalbum. Vater ganz jung, ganz schlank, übers ganze Gesicht strahlend in seinem Paddelboot, die zusammengesteckten Paddel stolz in der Hand, hinten ein Freund, der übermütig winkt. Der ist dann und dann gefallen. Am Heck des Bootes, kaum zu erkennen, die schwarze Fahne mit dem Hakenkreuz im weißen Kreis. Vaters Schweigen, Mutters Ausflüchte.

„Das war halt so üblich damals."

Schnell weiterblättern.

„Die Kölner sind immer noch torhungrig. Rühl erzielt in der 69. Spielminute ..."

Gerd strampelte mit den Beinen und tauchte kurz unter. Die Badewanne schwappte über.

Ob die Polizei das mit dem Auto wusste? Sollte er nicht zur Polizei gehen? Oder anonym anrufen? Gerd verwarf den Gedanken sofort wieder. Die würden ihn für verrückt erklären.

„Schiedsrichter Basedow pfeift das Spiel ab. Der 1. FC Köln schlägt auch ohne Overath die Kaiserslauterer deutlich mit 6:1."

Gerd wischte sich den Schaum aus den Augen und beugte sich zu seinem Radio. Die anderen Ergebnisse interessierten ihn nicht mehr. Im Bad standen Wasserpfützen. Es klopfte an der Badezimmertür.

„Wie lange soll das denn noch dauern?"

Gerds Oma. Gerd ließ das Wasser ablaufen, seifte sich ein, duschte sich schnell ab, stieg aus der Badewanne. Als er notdürftig versuchte, die Überschwemmung zu beseitigen, fiel ihm Erwin wieder ein.

Sonntag, 14. Dezember 1969

11

Gerd lehnte an der riesigen Platane. Er zog die Kapuze seines Parkas über die Ohren. Das Hasenfell, das seine Mutter angenäht hatte, widerstand dem stärksten Frost. Da vorne, keine fünf Schritte entfernt, hatte Erwin gehangen. Das Gelände war noch mit rotem Plastikband abgesperrt, jetzt allerdings zerrissen und niedergetrampelt. Gerd starrte auf den kräftigen Ast, armdick, gut zwei Meter hoch. Worauf hatte Erwin sich gestellt? Vielleicht auf diesen Stein? Aber das ging nicht, der war zu niedrig. War es schnell gegangen? Hatte er etwas gespürt? War er betrunken gewesen? Gerd schlug mit der Faust an die Platane. Alles sprach für einen Selbstmord, natürlich auch das Ergebnis der Obduktion. Selbstmord oder nicht, war das überhaupt die entscheidende Frage? Und Doktor Frank, dieser große Unbekannte, welche Rolle spielte er?

Gerd fuhr mit der Hand über das Holz. Er riss sich los, folgte dem kleinen Trampelpfad. Zweige knackten. Plötzlich stand er vor der baufällig aussehenden, unregelmäßigen Sandsteinmauer des Parks. Die Steine schienen nur lose aufeinander gelegt. Gerd zog sich mit den Fingerspitzen an der Mauer hoch, ein wackliger, morscher Bretterzaun, ein verwilderter Garten, ein kleines Haus aus grob behauenen, roten Sandsteinen. Gerd ließ los, zog die Handschuhe aus, massierte seine Fingerspitzen. Das Hexenhäuschen! Hier musste die alte Frau wohnen, bei der Erwin in den letzten beiden Jahren gelebt hatte. Wie hieß die Frau nur gleich wieder? Seine Mutter erwähnte ab und zu den Namen. Auf den kam Gerd jetzt nicht. Er konnte sich an die alte Frau nicht erinnern. Gerd zog seine Handschuhe wieder an, suchte einige Steine zusammen, schichtete sie aufeinander. Nun hatte er freie Sicht. Er stützte die Ellenbogen auf die Mauer. Das Häuschen war einstöckig, vielleicht sechs Meter breit, höchstens sieben lang. Ein kleines Klohäuschen stand außerhalb. Das einzige Fenster, das er von seinem Standpunkt aus sehen konnte, war vollgestellt mit Zimmerpflanzen, wie zugewachsen. Zwischen den vielen Blumentöpfen entdeckte Gerd eine schwarze Katze. Eine andere strich um das Haus, kratzte an der Haustür. Aus dem Schornstein kam Rauch. Die grüne Farbe der Haustür blätterte ab, auch der Fensterrahmen müsste dringend gestrichen werden. Die getigerte Katze an der Haustür war verschwunden. Einen Moment später tauchte sie am Blumenfenster auf. Die schwarze Katze riss ihr Maul auf, schlug nach der getigerten mit der Pfote. Ein Blumentopf schwankte, blieb aber stehen.

„Na, komm schon endlich rein. Oder willst du da festfrieren?"
Gerd verlor vor Schreck das Gleichgewicht, die Steine rutschten, er sackte nach hinten weg.
„Hoffentlich kommst du bald. Du musst den Park durch den Hintereingang verlassen, dann siehst du schon die Haustür."
Es musste die Stimme der alten Frau sein. Woher war sie sich so sicher, dass er kommen würde?
Umdrehen, den Trampelpfad zurück, vorbei an der Platane, auf den Kiesweg, die Grotte mit der Muttergottes links liegen lassen, davor der Teich, zugefroren, vorne schon der Haupteingang, die Straße mit dem Kopfsteinpflaster, die Kirche, die Bahnhofsstraße, in die Goethestraße abbiegen. Gerd sah den Heimweg vor sich. Er blieb stehen. Der Hinterausgang. Ein verrostetes, schäbiges Drahttor.
Gerd wandte sich nach rechts. Das Gestrüpp war dicht, aber brüchig, ließ sich zur Seite schieben, für ihn kein Hindernis. Er kam auf einen kleinen, überwucherten Weg, der direkt zum Hinterausgang führte. Das Tor war verschlossen. Es war nicht hoch. Gerd nahm einen kurzen Anlauf und flankte hinüber. Auf dem harten Boden kam er unglücklich auf, sein linker Knöchel schmerzte höllisch. Gerd bückte sich, fuhr mit einer Hand über die lädierte Stelle. Vorsichtig versuchte er, den Fuß zu belasten, verlagerte das Gewicht. Hoffentlich war es nichts Ernstes. Bis zum Häuschen war es nicht mehr weit. Das konnte er humpelnd auf einem Bein schaffen. Das Gartentor stand offen, und auch die Haustür war nur angelehnt. Gerd zögerte.
„Komm schon rein!"
Gerd humpelte über die Schwelle, zog unwillkürlich den Kopf ein. Aber da war noch ein gutes Stück Platz, und Gerd war ja schließlich auch nicht der größte, gerade mal eins siebzig. Der Flur war winzig, vier Türen gingen ab, die zum Wohnzimmer stand offen.
„Setz dich!"
Im Zimmer war es warm, obwohl nur ein kleiner Kohleofen in der Ecke stand. Die Frau deutete auf einen gemütlichen Ohrensessel. Gerd wollte protestieren, ließ sich dann aber doch in den Sessel fallen.

„Zeig mal her, na, los schon, zieh den Schuh und die Socke aus."

Gerd zog den Schnürsenkel auf. Die alte Frau setzte sich vor ihm auf einen Hocker.

„Wo tut es weh?"

Gerd deutete auf den Knöchel. Die Frau fuhr leicht über den Knöchel.

„Einen Moment, da habe ich was."

Sie stand auf und verließ das Zimmer. Gerd konnte sich endlich umschauen. Das Zimmer war nicht besonders groß. Es war schon dämmrig. Vielleicht wurde es hier drinnen nie richtig hell. Die Tapete wirkte freundlich, feine geschwungene Linien, ein zartes, beiges Muster. Gerd fing an zu schwitzen und knüpfte seinen Parka auf. In der Ecke stand der Kohleofen, unscheinbar, aber in seiner Wirkung enorm. Schweißperlen standen auf Gerds Stirn. Er versuchte, seine Jacke auszuziehen. Im Sitzen war es unmöglich, der Ohrensessel umschloss ihn fest. Die Frau kam zurück, sie ging gebeugt, schlurfend. Sie brachte eine verbeulte Blechdose an.

„So, das hätten wir."

Sie hob den Deckel, schnupperte, strahlte.

„Wunderbar, das wird helfen."

Sie fuhr mit dem Zeigefinger hinein. Die Fingerspitze steckte in einer weißen, glänzenden Hülle.

„Die Salbe habe ich selbst gemacht. Die wirkt Wunder, pass nur auf."

Sie ließ sich wieder auf dem Hocker nieder, drückte einen dicken Klecks auf Gerds Knöchel. Mit leichten kreisenden Bewegungen verteilte sie die Salbe, massierte so lange, bis die ganze Salbe verschwunden war, der Knöchel nur noch matt glänzte.

„Selbst gemacht, viele gute Kräuter drin. Du wirst staunen."

Gerds Knöchel wurde heiß, so heiß, dass er den Schmerz nicht mehr spürte. „Die alte Hexe" wurde die Frau im Dorf genannt. Die Kräuterhexe, fügte Gerd in Gedanken hinzu und musste lächeln.

„Sonntags haben wir es uns immer gemütlich gemacht, richtig feierlich haben wir gegessen, hier in der guten Stube, ein weißes Tischtuch, eine Kerze. Aber heute ..."

Sie ging aus dem Zimmer. Hier hatte Erwin die letzten beiden Jahre gelebt, zusammen mit dieser Frau sonntags an diesem Tisch gesessen.

„Ich habe Wasser für Tee aufgesetzt. Du trinkst doch Tee?"

Auf eine Antwort von Gerd wartete sie nicht.

„Am Mittwoch wird er beerdigt, kirchlich sogar, obwohl er Selbstmord begangen haben soll, ein nobler Zug vom Herrn Pfarrer."

Aus ihrem Mund wirkte das „nobel" alles andere als anerkennend, bitter, fast mit einer Spur von Zynismus. Eine Katze, die wildgetigerte, schnupperte an Gerds Knöchel, legte die Vorderpfoten auf seinen Fuß, fing an zu lecken.

„So, der Tee ist gleich fertig. Kannst du dich an den Tisch setzen?"

Gerd kam mit einiger Mühe hoch.

„Siehst du, die Salbe hat schon gewirkt."

Die Frau goss sich Milch in ihren Tee, Gerd nahm nur Zucker. Aus der Küche holte sie einen Wasserkessel, den sie auf den Kohleofen stellte. Gerd nippte. Der Tee schmeckte kräftig.

12

„Erwin hat oft von dir erzählt. Du bist doch der Gerd. Damals warst du noch ein kleiner Junge. Deiner Mutter siehst du ähnlich, wie aus dem Gesicht geschnitten. Dem Erwin hast du mal geholfen, hast ihm einen Zettel geschrieben, nicht wahr. Er hat mir immer erzählt, wenn er dich getroffen hat. Da hinter der Mauer hing er, so nah. Wo es doch so kalt war. Von der Kälte hat er ja nicht mehr viel gespürt. Wenn ich nur gewusst hätte, dass dieser Doktor zur Einweihung kommt, eingeschlossen hätte ich den Erwin, hätte ihn auf keinen Fall aus dem Haus gelassen. Steif gefroren war er, steif wie ein Brett. Meinen Sohn mussten sie verscharren, hinten auf dem Friedhof. Er muss in deinem Alter gewesen sein. März fünfundvierzig, um den zwanzigsten herum, da marschierten die Amerikaner ein. Und vorher hatten die Nazis alle zusammengetrommelt, die noch irgendwie laufen konnten, halbe Kinder, alte Männer. Volkssturm! Der

Krautmann Friedrich, der später vor dem Landgericht angeklagt wurde, hat an eine Gruppe von Hitlerjungen Stahlhelme, Handgranaten und Gewehre verteilt. Und mein Paul, der dumme Junge, der gehörte dazu. Was hab ich ihn angefleht! Bleib hier! Versteck dich! In wenigen Tagen ist alles vorbei. Umsonst! Der Hitlerkram steckte ihm im Kopf. Am 18. oder 19. März sollten sie dann hinter der Landrichsheimer Landstraße einen Graben anlegen. Dort draußen, da wo heute die Autobahnbrücke ist, war ein großer Bombenkrater. Wenige Tage später waren die Amis da. Von zwei Seiten kamen sie. Oben am Hohlweg standen sie, und im Dorf waren sie schon, im Schulhaus. Die Hitlerjungen lagen draußen in ihrem Graben und merkten gar nicht, dass sie eingekreist waren. Der Einsatz fand am Abend statt, so gegen fünf. Die lagen da draußen und wurden plötzlich von der Schule und vom Hohlweg beschossen. Dabei wurde mein Paul am Arm getroffen. ‚Au, mein Arm!', soll er gesagt haben. Wohl in Panik richtete er sich auf und griff sich an den Arm. Und genau in dem Moment traf ihn die Kugel in den Kopf. Am nächsten Morgen habe ich ihn auf dem Leiterwagen geholt. Weil er nicht getauft war, hat ihn der Pfarrer nicht beerdigt. Die Nazibonzen hockten im Bunker unter der Kirche. Und als die Amis einmarschierten, da waren sie über alle Berge. Den Krautmann Friedrich haben sie im Bayerischen geschnappt und ihm den Prozess gemacht. Zwei Jahre und eine Geldstrafe von 4.000 Reichsmark. Vor der Währungsreform war das nicht viel. Ja, der Erwin. Als vor zwei Jahren seine Mutter starb, hat ihm das schwer zu schaffen gemacht. Dann zog er zu mir. Über drei Ecken sind wir ja auch miteinander verwandt. Ich war nicht mehr so allein, und der Erwin fing sich wieder. Warum ist er nur zu dieser Einweihung gegangen? Aber wie hätte ich auch wissen sollen ... Gefreut hat er sich, wollte dir einen ausgeben, hat am Nachmittag von nichts anderem geredet. Der Doktor, über den konnte ich mit dem Erwin nicht reden. Wie oft habe ich das versucht. Der Doktor war bei den Nazis, wie man weiß, nicht von Anfang an. Aber als er sah, wo es lang ging, da sprang er auf, ein Hundertfünfzigprozentiger. Der Erwin war ihm natürlich ein Dorn im Auge. Schließlich galt der Erwin ja als nicht normal. Und Behinderte, das waren Untermenschen. Ein eigenes Gesetz gab es für die. Wer erbkrank war, konnte ohne seine Zustimmung kastriert werden und so. Gegen Erbkranke, gegen minderwertiges Leben, wie er es nannte, da hat er bei jeder Gelegenheit gewettert, unser Doktor. Die Anni, Erwins Mutter, die zitterte vielleicht. ‚Der kommt noch weg, der Krüppel', sagte der Doktor zu ihr, mehr als einmal. Ob Erwin das mitbekommen hat? Möglich, aber darauf war er nicht ansprechbar. Und dann ist dieser Professor aus Heidelberg zum Doktor gekommen. Ein hohes Tier war der, der Professor. Den Namen habe ich vergessen. Was soll es, Namen sind Schall und Rauch. Kindergehirne erforschte er, Gehirne von Geisteskranken. Die Nazis glaubten nämlich, dass sie die Geisteskrankheit im Gehirn finden könnten wie so eine Art Geschwür. Und dafür brachten sie die armen Wesen um. Und diesem Professor sollte der Erwin vorgeführt werden. Die Anni erzählte mir das und weinte fürchterlich dabei, kein Wunder. Nach der Untersuchung verschwand der Erwin, noch am selben Tag. Das muss so Ende vierundvierzig gewesen sein, mitten im strengsten Winter. Aus seinen Eltern bekamen die Nazis kein Wort raus. Die wussten ja wirklich nicht, wo ihr Erwin war. Die glaubten doch, die Nazis hätten den Erwin abgeholt. Irgendwo weit draußen im Feld, ein ganzes Stück hinter dem Hohlweg, da war er untergekrochen, der Erwin. Da gab es früher jede Menge Verstecke, Erdlöcher, kleine Höhlen, Gestrüpp, Bombenkrater. Wo er genau war, hat er nie erzählt. Zwei-, dreimal kam er zu mir, nachts, klopfte leise, und ich steckte ihm was zu essen zu, eine warme Decke. Einmal hat der Paul uns erwischt. Verpfeifen wollte er mich. Stell dir das vor! Der Vater in Schutzhaft, Sozi, Strafbataillon, zweiundvierzig in Russland gefallen. Und dann mein Sohn! Sein Kopf voll gestopft mit Kriegsspielen, Treue, Heldentum. Die eigene Mutter verpfeifen. Dem habe ich vielleicht die Leviten gelesen! Keinen Ton hat er mehr gesagt, so klein war er. Ein eisiger Winter. Wie der Erwin sich da durchgeschlagen hat! Mit den Amis zog er dann ein, ganz abgerissen, mehr Tier als Mensch. Man brachte kein Wort aus ihm raus. Nur wenn der Name vom Doktor fiel, zitterte er und riss die Augen weit auf. Der Doktor, der hatte sich aus dem Staub gemacht, nach Südamerika. Aber das stellte sich erst viel später heraus. Nötig wäre es nicht gewesen! Der war doch nur ein kleiner Fisch. Dem wäre nicht viel passiert. Geldstrafe, Persilschein, alles in Butter. Ganz andere blieben ungeschoren, sind wieder zu Ruhm und Ehren gekommen. Dieser Professor aus Heidelberg erstellt jetzt noch Gutachten, psychologische Gutachten in Gerichtsprozessen, habe ich irgendwo gelesen. Der Erwin wird bald vergessen sein. Nach dem kräht kein Hahn. Aber der feine Doktor, an den werden sie denken, eine Gedenktafel an der Festhalle anbringen. Lass' noch etwas Zeit vergehen."

13

Die alte Frau blickte an Gerd vorbei ins Leere. In ihrer Erregung, ihrem Zorn hatte sie gar nicht mehr alt und zerbrechlich gewirkt. Sie strahlte eine Lebendigkeit aus, die Gerd faszinierte. Sie senkte den Blick, starrte auf das Tischtuch. Sie fiel in sich zusammen, saß da, murmelte leise vor sich hin. Gerd nahm seine Socke und streifte ihn über. Wirklich, der Schmerz war fast verschwunden. Er zog seinen Schuh an. Draußen war das letzte Stück Blau verschwunden, der Himmel dunkelgrau, schwere, tiefhängende Wolken. Er nahm seinen Parka. Die Frau beachtete ihn nicht. Er stand verloren im Türrahmen. Was sollte er sagen?

„Die Salbe hat Wunder gewirkt."

Die Frau schaute nicht auf. Hatte sie ihm zugenickt? An der Haustür drehte er sich noch einmal um. Sie saß an ihrem Platz am Tisch. Sollte er nicht zurück in die Stube, ihren Blick suchen? Ihre Augen, hatten sie noch den Glanz, der ihn vorhin so beeindruckt hatte? Seine Hand lag auf der Klinke der Haustür. Konnte er sich so einfach verdrücken? Das Gartentor war nur angelehnt. Gerd zog es zu, drückte leicht dagegen. Es schnappte wieder auf.

14

Als er an der Kirche vorbeikam, spürte er die ersten Schneeflocken in seinem Gesicht. Der Bürgermeister, der den hochverehrten Ehrengast überschwänglich in der Festhalle begrüßt hatte. Die Zuschauer, die Beifall geklatscht hatten. Gerds Vater, der wortlos die Küche verlassen hatte. Mutter, die ihm ausgewichen war, wo immer sie konnte. Und die doch, Gerd glaubte sicher zu sein, über alles Bescheid wusste, über alles, was damals passiert war im Dorf in den letzten Kriegsmonaten.

„Denk doch an das viele Geld, das er gespendet hat. Da müssen wir doch dankbar sein."

Die alte Frau in ihrer Trauer und in ihrer Wut.

„Der Erwin wird bald vergessen sein. Aber für den feinen Herrn Doktor werden sie eine Gedenktafel an der Festhalle anbringen."

Erst jetzt fiel es Gerd auf, dass er schon die ganze Zeit seinen verknacksten Knöchel wie selbstverständlich belastet hatte. Der Schmerz war wie weggehext. Die alte Frau hatte also nicht zu viel versprochen. Große Schneeflocken tanzten auf die Erde, blieben auf dem gefrorenen Boden liegen.

Im Schein der Straßenlampe sah Gerd eine Frau vor der alten Apotheke stehen. Sie trug einen weißen Mantel und einen roten Schal. Noch konnte Gerd in die Bahnhofstraße einbiegen, seinen üblichen Weg. Die Frau starrte unbeweglich, wie in Gedanken verloren, auf das Schaufenster, drehte sich plötzlich ruckartig um, als fühlte sie sich beobachtet. Ihr weißer Teddymantel stand offen. Als Gerd näher kam, erkannte er die junge Frau, sie gehörte zu der Wohngemeinschaft, die in die Räume der Apotheke eingezogen war. Den Dorfbewohnern kamen die jungen Leute suspekt vor. Von Kommune und freier Liebe wurde gemunkelt. Die junge Frau trug das braune Haar kürzer, als Gerd es in Erinnerung hatte. Der obere Rand des roten Sandsteinsockels war mit einem Schneeband verziert. Erst jetzt bemerkte Gerd das Loch in der Schaufensterscheibe. Durch die Öffnung wirbelte der Schnee und bedeckte einen Strohteppich im Innern.

Ein alter Mann schlurfte vorbei. Genauso schlurfte er jeden Sonntagmorgen zur Kommunionbank vor, wo der Pfarrer geduldig auf ihn wartete. Gerd grüßte, der Mann reagierte nicht. Hatte er nicht vor sich hingelacht, ein hässliches, lautloses Lachen, das Gesicht zu einer Grimasse verzogen? Die junge Frau stand auf den Stufen zur früheren Ladentür. Sie drückte beide Hände an ihren Mund. Sie wirkte verstört, verängstigt. Zitterte sie nicht? Ihr Blick traf Gerd, der schnell wegschaute. Ein Streifenwagen fuhr im Schritttempo die Hauptstraße entlang, wurde noch langsamer, als er die Apotheke erreichte. Der Beifahrer kurbelte das Fenster halb herunter, gab seinem Fahrer ein Zeichen. Der trat aufs Gas, die Räder rutschen durch, der Wagen kam ins Schlingern. Zwei junge Männer erschienen im ehemaligen Verkaufsraum der alten Apotheke. Sie trugen ein großes Stück Pappe. Der eine hielt die Pappe vor die zerschlagene Scheibe, der andere klebte sie mit breitem Klebeband fest.

„Komm doch rein! Was willst du in der Kälte?“

Die junge Frau verschwand im Haus. Gerd glaubte, neben der Blumenbank einen handgroßen Stein zu entdecken. Das Klebeband hatte sich schon wieder gelöst. Die Pappe fiel zu Boden. Gerd machte, dass er weiterkam.

Erst wenige Rollläden waren heruntergelassen, nur hier und da ein Fensterladen zugeschlagen. Durch die Ritzen drangen spärliche Lichtstreifen. Die anderen Fenster, erleuchtet zwar, aber gesichert durch schwere Gardinen, undurchdringlich. Und dahinter, im Schutz dieser Bollwerke, waren da nicht Gesichter, hasserfüllt und ängstlich zugleich? Blicke zwängten sich durch die winzigen Ritzen, starrten hinter Gerd her. Ballte man nicht die Faust, drohte man nicht, schleuderte man ihm nicht Beschimpfungen nach? Gerd schlug den Kragen seinen Parka höher und beschleunigte seinen Schritt. Weg von hier, weg von diesen Häusern mit ihren Menschen. Er beeilte sich, gleichgültig, wohin der Weg führte, nur raus aus dem Dorf.

15

Kaltes Flutlicht leuchtete den Fußballplatz aus. Schneeflocken glänzten. Natürlich, die erste Mannschaft hatte heute ein Heimspiel gehabt, das letzte vor der Winterpause. Die Baracke war noch erleuchtet, Autos parkten davor, ganz zugeschneit. Es musste hoch hergehen. Gerd hörte Gläserklirren. Es wurde gesungen. Also hatte es wohl einen Sieg im letzten Meisterschaftsspiel gegeben.

Gerd schnaufte. Das letzte Stück war er gerannt. Er blieb stehen, beugte sich vor, stützte die Hände auf die Oberschenkel, sog die kalte Schneeluft tief ein. Morgen der groß aufgemachte Bericht im Lokalteil. Feierliche Einweihung der Festhalle, das obligatorische Foto, der Bürgermeister auf der Bühne schüttelt dem großzügigen Spender die Hand, beide lachen.

Und weit hinten in der Zeitung, versteckt, unscheinbar, die kleine Meldung.

„In der Nacht von Freitag auf Samstag kam unter tragischen Umständen der Gemeindeangestellte Erwin L. ums Leben."

Wenn überhaupt.

Es war dunkel geworden. Geschützt durch die dicht fallenden Schneeflocken erreichte Gerd die letzten Häuser des Dorfes. Er atmete ruhig, ging langsam, schlenderte richtig, blieb ab und zu stehen.

Jetzt einfach weitergehen, alles hinter sich lassen, das Dorf, das Gerd bis vor kurzem noch so vertraut erschienen war, die Bewohner, die er ohne Hintergedanken gegrüßt hatte, seine Eltern, die sich an nichts erinnern wollten, die alte Frau, die an dem Vergangenen schwer trug, Erwin, den seine Vergangenheit eingeholt hatte.

Einfach weitergehen, alles hinter sich lassen.

Und die Lichter werden kleiner und kleiner. Gerd, ein winziger Punkt vor dem dunklen Horizont. Ein beeindruckender Abgang. Wie im Film. Gerd schmunzelte. Dann flammt ein Stern auf, beherrscht die Leinwand, das Wort „Ende" wird eingeblendet, schon folgt der Abspann, auf den niemand mehr achtet.

Gerd schaute auf die Uhr. Mutter spülte sicher gerade das Abendbrotgeschirr. Im Wohnzimmer lief der Fernseher. Vater lag, die Füße auf dem Hocker, in seinem Fernsehsessel und wartete auf die Tagesschau.

Lilo Beil

Der Froschkönig

Ludwig Gerstenberger schlenderte durch die Landauer Fußgängerzone. Er blieb vor den Auslagen eines Blumenladens stehen, der ihm außerordentlich geschmackvoll vorkam. Sogar die Rosenkugeln aus Ton mit dem unvermeidlichen Froschkönig obendrauf waren nicht der übliche Kitsch, den man zur Zeit überall in allen Formen und Farben kaufen konnte.

Froschkönige waren gerade Mode, das fiel sogar ihm als Mann auf.

Seltsam, dieses Motiv, dieses Wort hatte sein Leben verändert vor vielen Jahren.

Ludwig Gerstenberger, der nicht mehr der Jüngste war, steuerte ein wenig müde vom Bummeln auf das nächste Café zu.

Die allerersten Frühlingsstrahlen luden die Gäste ein, im Freien zu sitzen.

Es war noch ein wenig frisch, und es wehte ein ganz leichter Wind, der daran erinnerte, dass noch nicht Sommer war. Aber er hatte Glück und ergatterte ein windgeschütztes Plätzchen an einem Bistrotisch nahe der Hauswand. Zum Froschkönig wäre er beinahe geworden, wenn er nicht rechtzeitig, sozusagen im letzten Augenblick, von einem gütigen Geschick einen Wink bekommen hätte, eine kleine aber lebenswichtige Warnung.

Der „Froschkönig“ war für ihn schon als Kind ein Märchen gewesen, das er nicht nur beängstigend und widerwärtig, sondern geradezu ungerecht und sadistisch gefunden hatte. In Inhalt und Moral. Man stelle sich einen freundlichen Frosch, ein harmloses Tier, vor, das jemandem einen Gefallen tut und dafür zum Dank getötet wird, indem man es an die Wand klatscht. Der pure Sadismus.

Ein Frosch, der eine goldene Kugel aus dem tiefen Brunnen fischt, die Kugel der schönen Königstochter zurückgibt, welche dieses Spielzeug verloren hat. Der dann um freundliche Aufnahme im Königspalast bittet, wie sie es ihm versprochen hatte, und schließlich von dem herrischen und launischen Mädchen, man kann es kaum glauben, grausam an die Wand geworfen wird. Der Grausamkeit aber nicht genug: Die Königstochter wird nicht nur NICHT bestraft für diese widerliche Tat von Tierquälerei, sondern im Gegenteil sogar noch belohnt, indem sie ihren Märchenprinzen, der sich als der arme Frosch entpuppt, am Ende zum Ehemann bekommt.

Der arme Königssohn, so hatte Ludwig Gerstenberger schon als Kind gedacht. Der arme, arme Kerl, der nun fürs Leben mit einer Herrischen, einer Grausamen, einer Sadistin verbunden ist.

Unauflöslich, unwiderruflich.

In dem Dörfchen nicht weit von Bergzabern, wo er als Kind und Jugendlicher gelebt hatte, als Sohn nicht sehr reicher Bauern, hatte er sich in Susanna verliebt, die Tochter des wohlhabenden Winzers Fouché.

Die Fouchés, eine alt eingesessene Hugenottenfamilie, hatten, wie die Leute sagten, einen „Kraddel", einen Dünkel, weil sie angeblich aus der Linie des berühmten französischen Ministers Fouché stammten.

Susanna, die einzige Tochter, war mit einem goldenen Löffel im Mund geboren worden, und sie war der Augapfel ihres Vaters. Als sie achtzehn war, wurde sie zur Weinkönigin gewählt, und von da an waren dem Dünkel nicht nur Susannas, sondern der ganzen Familie keine Grenzen gesetzt.

Ludwig Gerstenberger, der trotz der engen Verhältnisse und des permanenten Geldmangels, die in seiner eigenen Familie herrschten, nach Bergzabern aufs Progymnasium gehen durfte, war ein Bücherwurm, eine Leseratte, ein verkappter Intellektueller. Das Gymnasium konnte er sich nur leisten, weil er fleißig und begabt war und neben der Schule mitverdiente, soweit es in seinen Kräften stand. Sein Lesen und Studieren erregte oft den Unmut seiner Eltern, welche dies als Faulheit abtaten, aber da er auf dem kleinen Bauernhof mithalf und sich bei den Reichen mitverdingte, sooft es ging, duldeten sie diesen Sohn, der völlig aus der Art geschlagen war.

Sie waren auch ein wenig stolz, wenn die Leute sagten: Der Ludwig, ja der Ludwig ist ein heller Kopf.

Dem Bücherwurm Ludwig war der Roman „Joseph Fouché“ des österreichischen Autors Stefan Zweig einmal in die Hände geraten. Ludwig las, er verschlang alles, was er bekommen konnte. So erfuhr Ludwig Gerstenberger, dass die so dünkelhafte Familie Fouché ganz und gar keinen Grund hatte, stolz auf ihre Herkunft zu sein, denn Joseph Fouché, der berühmte Urahn aus Frankreich, war ein grausamer, der Macht verfallener Mensch gewesen, ein Intrigant und ein Wendehals und einer, der im wahrsten Sinn des Wortes über Leichen ging. Als Polizeiminister Napoleons und davor und danach den jeweiligen Herren dienend.

Wussten die Fouchés, auf welchen Schurken sie da stolz waren?

Ludwig Gerstenberger behielt seine Weisheit für sich, zumal er in Susanna Fouché, ob er wollte oder nicht, unsterblich verliebt war.

Je kälter sie, die Hochwohlgeborene, ihn behandelte, je mehr sie ihn zurückstieß, desto mehr zog es ihn zu ihr hin.

Könnte er ihr doch nur einmal beweisen, dass er es wert war, von ihr beachtet zu werden, nur ein einziges Mal. Ihr einmal zu Gefallen sein zu dürfen, sie einmal aus einer misslichen Lage befreien zu dürfen, ihre Aufmerksamkeit, ihren Respekt, ja vielleicht sogar ihre Liebe zu erringen.

Sein heimliches Bitten wurde erhört.

In Ludwigs Heimatdorf nahe Bergzabern gab es in den sechziger Jahren die erste Diskothek weit und breit, und sie war DER Magnet für die pfälzische Jugend in einem Umkreis, der bis Neustadt, Annweiler und fast bis Ludwigshafen reichte. Jeden Sonntag gab es diesen allseits bekannten Schwoof beim Schwanenwirt. Eine Goldgrube ist diese Diskothek, sagten die Leute. Ein Sündenpfuhl, das sagten sie auch.

Jeden Sonntag spielte eine Live-Band die neuesten Schlager, die deutschen und die englischen. „I wanna hold your hand“ von den Beatles war ebenso dabei wie „Marmor, Stein und Eisen bricht“ von Drafi Deutscher oder die Schnulzen „Monja“ und „Ich will keine Schokolade, ich will lieber einen Mann“.

Die große Kugel mit ihren aufgesetzten Glasplättchen drehte

sich und brachte die jungen Leute zum Träumen. Das schummrige Licht half dabei beträchtlich.

In der Bar, bei Martini, Puschkin und Ratzeputz, wurden die Mädchen lockerer, und ab einem gewissen Zeitpunkt leerte sich der Tanzsaal. Einzelne verlorene Paare drehten sich im Kreis auf der Tanzfläche, mit sich selbst beschäftigt.

Ludwig Gerstenberger hatte an jenem denkwürdigen Juniabend stundenlang gelitten, denn Susanna würdigte ihn, wie immer, keines Blickes. Er hatte sogar mehrmals den Eindruck, dass sie sich mit ihrem Tanzpartner – und sie hatte an diesem Abend nur mit diesem einen Tanzpartner getanzt – über ihn lustig machte.

Als sie an Ludwigs Platz vorbeitanzten, meinte er, Susannas spöttische Worte zu hören, etwas, das merkwürdig klang: Frosch ... er sieht aus wie ein Frosch. „Froschkönig", hatte der Tanzpartner geantwortet, und sie hatten gelacht. Vielleicht hatte er sich aber auch verhört, denn die Musik war höllisch laut und verzerrte die Gespräche.

Ludwig Gerstenberger ging in die Bar und genehmigte sich einen Ratzeputz zur Beruhigung, und dann noch einen. Er trank fast nie etwas, schon weil er kein Geld hatte. Aber er machte sich auch nichts aus dem Zeug.

Der Ratzeputz wirkte schnell, und Ludwig nahm sich vor, vor Susanna hinzuknien und ihr seine Liebe zu gestehen. Sollte sie doch lachen. Sollten doch alle lachen.

Ein wenig benebelt und nicht mehr ganz sicheren Schritts verließ er die Bar, ließ seine Blicke über die tanzenden Paare hinweggleiten.

Er konnte Susanna im Halbdämmer des Tanzsaals nicht finden, auch nicht ihren Partner, diesen großen, schlanken, dunkelhaarigen Schönling.

Es gab nur eine Erklärung. Die beiden waren weggegangen.

Ein Gefühl von Leere überfiel Ludwig, eine Ohnmacht, die zugleich Wut war, bemächtigte sich seiner, und er schlich sich hinaus aus dem Tanzsaal wie ein geprügelter Hund, vorbei an lachenden und fröhlichen Teenagern, an schmusenden Paaren und einigen Angetrunkenen. Niemand bemerkte ihn.

Unwillkürlich trieb es ihn zum Dorf hinaus in Richtung Funkhaus, den flurbereinigten Betonweg entlang.

Das Funkhaus war in der Nazizeit erbaut worden, kurz vor dem Krieg. Es war zur Zeit unbewohnt, wie er wusste. Er wollte sowieso niemanden sehen und hören. Er suchte die Einsamkeit. Es war ein lauer Juniabend, die Luft war samtweich und der Himmel spannte sich sternenlos und dunkelblau über die Welt, verhüllte, was auf der Erde geschah.

Die Nachtluft und der Spaziergang ernüchterten den Einsamen nach und nach.

Als er fast am Funkhaus angekommen war, sah er schemenhaft vor sich in einem Seitenweg ein geparktes Auto mit einem Neustadter Kennzeichen. Vom Auto her ertönten Stimmen, junge Stimmen, eine weibliche und eine männliche. Die männliche Stimme keuchend, die weibliche Stimme schreiend. Kleine spitzige Schreie. Da war jemand in Not, er musste einschreiten. Ludwig schlich sich an das Fahrzeug heran, und er erkannte, obwohl es so dunkel war, Susanna und ihren Romeo vom Tanzboden, er erkannte das ölige Lachen des Mannes. Die blonden Haare Susannas waren zerzaust, ihr Kleid war nach oben gerutscht, ihre Brust halb entblößt. Ihr Gesicht sah sehr komisch aus, fast hätte man meinen können, sie genoss, was sich hier abspielte. Aber nein, das konnte nicht sein. Ludwig musste sie retten, seine große Liebe. Das Elend der Mädchen fängt an, wenn sie mit einem Mann aus dem Tanzsaal gehen, hatte seine Mutter einmal gesagt. Er hatte das nicht verstanden, aber seine Mutter musste dies hier gemeint haben. Ludwig Gerstenberger riss die Tür auf, packte den über Susanna liegenden Mann am Hals, es erwuchsen Ludwig ungeahnte Kräfte, er hatte nicht gewusst, dass er so stark war, und er drückte, drückte mit aller Kraft zu. Susanna schrie. „Du bist es, hässlicher Froschkönig. Misch dich nicht ein“.

Der Mann unter Ludwigs Händen war zusammengesackt. Er gab keinen Laut von sich. Er drehte Ludwig ein bläuliches Gesicht zu. Die Augen des Schönlings, die sowieso leicht nach Basedow aussahen, starrten Ludwig nun tot an. Das Mädchen schrie: „Ich bringe dich ins Zuchthaus, du hast meinen Verlobten umgebracht. Wir haben uns heute heimlich verlobt".

Da brach Ludwigs ganze aufgestaute Wut, seine grenzenlose Ohnmacht und die Trauer über sein jahrelanges vergebliches Sehnen aus ihm heraus. Das Mädchen war unterdessen über die Leiche ihres Liebhabers geklettert und stieß Ludwig mit einem heftigen Ruck aus dem Auto. Der schlug mit dem Hinterkopf dumpf auf dem Beton des Flurwegs auf, rappelte sich aber hoch und handelte nun blitzschnell. Froschkönig, hallte es in seinen Ohren. Hässlicher Froschkönig.

Wie zuvor den Hals des Schönlings, so drückte er nun den schlanken Hals des Mädchens mit all seinen Kräften zu, bis es lautlos zu Boden sank. Aus Susannas Tasche fiel ein Fünfzigmarkschein, den steckte er, ohne zu wissen warum, ein, dann nahm er die goldene Armbanduhr vom Armgelenk des toten Mannes und steckte sie mechanisch, wie in Trance, in seine Hosentasche. Er war schon im Weggehen, als sein Blick auf den Ringfinger des Toten fiel, an dem ein dicker blauer Siegelring prangte. Den Ring streifte er schnell vom Finger des Mannes, dessen Hand schon am Erstarren war.

Dann entfernte er sich, ganz ruhig, und ging ohne Hast in sein Elternhaus, wo er sich leise nach oben in sein Zimmer schlich.

Der hinterhältige Raubmord an dem Pärchen war die Sensation der nächsten Monate, einmal kam auch ein dicker, alter, gutmütig aussehender Kommissar ins Haus von Ludwigs Eltern.

Es war nur eine Routinebefragung aller jungen Leute, die an besagtem Sonntagabend in der Dorfdisco gewesen waren.

Ludwig war schon relativ früh heimgekommen, so gegen dreiviertel elf. Ludwigs Mutter konnte das beschwören, denn sie hatte die Schritte ihres Sohnes auf der Treppe gehört. Bei dieser Aussage seiner Mutter war sich Ludwig sicher, dass die Katze oder der Hund ihn gerettet hatten, die wahrscheinlich um diese frühe Zeit die Treppe hochgelaufen waren. Guter Hasso. Gutes Mohrle.

Und der Fünfzigmarkschein, der Ring und die goldene Uhr lagen ganz oben im hintersten Winkel auf dem Heuboden, in einer Blechkiste verstaut. Da kam niemand hin.

„Dreiviertel elf, das ist wirklich früh für einen jungen Mann“, sagte der ältliche Kommissar gutmütig lachend, und er fügte hinzu. „Vor ein Uhr nachts bin ich in meinen wilden Jahren nie vom Schwoof heimgekommen.“ Und er trank ein Gläschen von dem Hauswein, einem grässlichen Rachenputzer, den Ludwigs Vater ihm kredenzt hatte.

Der Fall wurde nie aufgeklärt. Lange hatte man einen Herumstreuner verdächtigt, der damals in jener Juninacht im leeren Funkhaus übernachtet hatte, aber keinerlei Diebesgut wurde bei ihm gefunden. Weder das Geld, noch die Uhr, noch der Siegelring. Außerdem war der Mann nachweislich stockbetrunken gewesen, hatte nichts mitbekommen, und zuletzt musste er aus Mangel an Beweisen freigelassen werden.

Ludwig Gerstenberger genoss die Strahlen der ersten Frühlingssonne, und er genoss seinen Espresso.

Ach, Susanna wäre stolz auf ihn, wenn sie ihn jetzt sehen könnte. Älter war er geworden, das ist wahr, aber er hatte es zu etwas gebracht im Leben. Dozent der Pädagogischen Hochschule war er geworden, nun erntete er als Pensionär die Früchte seiner Arbeit, er war solo geblieben, ein Single. Ein Mädchen, eine Frau wie Susanna war ihm nie mehr begegnet. Die Blonde, Stolze, Schöne. Aber auch die Herrische. Und er war kein Froschkönig geworden. Nein. Das Schicksal hatte es gut gemeint mit ihm.

„Entschuldigung, ist bei Ihnen noch frei?“ Eine Dame Mitte bis Ende Fünfzig, sehr elegant, ein wenig ins Üppige gehend, mit selbstbewusster, ein wenig schneidender, schnippischer Stimme, stand vor ihm.

Ludwig Gerstenberger erschrak bis ins Mark.

Die Frau, die Dame sah aus, wie Susanna aussehen würde, wenn sie noch lebte, wenn er sie nicht ... gerettet hätte aus den Klauen jenes Unmenschen.

Der gleiche Blick, so von oben herab, die gleiche gebieterische Stimme. Das selbstbewusste Auftreten, das keine Zweifel zuließ.

„Aber ja, bitte“, stammelte er, noch ganz benommen. „Hier ist noch frei.“

Die Dame setzte sich, bestellte sich einen Kaffee, öffnete ihre Handtasche und entnahm ihr einen Kugelschreiber und eine Kunstkarte, deren Motiv er nicht erkennen konnte.

Als sie aufstand, um sich an der Kuchentheke im Innern des Cafés etwas auszusuchen, schielte er nach der Karte hinüber.

Sie stellte einen Froschkönig dar. Dunkelblauer Grund, die goldene Krone leuchtete und umgab den Froschkönig mit einer Aura. Sehr hübsch.

Froschkönige waren eben gerade modern. Die Dame kam zurück, sie schenkte Ludwig ein kleines Lächeln von oben herab, und sie nahm Platz.

Sie gefällt mir, dachte Ludwig Gerstenberger.

Mein Gott, sie gefällt mir.

Walter Landin

Der letzte Tag

Ich drücke mein Ohr an die Tür. Ich höre nichts. Als ich heute Morgen gegangen bin, glaubte ich, das Wimmern verfolge mich noch im Treppenhaus. Ich drehe den Schlüssel und betrete die Wohnung. Ich stelle sie mir im Schlafzimmer vor. Schlafend. Zusammengerollt. Ihre Arme um die Knie geschlungen. Ich stelle mir ein friedliches Bild vor. Ihre langen, prächtigen Haare, die den Boden berühren. In meinen Gedanken unterdrücke ich den Impuls, mit den Fingern über die Haare zu streichen. Haare, fein gesponnen wie Gold. Ich möchte alles stehen und liegen lassen. Ich beherrsche mich. Ich werde ihr erst etwas zu essen geben. Sie wird alles in sich hineinstopfen. Ich verlasse das Schlafzimmer, lehne die Tür an und verstaue den Einkauf im Kühlschrank. Ich schmiere vier Butterbrote, dick geschnitten, belege sie mit Wurst und Käse, fülle ein Glas mit Milch und stelle alles neben sie auf den Fußboden. Ich setze mich in den Sessel neben dem Bett, beobachte sie und warte ab. Sie schläft noch, aber ihre Nase bewegt sich. Wie bei einem Hund, denke ich und schäme mich augenblicklich für den Vergleich. Ihr Kopf fällt ein wenig nach links, nähert sich dem Teller mit den Broten, noch immer sind ihre Augen geschlossen. Gleich würde sie mit ihrer linken Hand, der freien, mechanisch nach den Broten greifen. Dann würde es sehr schnell gehen. Sie würde die Brote in Windeseile hinunterschlingen, das Glas Milch in einem Zug leer trinken. Dann wäre ich an der Reihe. Aber heute, am dritten Tag, meinem letzten Tag, ist alles anders.

Ich hatte sie vor einigen Tagen entdeckt. Wenn ich in der Mittagspause in Eile bin, besorge ich mir eine Currywurst oder ein Leberkäsebrötchen bei Härtings Imbiss in der Spitalstraße. Oder ich esse, wenn ich Zeit habe, bei einem der Italiener in der Altstadt. In jedem Fall schlürfe ich bei schönem Wetter einen Espresso auf der Terrasse im St. Martins direkt am Brunnen, mein Blick verliert sich in den Wasserspielen und meine Gedanken schweifen ab. Vor einigen Tagen saß sie genau vor dem Martinsbrunnen. Sie hielt ein kleines Pappschild vor sich. ‚Hunger' stand darauf. Mir fiel sofort ihr Haar auf. Und unwillkürlich musste ich an das Märchen denken.

„Lass mir dein Haar herunter!"

Sie streckte den Passanten die offene Hand entgegen.

„Hunger, Hunger", leierte sie vor sich hin. Dazu schüttelte sie ab und zu ihre Haare, die langen, die wunderschönen. Hunger schien das einzige Wort zu sein, das sie kannte. Ihr Alter war schwer zu schätzen, aber älter als 14 war sie keinesfalls. Woher sie kam, konnte ich nicht sagen. Ich konnte nur noch an ihre Haare denken. Bei der Arbeit, wenn ich ein Formular ausfülle, eine Abrechnug durchgehe, ich bin in der Buchhaltung der Pfalzgalerie in Kaiserslautern beschäftigt, rieche ich ihr Haar, vergrabe meine Nase darin. Am nächsten Tag drückte ich ihr einen 10-Euro-Schein in die Hand. Sie war so überrascht, dass sie sogar mit der Hunger-Litanei aufhörte. Sie starrte mich mit offenem Mund an. Ich nickte ihr zu und ging. Am nächsten Tag kam ich wieder und drückte ihr wieder einen Schein in die Hand, dieses Mal 20 Euro. Am vierten Tag war sie nicht allein. Eine Frau, die ihr ähnlich sah und ihre Mutter sein konnte, stand bei ihr. Die Frau winkte mich zu sich. Sie kam schnell zur Sache.

„Machen, was wollen, aber drei Tage, dann wieder hier", sagte die Frau.

Ihre Aussage unterstützte sie mit drei ausgestreckten Fingern. Ich dachte nicht lange nach und drückte ihr die Geldscheine, die sie verlangte, in die Hand. Sie legte die Hand ihrer Tochter in meine und schob sie in meine Richtung.

„Nicht vergessen, drei Tage."

Sie wehrte sich anfangs und wollte nicht mitkommen. Erst als die Frau sie in einer mir fremden Sprache anfuhr, trottete sie hinter mir her, drehte sich jedoch mehrmals um. Widerwillig stieg sie zu mir ins Auto. Ich fuhr mit ihr zu einem Schnellimbiss und versorgte sie mit Hamburgern. Sie aß so schnell, dass ich gar nicht mit dem Nachschub hinterherkam. Dann fuhren wir zu mir nach Hause. Ich führte sie ins Schlafzimmer. Sie war apathisch und wehrte sich nicht. Als ich einen Moment unaufmerksam war, schlug sie mir die Wasserflasche, die immer neben dem Bett steht, über den Kopf. Sie hatte mit aller Kraft zugeschlagen und mein Kopf schmerzte. Zum Glück kaufe ich seit einiger Zeit nur noch Plastikflaschen. Sie sind leichter zu tragen. Der Schlag mit der Plastikflasche tat zwar weh, aber ich war nicht verletzt und schon gar nicht außer Gefecht gesetzt. Ich riss ihre schönen langen Haare nach hinten, sie schrie auf.

„Rapunzel, Rapunzel, beim nächsten Mal sind sie ab!“, sagte ich und schlug ihr mit der flachen Hand ins Gesicht. Sie blutete aus der Nase. Ich schlug nochmals zu. Danach zerrte ich sie auf den Boden vor meinem Bett, drückte sie an die Heizung und fesselte sie mit meinem Gürtel. Ich wollte sichergehen, dass sie keinen Unsinn anstellte, während ich die Handschellen suchte. Weiß der Teufel, warum ich sie in der Speisekammer versteckt habe. Ich fand sie zuerst nicht, durchwühlte alle möglichen und unmöglichen Ecken und Winkel, bis mir einfiel, dass ich sie hinter die Marmeladengläser geschoben hatte. Zurück im Schlafzimmer ließ ich die Handschellen über ihrem rechten Handgelenk zuschnappen und fesselte sie ans Heizungsrohr. Abends öffnete ich die Handschellen und deutete aufs Bett. Sie jammerte.

„Hunger, Hunger.“

Dabei hatte sie vor gar nicht langer Zeit die Hamburger verschlungen. Hunger war das einzige Wort, das sie artikulierte. Ich stellte einen Teller mit belegten Broten hin, sie aß gierig. Ich machte mir von da an nicht mehr die Mühe sie loszumachen und auf das Bett zu bugsieren, sondern ließ sie auf dem Boden vor der Heizung. Ich achtete jedoch darauf, dass sie zuvor immer ausreichend mit belegten Broten versorgt war.

Heute ist der dritte Tag. Mein letzter Tag. Heute ist alles anders. Sie stürzt sich nicht auf die Brote. Sie schaut den Teller an, dann blickt sie mir in die Augen. Ich kann ihrem Blick kaum standhalten. Sie schlägt mit ihrer linken Hand, der freien, nach dem Teller, die Brote heben ab, segeln durch die Luft, die Wurst- und Käsescheiben lösen sich vom Brot und klatschen, nachdem sie eine andere Flugbahn als die Brotscheiben genommen haben, auf dem Bettvorleger auf. Sie schaut mich immer noch an. Ich wende mich ab. Dann sagt sie laut und deutlich: „Rapunzel, Rapunzel."

Ich habe das Gefühl, sie äfft mich nach. Wut ergreift mich. So soll es nicht zu Ende gehen. Ich springe vom Sessel hoch, stürze aus dem Zimmer, durchwühle die Schublade mit den Haushaltsutensilien, packe die Schere, weiß, dass es zu Ende geht, dass es bald schon vorbei ist, renne ins Schlafzimmer zurück, greife nach den schönen Haaren.

„Das hast du jetzt davon!"

Ich schlage die Haare ein paar Mal um meine Hand und ritsch ratsch schon liegen sie abgeschnitten vor mir auf der Erde. Die ganze Aktion erregt mich so, dass ich die Schere fallen und jede Vorsicht außer Acht lasse. Ich bin der Königssohn. Ich bin der böse Zauberer. Ich weiß, es wird kein Happy End geben, aber ein Märchen braucht ein Happy End, sonst ist es doch kein Märchen. Eine Mutter, die ihre Tochter verkauft? Für eine Handvoll Geldscheine? Ist das ein Märchen?

„Rapunzel, Rapunzel."

Ich weiß, es wird kein Happy End geben.

„Rapunzel, Rapunzel."

So wie sie vorher immer Hunger, Hunger geleiert hat.

„Rapunzel, Rapunzel."

Wie durch einen dichten Schleier dringen die Worte zu mir. Es kommt mir vor, als seien sie weit weg. Ich bin der Zauberer. Ich bin der Königssohn. Dann geht alles sehr schnell. Ich sehe, obwohl ich mein Gesicht an ihrem Hals vergraben habe, ihre Hand mit einem blitzenden Gegenstand über meinem Rücken. Ich weiß, das ist nicht möglich. Eine optische Täuschung. Ich habe einen Fehler gemacht, durchzuckt es mich.

Wolfgang Ohler

Wolf und die Angst

Plötzlich wusste Wolf, was diesmal anders war: Der faulig-strenge Geruch, der ihm stets eine leichte Übelkeit verursachte und vor dem es hier drinnen kein Entrinnen gab, selbst wenn man sich, wie er und Staatsanwalt Brandt es auch jetzt gewohnheitsmäßig taten, in gehörigem Abstand zum Obduktionstisch und nahe bei der sanft surrenden Belüftung aufhielt, dieser peinigende, würgende Geruch, an den er sich niemals gewöhnen würde, der bei länger andauernden Untersuchungen nur durch eine flache, sparsame Mundatmung zu ertragen war, der blieb heute aus, auch als Wolf nun, um diese überraschende Entdeckung zu überprüfen, zögernd einige Schritte auf Professor Wegner zuging, wobei er die rote Akte mit dem Polizeibericht, der ihm die Identifizierung der Toten ermöglichen sollte, wie einen Schild aufgeschlagen in den Händen vor sich hielt, als wollte er dahinter Schutz suchen oder sich vor dem makabren Handwerk des Obduzenten abschirmen, der leicht vornüber gebeugt im grünen Kittel, das Mikrophon an einem Drahtbügel umgehängt, um beide Hände für das Schneiden, Sägen, Aufschlitzen und Abtrennen frei zu haben, am Kopfende des Metalltisches stand und reglos in einer Art konzentrierter Starre, so schien es, auf die mattweiße Plastikfolie blickte, die das Tatopfer, eine junge vergewaltigte und erdrosselte Prostituierte, wie Wolf aus der Ermittlungsakte wusste, noch zudeckte und die Umrisse des toten, misshandelten Körpers grob und faltig andeutete, während Obduktionsassistent Dr. Lenz mit gewohnter nervöser Geschäftigkeit und zerzauster Einsteinmähne die Instrumente ordnete und dabei leise Erklärungen an die beiden sichtlich aufgeregten Praktikanten an seiner Seite richtete, dann die Tiefstrahler einschaltete, so dass gleißendes Licht den Obduktionstisch überflutete, und damit begann, die Daten vom Monitor des Laptops abzulesen, wodurch Wolfs Aufmerksamkeit auf seine Unterlagen gelenkt wurde, um die Angaben zu kontrollieren, und er darüber vergaß, das Ausbleiben jenes faulig-strengen Geruchs, der ihm stets eine leichte Übelkeit verursachte, weiter zu ergründen.

Sofort bemerkte Wolf, dass das nicht stimmte, was da von den gekachelten Wänden widerhallte: Das ist nicht meine Leiche, verdammt noch mal, eine Verwechslung! Gerade wollte er auf den Irrtum hinweisen, da stutzte er.

„... männlichen Geschlechts, einundvierzig Jahre alt geworden, Gewicht achtzig Kilogramm, Größe einhundertsechsundachtzig, athletische Körperbeschaffenheit ..." schallte es im Raum.

Der Ruf blieb ihm in der Kehle stecken und wie gelähmt hörte er zu.

„... Zähne erhalten, keine Prothesen, ältere Operationsnarben rechter Unterbauch und rechtes Schulterblatt, glattes, kurzes, mittelblondes Kopfhaar, Dreitagebart, Iris graublau, Blutgruppe AB positiv ..."

„Aufhören, sofort aufhören!"

Doch Wolf dachte es nur, denn er brachte kein Wort heraus. Das bin ich, der da zur Obduktion vorgestellt wird, meine eigenen Daten und Merkmale sind das, kein Zweifel!

Er schaute zum Staatsanwalt hinüber. Gleichgültig und mit einem Achselzucken erwidere Brandt den Blick.

„... Ursache, Umstände und Zeitpunkt des gewaltsamen Todes noch unbekannt", schloss Lenz seinen Vortrag.

In der einsetzenden eisigen, sterilen Stille war das sanfte Surren der Belüftung zu hören. Dann richteten sich alle Augen, ebenfalls kalt und steril, auf ihn, Richter Wolf.

„Was soll das? Seid ihr denn alle verrückt geworden!"

Die erlösende Antwort blieb aus, die Sprachlosigkeit der anderen, ihre stummen Blicke waren bedrohlich. Das war kein Scherz!

„Hier ist unsere Leiche, verdammt noch mal, seht doch ..."

Mit schnellen Schritten war Wolf an den Tisch getreten, eine Hand packte die Plastikdecke und schlug sie mit einem Ruck zur Seite.

Der Tisch war leer.

Wolf taumelte zurück.

Professor Wegner kam langsam mit unbewegter Miene näher. In den Gläsern seiner Brille brachen sich die gleißenden Lichter der Strahler und zuckten wie Blitze, als sollte Wolf geblendet werden.

„Wenn ich bitten darf, Herr Dr. Wolf, Ihre Obduktion."

Die einladende Handbewegung deutete hinüber zum Tisch.

Die Lähmung wich wilder Entschlossenheit: nur raus hier! Mit einem Sprung floh Wolf zum Eingang, entkam dem zupackenden Griff des Staatsanwalts, hörte den irren Schrei hinter sich, riss die Tür auf und war draußen.

Als er zu sich kam, saß er am Fußende des Bettes. Es dauerte Sekunden, bis er ganz wach war und im Dunkel die Umgebung erkannte.

Der Traum war noch gegenwärtig. Er grübelte, suchte nach Bildern und Eindrücken. Wie ein langsam schwindender Schmerz klang in ihm das Gefühl nach, dass es zu Ende gehe und er verloren sei, dass es keinen Ausweg gebe. Er fröstelte in dem dunklen Raum, am Fußende des Bettes kauernd, so dass er sich selbst mit vor der Brust gekreuzten Armen umschlang.

Es hatte keinen Sinn, die Ursache seiner Angst war konturlos im Schlaf zurückgeblieben und einfach nicht zu packen, entzog sich allem Grübeln. Die Tür, durch die er der blendenden Helligkeit und dem Wahnsinn entkommen war: Sie war das letzte Traumbild, an das er sich erinnerte; dahinter Finsternis und Nichts, und doch musste ihm dort etwas begegnet sein, aber nicht Rettung vor der Bedrohung, Sicherheit vor dem Irrsinn jenseits der Tür, sondern das Gegenteil: das Ende aller Hoffnung.

Ein weiches Fell schmiegte sich an seine bloßen Füße, und er hörte das Schnurren der Gelbgefleckten, die sich über die unerwartete nächtliche Aktivität freute. Wolf stand auf, und beide, Mensch und Katze, fanden im Finstern den Weg durch die nächtlichen Räume bis zur Tür, die auf den Balkon führte. Er schaute der Katze nach, wie sie, ohne zu zögern, den Schutz der Mauern und des Menschen aufgab und in den Mondschatten des Gartens tauchte. Das machte ihm Mut, dass auch für ihn weder dort draußen noch im Haus irgendein Schrecken wartete. Der Druck in seiner Brust ließ nach und wich einem Gefühl der Gelassenheit. Langsam ging er durch die Zimmer zurück, achtete auf die Geräusche, welche die Stille hervorbringt, schwaches Straßenlicht zwängte sich in dünnen Fäden durch die Jalousien und spiegelte sich in den Glasflächen der Uhren und Bilder.

Er legte sich nieder und horchte auf die gleichmäßigen Atemzüge, die ihm verrieten, dass seine Frau nichts bemerkt hatte. Vorsichtig rückte er näher, bis er die Wärme ihres Körpers spürte. Er vermied es, weiter den Bildern des Traums nachzuhängen, um in den Schlaf zurückzufinden, der jetzt frei von Ängsten sein würde.

Die nasse Asphaltspur verlor sich in der Nebelsuppe, in der die roten Rücklichter des Vorausfahrenden schwammen. Wo die Straße aus der Stadt und bergauf führt, ließ der Verkehr nach, und Wolf beschleunigte die Fahrt.

Er schaltete das Radio ein. Kurz vor acht die Wasserstandsmeldungen. Das hatte er seit seiner Zeit auf der Uni beibehalten: morgens in seinem alten Fiat auf der Fahrt zur Vorlesung die Litanei der Zahlen, der Rhein bei Bingen, die Saar bei Mettlach, die Mosel ab Trier, fallend oder steigend, unverändert, Meter und Zentimeter, Stimme und Ruhe, seine Meditation. Dann das Pausenzeichen, das er mitsummt: „Und er hat sein helles Licht in der Nacht".

Hinter Rosenkopf, dem dritten Dorf, wurde die Luft klar. Die Sonne tränkte die letzten Nebelschwaden mit gelbem Feuer und löste sie in dünne Fetzen auf. Der nächste Anstieg führte in die blendende Helligkeit des schieferblauen Morgenhimmels, unter dem sich der Horizont nach allen Seiten in die Ferne ausdehnte. Über die Schulter sah Wolf hinüber ins Elsass, weit voraus die Höhen des Pfälzer Waldes, links drüben im Saarland wucherten die weißen Dampfpilze des Kraftwerkes aus dem Dunstmeer, das die Kühltürme und Schornsteine verschluckte. In den Tälern und Mulden der Hochebene eine Urlandschaft: Nebelseen füllten die Tiefen, die freien Abhänge kochten im Sonnenlicht, Wolkenschwaden zogen durch den bunten Mischwald herauf.

Schon von weitem bemerkte Wolf die Schar schwarzer Vögel,

die sich auf der Straße niedergelassen hatte, wohl angelockt durch ein Aas. Feldhasen, Füchse, in dieser Jahreszeit vor allem Igel fielen dem Straßenverkehr oft zum Opfer. Als er sich der Stelle mit verringerter Geschwindigkeit näherte, hatte er den Eindruck, das Krähenpack wollte ihm die Durchfahrt versperren. Unbeweglich starrten ihm die schwarzen Schnäbel entgegen, und erst als das Fahrzeug auf wenige Meter heran war, erhob sich die Bande in die Luft und wich mit schwerem Flügelschlag seitlich auf die Wiese aus. Der Asphalt leer und sauber, kein gedeckter Rabentisch.

Den Vormittag über war Wolf mit dem Studium der Akten beschäftigt, um die in den nächsten Tagen anstehende Schwurgerichtsverhandlung vorzubereiten. Zuletzt las er den Obduktionsbericht, den Professor Wegner in der Hauptverhandlung seinem Gutachten zur Todesursache zugrunde legen würde. Die wesentlichen Punkte hob er mit dem Textmarker hervor:

„3 x 1,5 cm große schwach bläuliche Hautverfärbung am Unterrand des rechten Unterkiefers, vom Unterkieferwinkel nach vorne zum Mundbogen ziehend und am Oberrand mit einer korngroßen Oberhautverletzung. 2 cm darunter beginnt eine vom Unterkieferrand bis zum Ansatz des Kopfwendemuskels reichende, unregelmäßig begrenzte 11 x 8 cm große Hautverfärbung, zentral mit 5 bogenförmig gerundeten Fingernagelimpressionen (zwischen 0,8 bis 1,5 cm lang, die Bögen nach hinten gerundet) im seitlichen Halsdreieck. Im unteren Anteil dieser Hautverfärbung finden sich auf einem Feld von 4 cm Breite und bis zu 2 cm Höhe mehrfache Epithelabhebungen nach vorne zur Halsmitte."

Obwohl er in den letzten Minuten häufig auf die Uhr geblickt und unbewusst darauf gewartet hatte, zuckte er zusammen, als das Telefon läutete: exakt um 11.30 Uhr. Er zögerte einen Moment, nahm dann den Hörer ab und meldete sich, wobei er sich bemühte, seiner Stimme den normalen Klang zu geben. Es war die Geschäftsstelle: Eine Zeugin habe sich krank gemeldet.

Nach der Unterbrechung starrte Wolf minutenlang untätig vor sich hin. Das Telefon blieb stumm. Entschlossen wandte er sich wieder dem Bericht zu.

11.50 Uhr. Nein, jetzt wird er nicht mehr anrufen. Wolf trat ans Fenster und schaute hinunter auf die belebte Straße. Er dachte an die vergangene Nacht und an den Traum.

Ein Narr bist du gewesen, dir vorzumachen, da draußen in der Welt sei nichts, was dich bedrohe. Das Gegenteil ist wahr, und du weißt es nur zu gut, erlebst Tag für Tag, was Menschen anderen Menschen antun, du verwaltest das Grauenhafte, den Mord, die Gewalt, siehst die Opfer und die Täter, sprichst über ihre Ängste, ihr Entsetzen, über Hass und Schuld, die Wunden und den Tod, Tag für Tag. Und dann bist du erstaunt, dass du in der Nacht schlecht schläfst und Albträume hast. Da draußen in der Stadt ist sie, die Bedrohung, auch in diesem Augenblick. Sie aufzuspüren, in Worte zu fassen, ihr entgegenzutreten, mit ihr fertig zu werden, ihr wieder zu drohen, das ist dein Handwerk. Durch dich schließt sich der Kreis aus Drohung und Angst. Was du selbst dabei empfindest, das sind die Schwielen deiner Arbeit.

Diese Selbstgespräche führte er in den letzten Wochen oft, und er kannte ihre Ursache. Die Angst, von dem Strudel des Bösen und der Gewalt und der Gegengewalt wider das Böse gepackt und hinabgezogen zu werden, hatte ihn wie ein Fieber befallen. Die Telefonanrufe, sie waren es, die ihn aus dem Gleichgewicht gebracht hatten.

Er sah hinab auf die Straße und sagte sich, dass er am Fenster ein gutes Ziel abgeben würde. Rasch trat er einen Schritt zurück ins Zimmer.

Sie waren junge Kollegen am Amtsgericht Zweibrücken gewesen, Strafrichter der eine, zuständig für das zivile Gezänk der andere. In der Mittagspause hatten sie sich in ein nahes Lokal zurückgezogen, tranken dort einen Milchkaffee und erzählten sich ihre Probleme. Auch als sich ihre Wege trennten, verloren sie sich nicht aus den Augen; und wenn man sich gelegentlich begegnete, flachste man gerne über frühere Zeiten.

So wie heute in der Kantine des Landgerichts Kaiserslautern, wo Wolf nun als Vorsitzender des Schwurgerichts tätig war. Sie redeten Belangloses, doch der eine spürte bald, dass der andere etwas auf dem Herzen hatte. Nun ja, gestand Wolf, er würde dem Freund gerne eine Geschichte erzählen, um zu erfahren, was daran wahr und was falsch sei; auch um sich Klarheit zu verschaffen, welche Rolle er in dieser Geschichte spiele. Vor allem aber kenne er selbst den Schluss nicht und hoffe, dass er ihnen beiden jetzt, beim Erzählen, einfallen werde.

„Schieß los!"

Wolf begann mit den Telefonanrufen, berichtete über den bevorstehenden Mordprozess, sprach über seine Angst und den Albtraum der vergangenen Nacht. Sein Gegenüber hörte aufmerksam zu.

„Ich fasse zusammen: Du stehst vor einer unangenehmen Verhandlung, die dir nicht nur juristisch, sondern vor allem menschlich alles abverlangen wird. Zugleich siehst du dich selbst als Opfer dieses anonymen Anrufers, der dir seit Wochen droht. Wenn es so ist, dann müsste deine eigene sozusagen beispielhafte Angst dich in deiner Aufgabe als Strafrichter bestärken, solchen Tätern Paroli zu bieten und ihnen das Handwerk zu legen. Wir haben also kein moralisches, sondern ein kriminalistisches Problem."

„Habe ich mir anfangs auch gesagt, aber ich empfinde es nicht so. Im Gegenteil: Ich sehe meine Arbeit durch diese Bedrohung in Frage gestellt."

„Gut, gehen wir der Sache auf den Grund. Zunächst zu den Morddrohungen. Was hast du unternommen? Und kannst du dir nicht denken, wer und was dahinter steckt?"

„Ich muss dich korrigieren: Von Mord ist direkt keine Rede. Es sind Andeutungen. Er spricht von Abrechnung, von einer Begegnung, die wir haben werden, und dass er es mir heimzahlen will. Natürlich wäre es naiv, dahinter keine Drohung zu sehen. Aber vielleicht soll es dabei bleiben. Vielleicht reicht es ihm, mich zu beunruhigen."

„Darauf kannst du nicht vertrauen. Deshalb nochmals: Was hast du dagegen unternommen?"

„Bei den ersten zwei, drei Anrufen nichts. Als es dann angehalten hat, drei bis viermal die Woche, immer um die gleiche Zeit, vormittags halb zwölf, habe ich die Sache dem Präsidenten gemeldet, und der hat die Staatsanwaltschaft eingeschaltet, die üblichen Ermittlungen, Telefonüberwachung, gebracht hat es nichts. Er ruft aus öffentlichen Fernsprechzellen an. Sie haben alle Haftentlassungen der letzten Monate überprüft, vor allem die Fälle, die auf mein Konto gehen: wieder Fehlanzeige. Ich selbst bin die längeren Freiheitsstrafen der letzten zehn Jahre durchgegangen: keinerlei Anhaltspunkte."

Wolf tauchte den Finger in eine Kaffeepfütze und malte verschlungene Linien auf das Wachstuch.

„Und das Verrückte ist, dass mich die Stimme an jemanden erinnert. Ja, ich bin mir sicher, sie schon einmal gehört zu haben, aber ich komme und komme nicht darauf, wann und wo."

„Nun, es liegt auf der Hand, dass es einer deiner Kunden ist, der sich rächen will. Mit diesem Risiko muss ein Strafrichter leben, das hilft uns nicht weiter. Du musst dich vorsehen. Besorge dir eine Waffe, vielleicht hast du Anspruch auf Personenschutz."

Wolf schüttelte den Kopf.

„Jetzt redest du wie der Staatsanwalt, mein Lieber, und hast nicht verstanden, worum es geht. Kannst du dir das vorstellen: Ich mit einem Schulterhalfter unter der Robe? Meine Angst rührt doch nicht daher, dass ich mich diesem Verrückten da draußen nicht gewachsen fühle. Sie hat damit zu tun, dass er mich dazu gebracht hat, an den Tod, die Opfer und die Täter zu denken, aber auf ganz andere Weise, als ich dies bisher getan habe."

„In Ordnung, ich will mir Mühe geben: Das Verbrechen, der Tod, die Leichen, das ist Alltag für dich und deine Kollegen von der Rechtsfront, eure Akten und Urteile sind voll davon, es ist euer Beruf. Aber ich verstehe: Wenn es um das eigene Leben geht, sieht die Sache anders aus und ist nicht mit Routine zu schaffen. Das kann dir jeder nachfühlen."

„Nochmals nein: Um die Angst vor dem Tod geht es nicht. Die Drohungen haben mir auf ganz andere Weise den Frieden genommen. Wer ein Unrecht sehr tief empfindet, der ändert es nicht mehr; so oder ähnlich heißt es in einer Novelle von Robert Musil. Diesen Satz trage ich all die Jahre zu meiner Rechtfertigung wie einen Schild vor mir her, und diesen Schild hat mir der Anrufer aus den Händen geschlagen."

„Jetzt verstehe ich, was du meinst. Du hast immer versucht, all diese schrecklichen Dinge, mit denen ihr Strafrichter euch abgeben müsst, auf Distanz zu halten, nicht zu viel und nicht zu tief zu empfinden, um das Unrecht in sachliche Urteile abfüllen zu können. Wer sich da hineinziehen lässt, hast du dir gesagt, wer sich zu sehr bemüht, das Unglück und Elend zu begreifen, der kann nicht mehr darüber richten. Ist es so?"

„Ja, so ist es. Ich habe die Distanz verloren. Die Distanz zu den Opfern auf der einen und zu den Tätern auf der anderen Seite. Seit Tagen bereite ich mich auf diesen Mordprozess vor, wie ich es immer getan habe. Die Hand- und Gedankengriffe sind die gleichen, die Routine lässt mich nicht im Stich, aber die Orientierung ist mir abhanden gekommen. Ich fühle mich hin- und hergerissen. Ich verspüre Abscheu, Mitleid und Zorn, ergreife Partei. Angeklagter, Ankläger oder Zeuge könnte ich in diesem Verfahren sein. Aber Richter?"

Wolf sah den Freund an, als sei dieser ihm die Antwort auf seine Frage schuldig.

„Gib Acht: Wir müssen die Sache anders anpacken. Fragen wir uns doch, wofür diese verloren gegangene Distanz gut gewesen ist. Ich will es dir sagen, mein Lieber: für gar nichts; einen Dreck ist sie wert! Falsch ist sie, deine großartige Richterideologie, mit der du dich gegen das Verbrechen immun gemacht hast, eine hinterfotzige Maskerade, Feigheit vor dem Feind, der Irrtum der Jungfrau, ihre Unschuld dadurch zu bewahren, dass sie dabei nichts fühlt. Die Bedrohung, dieses wilde Tier, hast du in deiner Vorstellung domestiziert, in Wahrheit aber nur dich selbst zahm und blöd gemacht!"

Als habe er auf seinen Einsatz gewartet, führte Wolf den Gedankengang weiter.

„Doch mit einem Mal gehöre ich selbst zu den Opfern, und ich weiß, wer Opfer ist, kann auch Täter sein!"

„So ist es. Du stürzt runter von deinem Thron, plumpst mitten hinein in den Schlamassel, und in dieser Mitte erkennst du, dass dies dein Platz ist: endlich hautnah dabei, kannst den

Angstschweiß, die Leichen und das Elend um dich her riechen, pfui Teufel, bist damit jedoch auch dicht an der Wahrheit. Sei also froh, dass du die Augenbinde los bist! Und das verdankst du dem Querulanten, der keine Ruhe findet und dich mit seinen Anrufen schikaniert. Daran musst du denken, wenn er dir wirklich begegnen sollte. Vielleicht ist er gar nicht der Feind, für den wir ihn halten."

Nach etwa einem Kilometer hatte Wolf seinen Rhythmus gefunden. Er lief leicht und locker, die Muskeln arbeiteten im geübten Takt, auf drei Schritte einatmen, auf drei Schritte wieder aus. Die Waldluft tat ihre Wirkung, der Kopf wurde klar. Die Anspannung des Tages fiel von ihm ab, der Stress der stundenlangen Beratung und der Verkündung des Urteils blieb hinter ihm zurück. In dieser einsamen Stunde rannte er sich frei, keuchte den Ärger des Tages aus den Lungen, schwitzte den Mief aus dem Leib, die körperliche Erschöpfung bescherte ihm Entspannung.

Jetzt noch die Kraftprobe, dann hatte er es geschafft: So nannte er den dreihundert Meter langen Anstieg im letzten Teil der großen Schleife durch den Wald, die ihn mit einem kurzen Auslauf zum Ausgangspunkt zurückführte. Auf dieser Steigung mobilisierte er die letzten Reserven, hier konnte er sich austoben, sich bis zum Scheitelpunkt so erschöpfen, dass ihn schwindelte. Kürzer griffen jetzt die Schritte, den Oberkörper vornüber gebeugt, den Blick am Boden, der wie ein hell geflecktes Band unter ihm hinwegzog, der Atem stoßweise im Rhythmus des schnellen Tritts. Auf den letzten Metern wich die Umgebung zurück und der Wald verstummte, er hörte nur noch die Geräusche des eigenen Körpers, alles Übrige ausgelöscht, als tauche er unter in eine dämmrige Wasserwelt, das Dröhnen der vorbeiströmenden Flut in den Ohren.

Am Ende der Steigung tauchte er aus dem Taumel an die Oberfläche auf und erkannte im selben Augenblick den Mann, der in einer Entfernung von fünfzig Metern am Wegrand stand und ihm entgegenschaute, als warte er bereits lange Zeit auf ihn. Und während er auf diesen Mann zulief, ausgepumpt und erschöpft, begannen sich die Gedanken in seinem Kopf auf seltsame Weise wie in einem kardanschen Gehäuse gegenläufig umeinander zu drehen.

Das erste Gedankenrad kreiste um die ausweglose, fatale Situation, in die er mit jedem weiteren Schritt geradewegs hineinstolperte: Die Stimme am Telefon! Er hatte ihn sofort wiedererkannt, selbst auf diese Entfernung: Heinz Meisel, ein großer, kräftiger Kerl und bestimmt zehn Jahre jünger als er, ausgeruht stand er dort, keine zehn Kilometer in den Beinen, nicht erschöpft und ausgepumpt, ein ungleicher Gegner, an Flucht nicht zu denken. Was aber tun, wie soll ich mich verhalten; auf keinen Fall Schwäche oder Angst zeigen, abwarten, was geschieht. Ob er eine Waffe hat? Vielleicht unter der Jacke, die Hände jedenfalls leer.

In diesem sich drehenden Rad rotierten auf einem zweiten Kreis die Erinnerungen an Meisels Prozess: eine unbedeutende Berufungssache, zwei Jahre kann das her sein, fünfzehn Monate Freiheitsstrafe wegen Unterschlagung, oder war es Urkundenfälschung gewesen? Das Ganze rasch und ohne Komplikationen. Die Suche nach dem Anrufer hatten sie erst gar nicht auf solche Lappalien erstreckt. Was um alles in der Welt kann diesen unauffälligen Menschen, der damals unsicher und verlegen die Anklagebank gedrückt hatte, veranlasst haben, so zu reagieren?

Und in diesen Sekunden, in denen der Abstand zwischen den beiden Männern unaufhaltsam schrumpfte, in denen es Wolf mit jedem keuchenden Schritt mehr und mehr bewusst wurde, dass er zu keiner Gegenwehr fähig war, dass er ohnmächtig geschehen ließ, was der andere vorhatte, in diesen wenigen Augenblicken dehnte sich die Zeitspanne auf sein bisheriges Leben aus, das sich in einem dritten Zirkel zu drehen begann und ihm in einem Jahrzehnte überspannenden Bogen die Erinnerungen an Kindheit und Jugend, an Schuljahre, Studentenzeit und erste Berufserfahrungen ins Bewusstsein schleuderte. So soll es Bergsteigern zwischen Absturz und Aufschlag ergehen, fiel ihm ein, kurz bevor er die drohende Gestalt am Wegrand erreicht hatte.

Dann standen alle Gedankenkreise still. Auf Armeslänge führte der Lauf an dem bewegungslos verharrenden Mann vorüber, und Wolf hatte nicht einmal die Kraft, ihm in die Augen zu sehen. Wie betäubt, den Blick auf den Weg gebannt, schleppte er sich heran, war auf gleicher Höhe, die Umrisse des anderen verschwanden aus seinem Blickfeld, jetzt spürte er ihn hinter sich, noch schwerer wurden die Beine, er strauchelte, stolperte zwei, drei Schritte nach vorne, fing den Sturz gerade noch ab, nur weiter, mein Gott, nicht umdrehen; war da nicht ein Rascheln hinter ihm, würde ihn der Verfolger im nächsten Moment niederschlagen, nein, alles ruhig, nur der eigene stöhnende Atem, weshalb liefen die Beine nicht schneller, jetzt musste der Abstand schon beträchtlich sein, aber kein Problem für einen Schuss ...

Wolf lief und lief, auch als er wusste, dass ihn niemand verfolgte und er in Sicherheit war. In Sicherheit? Endlich hatte er verstanden, worum es ging, und er gab sich keine Mühe, das Schluchzen, das ihm die Kehle zusammenpresste, zu unterdrücken.

Regungslos schaute Meisel dem Läufer nach, bis dieser hinter der Wegbiegung verschwunden war. Dann erst löste sich die Starre aus seinem Blick, ein Lächeln belebte die Gesichtszüge, er atmete tief und wie von einer Last befreit. Einen Moment hatte er gezweifelt, ob sein Plan gelingen würde: als der Richter direkt und anscheinend unbeirrt auf ihn zu lief. Dann sah er das gehetzte, vor Angst und Anstrengung verzerrte Gesicht und wusste, dass der dort am Ende seiner Kraft und seiner Beherrschung war und nicht anders konnte, als hilflos weiterzulaufen.

Sein Triumph war vollkommen, als der Richter wort- und blicklos an ihm vorbeikeuchte. Darauf hatte Meisel gesetzt: Wenn der andere nicht zum Reden kommt, ist seine Macht gebrochen und nichts zu befürchten. Im Schweigen fühlte Meisel sich ihm überlegen. Lange hatte er auf eine solche Situation gewartet, in der die Vorteile des Richters aufgehoben und die Rollen nicht von vornherein zu seinen Gunsten verteilt waren, auf eine Situation, in der die Regeln des Gerichtssaals nichts galten. Lange hatte er den Richter beobachtet und nach einer Chance gesucht. Hier im Wald, am Ende der Laufstrecke, hatte er sie gefunden. Hier wollte Meisel die Kraftprobe wagen.

Damals war er der Gehetzte gewesen, ausgelaugt durch die Erniedrigungen des Ermittlungsverfahrens, gedemütigt durch die Arroganz des Staatsanwalts, entmutigt durch den mühevollen Weg durch die Instanzen, aufatmend vor diesem Richter, der seine letzte Hoffnung war. Sein Verteidiger hatte ihn gewarnt: Vorsicht, seien Sie auf der Hut, lassen Sie sich nicht täuschen. Nach dem monatelangen Spießrutenlaufen war seine Abwehr jedoch geschwächt, er wollte nicht mehr kämpfen und war dankbar für die freundlichen Worte, den fürsorglichen Ton dieses Vorsitzenden, der keine Feindschaft an den Tag legte, sich in gefälliger Beredsamkeit um ihn, den Angeklagten, bemüht zeigte, der es offensichtlich gut mit ihm meinte, dem er sich schließlich anvertraut hatte.

Fassungslos hatte er das Urteil entgegengenommen, fassungslos hörte er eine nüchterne, unverbindliche Stimme dieses Urteil begründen, während ein Schwindel ihn packte und die Gedanken zu kreisen begannen, die Erinnerungen an das verpfuschte Leben sich wie auf einem Rad in seinem Kopf drehten. Als die schwarze Robe ihn zum Abschluss rasch und formell mit der Belehrung über die Rechtsmittel abfertigte, hatte Meisel nicht mehr die Kraft, ihm in die Augen zu schauen. Wie betäubt, den gesenkten Blick auf den Boden gebannt, überstand er diese letzte furchtbare Strecke.

Ich habe es Ihnen gesagt, vernahm er neben sich seinen Verteidiger, die netten Richter sind die gefährlichsten! Dann schleppte er sich zur Tür, spürte die Blicke des unbarmherzigen Mannes in der schwarzen Robe im Rücken, strauchelte, konnte gerade noch den Sturz abfangen, war endlich draußen, nur weiter, mein Gott, nicht umdrehen, lief weiter wie gehetzt und lief, bis das Gerichtsgebäude außer Sicht war.

Lilo Beil

Lilli verreist

Lilli nahm entschlossen ihr kariertes Kinderköfferchen in die rechte Hand und zog behutsam mit der Linken die Haustür zu.

Mutter hielt in der Landauer Volkshochschule einen Vortrag über Schmetterlinge und würde erst spät, sehr spät Lillis Verschwinden bemerken.

Vielleicht erst am nächsten Morgen.

Um Vater und Amélie brauchte sie sich in der Richtung keine Sorgen zu machen.

Lilli schaute noch einmal um sich, und es gab ihr einen kleinen Stich in die Brust, als sie den Garten mit seinen Sommerblumen da liegen sah.

Die ersten Sonnenblumen ragten stolz am Zaun, der geschmückt war von Wicken und vom letzten Jasmin. Die Schmetterlinge torkelten wie betrunken um die lila Sommerfliederbüsche.

Schmetterlingsbüsche hießen sie in Lillis Familie, und es gab viele davon, weil Mutter die Farbe Lila so mochte und weil sie außerdem Schmetterlingsforscherin war.

Das heißt, Lilli hatte ihr diesen Beinamen gegeben, denn Mutter war Biologielehrerin am hiesigen Gymnasium, dem Max-Slevogt-Gymnasium, und kannte alle Schmetterlinge mit ihren deutschen und lateinischen Namen.

Lilli war eine gelehrige Schülerin, und die Namen der Schmetterlinge, die auf Lateinisch Lepidoptera hießen, konnte sie von A bis Z herunterbeten: Vom Admiral (Vanessa atalanta) über den Trauermantel (Nymphalis antiopa) bis zum Zitronenfalter (Gonepteryx).

Auch sie, Lilli, würde später einmal Schmetterlingsforscherin werden. Später, wenn „Gras über alles gewachsen war“ und sie vielleicht wieder zurückkäme.

Den Ausdruck hatte sie sich gemerkt. Als Mutter wieder einmal traurig war, hatte sie gesagt: „Die Zeit heilt alle Wunden“ und „Da wird auch mal Gras drüberwachsen“.

Als Lilli den Plattenweg zwischen Haus und Gartentürchen

entlangging, an der Laube von weißblühendem Knöterich entlang, (einige Dolden waren schon kränklich-bräunlich und rieselten vor ihren Füßen herunter zur Erde), dachte sie an Mutter und deren Angst um sie.

Mutter würde sich vielleicht vorstellen, dass Lilli tot sei, und Lilli stellte sich vor, wie Mutter um sie weinen würde und wie sehr es ihr Leid täte, dass sie nicht gleich auf Lillis Worte gehört hatte.

Sie hatte doch einfach nur gelacht, ein wenig nervös zwar, und nur gesagt: „Liebes Kindchen. Da hast du etwas falsch verstanden."

Und dann hatte sie die Achseln gezuckt und Lilli umarmt.

Und sie hatte ihr einen Apfel gegeben und war in ihr Zimmer gegangen, in das Zimmer mit den vielen Schmetterlingen in den vielen Glaskästen und mit den Büchern in den Regalen – von oben bis unten.

Bücher über Schmetterlinge waren es. Mutter sammelte alles, was mit Schmetterlingen zusammenhing, und sie las nur Bücher, die mit Schmetterlingen zu tun hatten.

Manchmal genügte es, wenn ein Schmetterling das Buchcover schmückte und das Buch gar nicht von Schmetterlingen handelte.

Dann lachte Mutter nur und sagte: „Eigentlich ist das kein Schmetterlingsbuch, aber die Aufmachung sieht so hübsch aus. Der Einband gefiel mir, also musste ich das Buch kaufen."

Vater, der Psychologe war, sagte in letzter Zeit immer ofter, Mutter habe eine „Zwangsneurose", und es sei doch nötig, sie zu therapieren.

„Zwangsneurose" klang, so überlegte Lilli, schön und schlimm zugleich, denn ein Zwang war doch etwas, das man nicht wollte, Rosen mochte sie hingegen, wie alle Blumen außer Alpenveilchen, wie Oma sie zu Dutzenden im Blumenfenster stehen hatte zwischen ihren Gartenzwergen und ihren getöpferten Schildkröten mit ihren hässlichen dürren und faltigen Hälsen und den Schlangenköpfen.

Schlangen mochte Lilli keineswegs, und in der Kombination

mit Alpenveilchen und Gartenzwergen machten sie ihr Angst, auch wenn Schildkröten nur schlangenähnliche Wesen waren.

Vierfüßige Schlangen mit Panzer.

Weshalb Mutters „Zwangsrose“ nun „Zwangsneurose“ hieß, dies war Lilli ein Rätsel. Mutter hatte diesen Zwang mit den Schmetterlingen schon lange. Sie würde es eine Tages herausfinden. Lilli zog das Gartentor hinter sich zu und überquerte die Straße.

Ja, den Garten würde sie vermissen, aber nicht das Nachbarhaus, an dem sie nun vorbeiging, denn dieses machte ihr immer Angst – wie Omas Schildkröten, nur anders.

Das Haus mit seinen ewig geschlossenen Rollläden, dem verwilderten Vorgarten, in dem eigentlich nur Gras und Brennnesseln wuchsen, und dem dicken Besitzer, der ab und zu Spatzen abschoss. Spatzen, die angeblich seine Kirschen und das andere Obst stahlen.

Alle in der Straße wussten aber, dass der Mann die Kirschen und das andere Obst nie pflückte und es verfaulen ließ. Warum gönnte er den armen Spatzen nicht, dass sie von den Bäumen lebten?

Der einzige Schmuck am düsteren Haus war eine Fahne, die seit drei Wochen aus dem oberen Stockwerk flatterte.

Es war die Deutschlandfahne, denn es war Fußballweltmeisterschaft, und viele Autos und Häuser waren nun mit diesen Fahnen und Fähnchen geschmückt in den Farben Schwarz-Rot-Gold.

Vor allem junge Leute hatten diese Fähnchen an ihren Autos, und alle paar Tage, wenn ein sogenanntes großes und wichtiges Spiel stattfand, wie die Erwachsenen es nannten, fuhren die jungen Leute hupend und kreischend durch die Straßen und winkten und lachten.

Viele hatten sich auch Minifähnchen ins Gesicht gemalt. Es war wie eine Mischung aus Karneval und einer Party, die länger dauerte.

Jetzt fiel Lilli etwas Komisches ein, das vor ein paar Tagen passiert war.

Der dicke Nachbar, der Vogeltöter, hatte zu Mutter hinübergerufen, als diese im Garten stand und die Schmetterlingsbüsche inspizierte:

„Wo ist Ihre Fahne? Wie steht es mit Ihrem Deutschsein?"

Mutter hatte verwundert geguckt und zuerst nicht gewusst, was er meinte. Doch sie hatte geantwortet:

„Ach was, Fußball interessiert mich nicht. Aber wenn Sie es wissen wollen: ich glaube, dass Ghana Weltmeister wird. Das wäre doch schön, gell?"

Der Nachbar, der übrigens Herr Pausig hieß, war lange sprachlos geblieben, hatte einen zornesroten Kopf bekommen und dann gerufen:

„Sie Verräterin!"

Mutter hatte nur gelacht und hatte etwas in ihr Notizbuch geschrieben, in ihr Schmetterlings-Notizbuch. Sie hatte Herrn Pausig schon vergessen.

Dieser, noch verärgerter, rief zu Mutter hinüber.

„Sie sind wohl nicht stolz auf Ihr Land? Und den Kaffern werden wir es schon zeigen!"

Mutter war ins Haus gegangen, Lilli hinter sich herziehend.

„Manche drehen ja zur Zeit richtig durch", sagte Mutter, „das ist eine komische Mode. Ich kann ja verstehen, wenn die jungen Leute gerne feiern, immerhin sind wir eine Spaßgesellschaft. Aber einigen kommt das jetzt gerade wieder recht. Du wirst sehen, auch an Weihnachten werden da noch Fahnen in den Vorgärten und an den Fenstern und Autos flattern, obwohl die WM dann wirklich Schnee von gestern ist."

Und zu Vater gewandt: „Da lob ich mir meine Schmetterlings-Zwangsneurose."

Lilli ging all dies durch den Kopf, und dann dachte sie, dass es vielleicht besser wäre, wenn sie sich etwas beeilte, denn den Nachbarn wollte sie nicht begegnen.

Aber nun war sowieso wieder ein wichtiges Fußballspiel. Freitag, der 30. Juni, und es war früher Abend.

Deutschland spielte gegen Argentinien, das wusste sie.

Der Fernseher in Amélies Zimmer war gelaufen, obwohl sie nicht eigentlich geschaut hatte.

Lilli, im Gegensatz zu ihrer Mutter, kannte sich ein wenig aus im Fußball, denn Vater interessierte sich dafür und hatte Lilli die Grundbegriffe beigebracht.

Kurz vorm Elfmeterschießen war dann alles passiert.

Als Lilli mit dem Tablett in Amélies Zimmer gekommen war, lief die Glotze.

Die Spieler im Fernsehen waren sehr nervös, vor allem der Torwart, Lehmann hieß er doch!

Das nervöse Gesicht des Torwarts auf dem Bildschirm und Vaters verblüfftes Gesicht, als er Lilli in Amélies Zimmer auftauchen sah, verschwammen in Lillis Erinnerung zu einem einzigen Gesicht.

Nie würden diese Gesichter mehr voneinander zu trennen sein in ihren Gedanken.

Wie siamesische Zwillinge, dachte Lilli, die in der Zeitung einmal solche siamesischen Zwillinge gesehen hatte, voller Entsetzen, aber auch voller Faszination.

Lilli rannte nun einige Meter, das Köfferchen schlug gegen ihre Beine.

Wie dumm, wenn sie rannte, würde sie doch erst richtig auffallen.

Da vorne war schon die Bushaltestelle, doch sie, Lilli, war die einzig Wartende.

Auf eventuelle Fragen, das hatte Lilli vorbereitet, würde sie antworten, dass sie zur Oma führe, es sei mit den Eltern ausgemacht, eine Art Probe, ob Lilli bald selbständiger sei mit ihren fast 10 Jahren.

Die Oma wartete, und immerhin waren es nur fünf Stationen.

Doch Lilli würde nicht in der Ulmenstraße aussteigen, wo Oma wohnte, die lieb war, wären da nicht die Schildkröten mit den Schlangenköpfen gewesen und Omas Parfüm Tosca 4711 und nicht die Alpenveilchen.

Lilli schaute sich den Busplan an, der in einem Glaskasten hing.

Der Glaskasten hatte einen Sprung. Jemand hatte Graffiti darüber gesprüht.

Die Endstation, das las Lilli heute zum ersten Mal, hieß Falladator.

Lilli überrieselte es.

Fallada. Falladator.

Vor ihr tauchte der abgeschlagene Pferdekopf auf, der Kopf des treuen sprechenden Pferdes Fallada, das über dem Torbogen angenagelt war und das zur Gänsemagd, die eigentlich die wahre Königstochter war, die Worte sprach:

Oh du Jungfer Königin, da du gangest,
Wenn das deine Mutter wüsste,
Ihr Herz tät' ihr zerspringen.

Zuerst hatte die Königstochter den Pferdekopf angeredet:

Oh du Fallada, da du hangest.

Immer bekam Lilli eine Gänsehaut bei diesem Märchen, das ihr Lieblings- und zugleich ihr Angstmärchen war, wie bei den siamesischen Zwillingen, die schrecklich und faszinierend zugleich waren.

Die Bilder auf Seite 83 und 85 – Lilli kannte die Seitenzahl auswendig, weil sich Schreckliches und Schönes tief einprägt ins Gedächtnis – machten ihr wirklich Angst.

Da war zuerst das hässliche, gemeine Gesicht der Kammerjungfer, die frech den Platz der Königstochter einnahm.

Sie hatte eine Knollennase und wulstige Lippen und einen wirklich bösen Blick. Die Augen waren gelblich und sahen aus wie Teufelsaugen.

Lilli bekam eine Gänsehaut, wenn sie daran dachte.

Amélies Augen waren tiefbraun und sanft, und Lilli hatte diese Augen gerne gesehen. Vorher.

Amélie hatte Lilli mindestens einmal in der Woche das Märchen von der Gänsemagd vorgelesen, obwohl Lilli gerne selber und vor allem viel las.

Lilli mochte Amélies Akzent und ihre Aussprache von „Fallada“ und dann den Vers, der ganz altmodisch klang, mit komischen Worten, nämlich dann, wenn die Königstochter als

Gänsemagd dem Hütejungen, dem Kürdchen, einen Streich spielt und ihn ablenkt von ihrem goldenen Haar, das sie kämmen und hochstecken möchte:

Weh, weh, Windchen,
Nimm Kürdchen sein Hütchen,
Und lass sich mit jagen
Bis ich mich geflochten und geschnatzt
Und wieder aufgesatzt.

Sie hatten über die Bedeutung von „geschnatzt“ und von „wieder aufgesatzt“ gerätselt und gelacht.

Amélie hatte sich die Seite gehalten (Oh, isch ’abe Seitenstische).

„Seitenstechen“, verbesserte Lilli.

Und in dem Moment, als Amélie „Seitenstische“ sagte, ging die Tür auf, Vater kam herein (was suchte er in Amélies Zimmer?) und schaute Amélie an, wie er Mutter früher, als Lilli kleiner war, manchmal angeschaut hatte.

Lilli, von der die Mutter einmal gesagt hatte, sie höre die Flöhe husten und sie sehe das Gras wachsen, Lilli war es, als spüre sie ein Knistern, als sehe sie Funken in der Luft, die zwischen Vater und Amélie hin und hergingen. Diese stand nun still da, mit hängenden Armen, und sie wandte den Blick von Vater ab und sah kurz und ganz ängstlich zu Lilli hin.

Oder eher schuldbewusst als ängstlich.

Amélie sollte in zwei Monaten zurück nach Frankreich fahren. Ein Au-pair Mädchen für eine fast Zehnjährige brauchte man nun nicht mehr. Es würde eine ältere Frau dreimal die Woche kommen, um den Haushalt zu machen, wenn Mutter in der Schule war.

Der Bus kam um die Ecke gebogen, der Bus, der Lilli zur Endstation bringen würde.

Zum Falladator.

Wie es dort weiterginge, Lilli wusste es nicht.

Aber eine Endstation mit einem klingenden Namen, einem märchenhaften Namen, die war so vielversprechend.

Wie bei Harry Potter würde es die wundersame Rettung aus Not und Gefahr geben.

Wie in all den Märchen auch, die immer gut ausgingen für die Guten, schlecht für die Bösen.

Das grausame aber gerechte Ende des Falladamärchens.

Die falsche Kammerjungfer, die meint, über die Königstochter zu richten, dabei aber ihr eigenes Urteil spricht.

Sie wird in ein Fass gesteckt, das innen mit Nägeln bestückt ist, und das Fass wird von Pferden durch die holprigen Gassen gezogen, bis die Böse tot ist.

Die Guten werden gerettet.

Lilli war sich nun aber nicht mehr ganz sicher, ob sie errettenswert war, jetzt, wo all das geschehen war.

Das, was sie getan hatte, was sie hatte tun müssen, hatte sie mit guter Absicht getan.

Das gab es.

Mutter sollte wieder fröhlich werden, und außerdem hatte sie nichts geplant, es war doch alles wie von selbst geschehen und sie, Lilli, hätte nichts, oder kaum etwas, verhindern können.

War es nicht Mutter, die es zuerst ausgesprochen hatte? Ein Kind kommt nicht auf solche Ideen.

Lilli, das ist ein symbolischer Name, hatte Mutter ihr einmal erklärt, und sie hatte ihr auch „symbolisch" erklärt.

Das Symbol, das Sinnbild.

Die Lilie, lily auf Englisch, das Sinnbild für Reinheit und Unschuld.

Lilli war unschuldig am Tod von Amélie und von Vater.

Der Bus fuhr gerade an einer Villa vorüber, die am Hang gelegen war und deren Steingarten mit einem Blütenmeer von feuerfarbenen, flammend orangenen Lilien übersät war. So ein Zufall, wo Lilli gerade über ihren Namen nachgedacht hatte. Über ihr Nichtschuldsein.

Nicht weiße, sondern orangefarbene Lilien.

Daneben Lavendel. Ein betörender Duft von Lavendel zog durch den Bus, dessen Fenster zum Teil aufgeklappt waren.

Das Autoradio verkündete den 5:3 Sieg Deutschlands über Argentinien.

Die wenigen Fahrgäste, fast alle Männer, und der Fahrer jubelten.

Lilli wurde ein klein wenig schwindelig von dem Lavendelduft, und es wurde ihr fast übel dabei, denn Lavendel, das waren doch die Blumen, von denen es in Frankreich so viele gab.

In der Provence waren Mutter, Vater und Lilli gewesen, aus der Provence stammte auch Amélie. Aus Avignon, wie im Lied von der Brücke in Avignon, das Amélie ihr beigebracht hatte:

Sur le pont d'Avignon.

Amélie hatte mit ihr auch das Video des Films „Amélie" angeschaut, die Lieder aus dem Film waren so schön altmodisch, und Lilli hatte sie sehr gemocht, Amélie und die sehnsüchtigen, altmodischen Lieder.

Amélie mit dem dunklen Haar und den schönen großen Augen, die Filmlieder und die richtige Amélie, die aussah wie die Film-Amélie. Ein bisschen. Auf jeden Fall aber sehr hübsch.

Davor hatte sie all das gemocht. Davor. Doch dann war alles anders geworden.

Dann kam die Entdeckung mit den unsichtbaren Funken zwischen Vater und Amélie.

Mutter hatte ihr nicht geglaubt, als sie ihr von den unsichtbaren Funken erzählte.

„Aber Kindchen. Du hast etwas falsch verstanden."

Und: „Du liest zuviel fantastisches Zeug wie Harry Potter und so."

Und sie war in ihr Zimmer gegangen.

Vielleicht hatte Mutter ihr ja doch geglaubt und sich nur verstellt.

Vielleicht ging sie in ihr Zimmer, um sich ihren geliebten Schmetterlingen zu widmen.

Sie präparierte sie gerne selbst neuerdings, einen Kurs hatte sie belegt und mit Erfolg ein Diplom erworben.

„Wirst du demnächst auch uns präparieren?", hatte Vater gefragt, der Mutters „Zwangsneurose", die Schmetterlinge, den „Schmetterlingswahn", wie er es nannte, in letzter Zeit oft erwähnte und Mutter damit gerne reizte.

„Ja natürlich, und wenn Ihr mich bei meinen Schmetterlingen

stört, gebe ich Euch das Präparationsgift in die Limo oder in den Rotwein oder ins Bier. Garantiert tödlich."

Mutter und Vater hatten diese Art, Witze zu machen, und Lilli verstand oft gar nichts. Meist hatten sie sich durch diese Art Witze versöhnt, auch nach einem großen Streit.

Ein wenig öfter stritten sie in der letzten Zeit, doch immer gab es eine Versöhnung.

Mutter und Vater gingen dann „schick aus", wie sie es nannten, und kamen spät in der Nacht kichernd und beschwipst heim. Lilli hörte die Stimmen und wunderte sich.

Die Streitereien wurden aber nun mehr, die Versöhnungsabende seltener. Sie wurden durch tagelanges Schweigen ersetzt, wenn Mutter und Vater nicht mehr miteinander sprachen.

Der Bus fuhr an Schrebergärten vorbei.

Schmetterlingsbüsche wie bei uns, dachte Lilli voller Heimweh, dabei war sie erst eine halbe Stunde von zu Hause weg.

Mutter würde noch nicht daheim sein von ihrem Schmetterlingsvortrag.

Oft ging sie mit einigen Leuten noch in eine Kneipe, um den Abend gemütlich abzuschließen.

Vater war nie dabei.

An einem solchen Abend, als Mutter einen Vortrag in der Volkshochschule oder sonst wo hielt, hatte Lilli die beiden zum ersten Mal überrascht.

Sie hatte aus Amélies Zimmer Stimmen gehört.

Auf Zehenspitzen und barfuß lief sie in ihrem langen getüpfelten Nachthemd den Hausflur hinunter. Ihr Zimmer lag recht weit von Amélies Zimmer entfernt.

Das Haus war groß, eine Villa.

Das klang schlimm aus dem Zimmer. Lilli erschrak.

War Amélie krank?

Das keuchte so merkwürdig, aber nicht Amélie, ihr männlicher Gast musste krank sei. Ein schlimmer Fall von Keuchhusten.

Und Amélie hatte Schmerzen, weil sie spitz aufschrie. Zahnschmerzen? Dann war auf einmal Stille, und Lilli ging in ihr Zimmer zurück.

Sie wusste und war beruhigt: Amélie hatte eine Fernsehsendung gesehen, einen jener Filme, die im Krankenhaus spielen. Das erklärte das Schreien und Keuchen.

Als sie nach einiger Zeit noch einmal die Tür zum Gang öffnete, um nach dem rechten zu schauen, sah sie, wie ein Mann aus Amélies Zimmer kam und in Vaters und Mutters Schlafzimmer zum zweiten Stock hinaufging.

Lilli dachte zuerst, der Mann wolle Vater etwas antun (Mutter war ja noch bei ihrem Vortragsabend, sie war in Sicherheit), aber eigentlich wusste sie, sie hatte es von Anfang an gewusst, dass jener Mann in Amélies Zimmer kein anderer als Vater war.

Ihr eigener Vater, der, auch das wusste sie mit dem Instinkt des Kindes, etwas Verbotenes mit Amélie, ihrem Au-pair-Mädchen, tat.

Lillis Kehle war auf einmal wie zugeschnürt, und ein Gefühl kam in ihr hoch, das sie früher, als sie noch kleiner war, schon einmal so ähnlich erlebt hatte. Sie hatte ein Kuscheltier, ein Äffchen, das sie liebte und immer mit sich herumtrug. Eines Tages steckte in dem Äffchen eine spitze Nadel oder ein Metalldraht, sie wusste es nicht mehr so genau. Sie erinnerte sich nur an den jähen Schmerz, als das Metallding in ihren Finger stach. Sie hatte das Äffchen in die Ecke gepfeffert und es nie mehr angerührt. Ihre Liebe war zu Hass geworden, so wie jetzt aus ihrer Liebe zu Amélie Hass geworden war.

Lilli schloss die Zimmertür und ging in ihr Bett. Was hätte sie tun können?

Heute Abend war dann das geschehen, was Lilli nicht geplant hatte. Es ergab sich eben so.

Lilli hatte heute, nachdem Mutter zu ihrem Vortrag gegangen war, einen Radiergummi gesucht, denn sie hatte angefangen, ein Bild zu malen.

Viele, viele Schmetterlinge in passenden Farben, aber schon die Bleistiftskizze gelang nicht.

Sie brauchte einen Radiergummi und ging in Mutters Zimmer.

Da stand auf dem Schreibtisch die Flasche mit dem Präparationsgift.

Grün mit einem aufgemalten Totenkopf. Taxidermox.

Ein lustiger Name, fand Lilli.

Lilli war ein Kind, das gerne experimentierte, das hatte sie von ihrer Mutter.

Sie war eben das Kind einer Wissenschaftlerin.

Sie mixte Amélies Orangina – die bauchige Flasche stand im Kühlschrank und es war ausschließlich Amélies Limo, eine französische Limonade – mit dem Zeug aus der grünen Flasche.

Die Farbe des Orangina veränderte sich nicht, man sah nichts.

Wenn sie, Lilli, netterweise Amélie etwas Orangina ins Zimmer trüge, das wäre doch eine freundliche Geste!

Es war eine Idee, die kam, ging und wieder kam und in Lillis Kopf hängenblieb.

Alles würde werden wie früher. Vater würde Amélie nicht nachreisen nach Frankreich und er würde Mutter wieder anschauen wie früher und er würde Amélie vergessen.

Amélie schaute fern, das heißt, der Apparat lief, da waren Fußballkommentare, da war auch wieder die Männerstimme.

Lilli öffnete die Tür zu Amélies Zimmer, Vater löste schnell die Arme von Amélie, als er das Kind eintreten sah, und er sagte:

„Ach, willst du mit uns schauen? Mein Fernseher ist defekt, Amélie war so nett ...“

Er sah verlegen aus und verwundert und so nervös wie der Torwart Lehmann, denn es gab Elfmeterschießen.

Lilli, die in der Schule liebend gerne Rollenspiele machte und von der Lehrerin „unser kleines Schauspieltalent“ genannt wurde, lehnte dankend ab, lächelte verständnisvoll und stellte die Oranginaflasche auf Amélies Couchtischchen.

„Sehr aufmerksam, danke“, sagte Vater.

Amélie sagte. „Merci, ma petite.“

„De rien“, antwortete Lilli, die ein bisschen Französisch gelernt hatte von Amélie, und sie zog sich dezent zurück.

„Guckt lieber allein. Für Fußball interessiere ich mich nicht so sehr. Ich lese lieber meinen neuen Harry Potter weiter.“

Nach etwa einer Stunde ging sie – wie gekonnt sie das mittlerweile machte – auf Zehenspitzen über den Flur.

Keine seltsamen Stimmen diesmal, die nach Keuchhusten und Zahnschmerzen klangen und in Wirklichkeit von Verbotenem zeugten und von Dingen, die Kinder noch nicht so richtig verstehen.

Ob sie eingeschlafen waren?

Lilli öffnete leise die Tür zu Amélies Zimmer.

Amélie lag auf der Couch und sah aus wie eine Puppe mit starr geöffneten Glasaugen.

Vater, ebenfalls mit stieren Augen, lag auf dem Boden.

Sein Gesicht sah fratzenhaft aus, sein Mund war hässlich geöffnet.

Krallenartig seine Hände. Die Oranginaflasche war leer, das Glas war leer, das Lilli für Amélie gebracht hatte.

Wie hätte Lilli wissen sollen, dass Vater Orangina trank, so ein kindisches Zeug?

Er musste durstig gewesen sein.

Der Bus war an der Endstation angekommen.

Lilli ging am Busfahrer vorbei, der gut gelaunt und noch glücklich über den Sieg Deutschlands über Argentinien freundlich fragte: „Na, Kleine, allein unterwegs?"

„Ja, ich verbringe das Wochenende bei meiner Oma. Sie holt mich ab. Keine Bange, sie muss gleich da sein. Sie hat es so abgesprochen mit meinen Eltern."

„Dann ist ja alles gut", sagte der Busfahrer gutmütig.

„Ja, alles ist gut."

Lilli stieg die enge Stufe vom Bus hinab, setzte nochmal das Köfferchen ab, schnappte es energisch und ging zum Falladator.

Gottseidank.

Da hing kein gruseliger Pferdekopf wie im Märchen.

Fallada war doch der Freund der Königstochter gewesen.

Vielleicht wäre er auch ihr, Lillis, Freund gewesen und hätte ihr sagen können, wohin ihre Reise gehe.

Lilli ging unter dem Torbogen durch und verschwand in der Junidämmerung.

Wolfgang Ohler

Sonnenblumen

Als der Wecker schnarrte, war Bahnwärter Konrad bereits wach. Seine Hand griff blind in die Nacht und brachte die Uhr zum Schweigen.

Er lag auf dem Rücken und starrte in die Finsternis. Draußen würde es schon schwach dämmern, aber die Fensterläden ließen keinen Lichtschimmer in den Raum. Es blieben ihm noch zwei, drei Minuten. Seltsam, dachte er, wie einfach das Leben geworden war. Er brauchte keine Uhr mehr, der Fahrplan im Kopf schlug rechtzeitig Alarm, pünktlich auf die Minute. Den Wecker zog er nur noch zur Sicherheit auf, und weil es Vorschrift war. Im Bett nebenan räkelte sich seine Frau und murmelte im Schlaf. Er wusste, dass sie sich zur Wand gedreht hatte, denn es war seine Zeit, nicht ihre. Auch seine Augen brauchte er nicht, sponn er lächelnd den Gedanken fort, alles war an seinem Platz und geschah auf die gewohnte Weise, man konnte sich darauf verlassen, auch im Dunkeln. Er stand auf und fand leise die Tür zur Küche.

Er schaltete die Deckenlampe ein und zog rasch die Kleider an, die ordentlich über der Stuhllehne hingen. Dann sperrte er den Kontrollraum auf und meldete den Dienstantritt beim Stellwerk. Er schaute auf die Uhr an der Wand: noch drei Minuten bis zum Frühzug. Er stülpte sich die Bahnwärtermütze auf und trat hinaus in den dämmrigen Frühjahrsmorgen.

Zu den Bahnschranken waren es nur wenige Schritte. Das Kurbelgestänge fühlte sich klamm und kalt an. Die Hände packten die beiden Griffe. Mit dem ganzen Körper warf er sich gegen den Widerstand und drückte die Kurbeln nieder. Nach der zweiten Umdrehung liefen die Lager leichter, und er fand seinen Rhythmus. Die linke Hand hatte einen Takt Vorsprung vor der rechten und gab das Tempo an. Die linke Schulter kam zuerst nach vorne, gefolgt von der rechten, das linke Bein stemmte sich gegen den Boden, gleich darauf das rechte, wie eine Welle lief es durch den angespannten Körper. Aus der Ferne sah es aus, als hüpfe da ein gedrungener Kobold einen seltsamen Tanz zwischen den schwingenden Kurbelstangen.

Die Glocke schlug an. Ihr dünnes Gebimmel hallte in der Morgenstille. Knarrend neigten sich die Schrankenbäume und entfalteten raschelnd ihre Scherenbärte. Mit dem letzten Schwung der Kurbeln federten die Schranken auf die Gabeln.

Keuchend richtete sich der Schrankenwärter auf. Er blickte die Straße entlang, die sich beiderseits des Überganges in der Dämmerung verlor, stadteinwärts zwischen den ersten Häusern, auf der anderen Seite im Dunkel der Chausseebäume. Über den Wiesen und Feldern jenseits der Straße zog bereits das Morgenlicht herauf und gab die Konturen der Sträucher als schwarze Scherenschnitte preis, zwischen denen der Schienenstrang in einem weiten Bogen auf den Übergang zulief. Vom Bach herauf, den man nicht sehen konnte, zogen feine Nebelschwaden.

Fröstelnd schlug Bahnwärter Konrad die Arme übereinander und stapfte mit den Füßen auf der Stelle. Dann hörte er den Zug. Es war zunächst ein kaum vernehmbares Vibrieren der Gleise, als würde eine mächtige Saite ganz vorsichtig gestimmt, ein leiser Klang, der anschwoll und abebbte, der jedoch bald durch das Stampfen der Lokomotive übertönt wurde.

Schon kam der Zug in Sicht. Da sich nur die erleuchteten Abteilfenster gegen den dunklen Hintergrund abhoben, sah es aus, als würde eine Lichterkette herangleiten. Kurz vor dem Übergang gellte der Signalpfiff, schon bebte der Asphalt, die dunkle Masse der Lokomotive flog heran, die Räder der Waggons stampften über die Gleisfugen, Dampf zischte auf, und Funken stoben, in den hellen Rechtecken die Schemen der Fahrgäste, welche die nahe Ankunft von den Sitzen gescheucht hatte, ein flüchtiges Gesicht hinter einer Scheibe, der dunkle Packwagen, dann war es vorbei.

Obwohl Bahnwärter Konrad im Finstern stand, hatte er wie gewohnt die Hand zum Gruß an den Schirm der Dienstmütze gelegt. Er schaute den roten Schlusslichtern nach, die im schwarzen Schacht des Bahneinschnittes verglommen. Die Gleise schimmerten feucht auf dem Schotter.

Als das Stampfen und Rollen in der Ferne verklungen war, lauschte er noch immer hinter dem Zug her. Mit zur Seite geneigtem Kopf achtete er auf jedes Geräusch: das Kollern der Schottersteine, dort ein Knacken in den Schwellen, das metallische Schnappen des Signals, in den Telegrafendrähten ein leises Summen, aus der Tiefe des Bahneinschnittes der erste Vogelruf. Prüfend sog Konrad die klare Morgenluft durch die Nase ein. Er setzte den Fuß auf den Schienenstrang und spürte ein leichtes Zittern. Bewegungslos verharrte er so. Dann huschte ein Lächeln über sein Gesicht. Da war es, dieses seltsame Gefühl, auf das er sich verlassen konnte wie auf den Fahrplan in seinem Kopf und seine Orientierung im dunklen Schlafraum. Noch nie hatte es ihn getrogen, dieses Gefühl, das ihn wie ein leichter Schüttelfrost überkam, wenn alles zusammenpasste, so wie an diesem Morgen, die Luft, die Geräusche, der Nebel, das Vibrieren der Schienen. Nun galt es, keine Zeit zu verlieren.

Eilig kurbelte er die Schranken hoch. Im Kontrollraum drückte er den Signalhebel und machte seine Eintragung im Meldebuch, genau nach Vorschrift. Dann holte er die Gleiskarre aus dem Schuppen, packte das Gerät hinein und rumpelte damit zum Übergang. Er wuchtete das Führrad über den einen Schienenstrang und schob an.

Im Bahneinschnitt gewöhnten sich die Augen rasch an die Dunkelheit, so dass Bahnwärter Konrad die Füße sicher zwischen die Schwellen setzen konnte. Auf beiden Seiten stieg steil der mit Holderbüschen und Akazien bewachsene Bahnrech an.

Es machte Mühe, die beladene Schubkarre auf der Schiene in der Balance zu halten, und Konrad spürte, wie ihm der Schweiß auf die Stirn trat. Bald hatte er es jedoch geschafft und stellte seine Last ab. Er richtete sich auf und stemmte beide Fäuste in den schmerzenden Rücken. So verharrte er eine kurze Weile, bis sein Atem ruhiger ging.

Dies war der Ort, wo es passiert sein musste. Wieder sog er die kühle Morgenluft ein, als nehme er eine Witterung auf. Dann griff er zur Stablampe und ließ ihren Lichtkegel über den Schotterdamm huschen. Er hatte sich nicht getäuscht. Dort, nur wenige Meter voraus, war der Lichtstrahl am Ziel.

Ohne zu zögern, trat Bahnwärter Konrad auf das dunkle Bündel zu, das die Lampe neben dem Gleis entdeckt hatte. Es war der Rumpf eines Menschen, dem die Räder des Zuges die Gliedmaßen abgetrennt hatten.

Konrad drehte den zerfetzten Körper mit der Hacke, bis er das Gesicht gefunden hatte. Es war nahezu unversehrt, stellte er überrascht fest, und hatte einem jungen Burschen gehört, kaum zwanzig Jahre alt, einem, der mit seinem jungen Leben nichts mehr anzufangen gewusst hatte, der in seiner Verzweiflung auf die Schienen gerannt war.

Konrad zuckte mit den Schultern und lud die Karre aus. Oder einer, der sich in der Nacht im Gasthaus „Zum Storchen" einen Rausch angetrunken hatte und in seinem Suff, vielleicht dem ersten in seinem Leben, die Abkürzung über die Gleise nehmen wollte, weil ihm der Weg über den Bahnübergang zu weit war, und um zehn Minuten früher zu Hause zu sein, wo er jetzt nie mehr ankommen würde.

Der Bahnwärter breitete die Plane aus und zog den Rumpf mit der Hacke heran. Ja, er wusste seit langem von dem verbotenen Übergang am Ende der Storchenstraße, dem wilden Trampelpfad durch das Brennesselfeld, die Böschung hinab und drüben, jenseits der Gleise, wieder steil hinauf. Er hatte die abgetrennten Arme und Beine neben den Körper gelegt und betrachtete prüfend sein Werk. Die linke Hand! Sie fehlte ihm noch, und suchend wanderte der Schein der Lampe über den Schotter, die Gleise und das Gesträuch am Rande des Dammes. Nichts. Dann musste er darauf vertrauen, dass die Ameisen sie finden und sich darum kümmern würden, dass keine Spur blieb. Konrad griff nach dem Besen und fegte die Gleise sauber. Suchen würde man den hier ohnehin nicht lange. Zu viele waren in den letzten Jahren verschwunden und nie wieder aufgetaucht. Allenfalls eine kurze Vermisstenmeldung in der Zeitung, die flüchtig gelesen wurde. Konrad harkte mit dem Rechen den Schotter durch. Vor allem die Jungen machten sich über Nacht aus dem Staub. Bis über die Grenze nach Bitche und zur Fremdenlegion waren es nur ein paar Kilometer. Und wenn er sich nach dem Mittagszug eine halbe Stunde auf der Chaiselongue ausruhte, hörte er im Radio die tägliche Litanei der Suchmeldungen des Roten Kreuzes; dabei schlief man am besten ein. Nein, um den da würde man sich nicht lange Gedanken machen. Er rollte die Plane zusammen und wuchtete sie samt Inhalt auf die Karre. Fertig. Und falls es jemanden geben sollte, der auf diesen Unglücksraben heute Morgen und in den kommenden Tagen warten würde und später auf eine Ansichtskarte aus Afrika oder Amerika, so verdankte dieser jemand das bisschen Hoffnung, das immer noch blieb, eigentlich ihm, dem Bahnwärter, und den Ameisen, wenn man es recht überlegte.

Er leuchtete mit der Lampe auf die Uhr an seinem linken Handgelenk. Noch gut vierzig Minuten blieben bis zum Gegenzug, mehr als genug für den kurzen Rückweg. Er hatte keine Eile mehr. Zu dieser frühen Stunde war keine Störung zu befürchten, keine Gleiskolonne und keine Draisine war jetzt unterwegs, erst recht keine schwarze Uniform der Bahnpolizei.

Bahnwärter Konrad setzte sich auf den Rand der Karre und zündete sich eine Zigarette an. Ringsum wurde der Bahneinschnitt endgültig wach, Leben kam in die Büsche, die Amseln begannen ihr Frühkonzert, ein Eichhörnchen turnte durch den Holler.

Es war der Erste in diesem Jahr, obwohl doch der März schon fast vorüber war. Früher war die Ernte besser gewesen. Sie hatten dort oben, wo der Trampelpfad begann, ein Schild aufgestellt: Durchgang verboten! Die Bahnpolizei. Ob das den einen oder anderen abhielt, überlegte Konrad. Aber doch nicht nachts, da werden solche Tafeln nicht gelesen, und ein Selbstmörder kümmert sich einen Dreck darum, ob er noch rasch ein Verbot übertritt.

Lächelnd blies der Bahnwärter den Rauch durch die Nase und blickte zum heller werdenden Himmel, gegen den sich die Silhouetten der Büsche am oberen Rand des Bahnrechs abhoben. Auch die Kinder störten sich nicht am Verbot. Aus der Ferne konnte er sie beobachten, wenn sie sich aus dem Dickicht wagten und über die Gleise huschten oder mit Schottersteinen nach den Porzellanköpfen der Telegrafenmasten warfen. Manchmal pirschten sie sich bis dicht an das Bahnwärterhaus heran, und er drohte ihnen mit der Faust, ließ sie aber gewähren. Der Inspektor hatte ihn angewiesen, ein Auge auf die Kinder zu haben, wegen der Sicherheit. Aber er war kein Bahnpolizist, das war deren Sache. Außerdem brauchte man um die Kinder keine Angst zu haben, die achteten auf die Züge, waren flink wie die Kaninchen, und keinem war je etwas zugestoßen. Nein, es waren die Selbstmörder und die Besoffenen aus dem „Storchen", die es nachts erwischte, in ganz besonderen Nächten, so wie dieser, die gerade zur Neige ging. Die Besoffenen, die auf Händen und Füßen den Hang hinabrutschten und keinen Zug hörten oder im Rausch zu ungeschickt waren, um ihm zu entkommen, die in Panik gerieten und auf dem Schotter ausrutschten, bevor der Zug über sie kam und sie in Stücke riss. Die Selbstmörder waren ihm lieber, denn meistens legten die den Hals auf die Schienen und ratsch, eine saubere Sache, Kopf und Leib, mehr war nicht zu bergen. Aber wahrscheinlich gab es auch da andere, die in ihrer Verzweiflung den herandonnernden Lichtern entgegenstürzten, als könnten sie es nicht erwarten, so wie der hier, nahm er an. Nein, um die Kinder hatte er keine Angst, die ließ er in Frieden. Sie sollten ruhig hier spielen und sich an den Bahneinschnitt und die Züge gewöhnen, wer weiß, vielleicht später einmal ...

Bahnwärter Konrad schnippte die Zigarettenkippe in die Brennnesseln und machte sich auf den Heimweg. Noch schwerer schob sich jetzt die Karre. Aber er war gut gelaunt, pfiff leise vor sich hin und spürte die Mühe kaum.

Im Wärterhaus brannte Licht. Konrad stellte die Schubkarre im Schober ab, reinigte die Stiefel unter der Pumpe und betrat die Küche. Seine Frau stand am Herd und brühte den Kaffee auf. Lächelnd nickte sie ihm zu.

Bahnwärter Konrad schaute den Mauerseglern nach, die im Schwarm mit schrillem, übermütigem Geschrei dicht über das Dach flogen, zur Straße hin einschwenkten, hinter den Häuserfirsten verschwanden und gleich wieder im Bogen vom Fluss her zurückkommen würden. Sie hielten stets dieselbe Richtung, drehten ihre Runden im Uhrzeigersinn, nie entgegengesetzt, bemerkte er. Das sei ihm bisher nicht aufgefallen, sagte der Mann an seiner Seite in singendem Sächsisch und schirmte die Augen mit der Hand gegen die hoch stehende Sonne. Aber es seien schon wunderliche Vögel, fügte er bald darauf hinzu: Er habe gelesen, dass sie auf ihren weiten Zügen nach Afrika unterwegs in großer Höhe kurze Zeit schlafen würden, also ohne ihren Flug zu unterbrechen. Kaum zu glauben!

Kapp kam häufig auf einen Sprung vorbei. Offizieller Anlass war die Inspektion des Bahnüberganges, der Signale und Kontrollen. In Wahrheit unterhielt er sich gerne mit dem kleinen Bahnwärter, auch wenn diese Unterhaltung überwiegend schweigsam verlief.

Der junge Inspektor fühlte sich noch fremd in diesem Teil des Landes, in den es ihn mit der Familie nach dem Krieg verschlagen hatte. Hier, hinter dem Bahnwärterhäuschen am Rande der Stadt, in dem kleinen, aufgeräumten Gärtchen mit seinen Gemüsebeeten, dem Stall mit der Ziege und den wunderschönen, hoch gewachsenen Sonnenblumen längs des Lattenzaunes hatte er ein Fleckchen Erde gefunden, das ihn an die dörfliche Heimat an der Chemnitz erinnerte.

Der gemeinsamen Liebe zur Gärtnerei verdankte er es, dass die Zuneigung nicht einseitig geblieben war. Beide begeisterten sich für die Blumenzucht, aber nicht die Rosen oder gar exotische Gewächse hatten es ihnen angetan, sondern nach alter Eisenbahnertradition die Dahlien, Astern und vor allem die Königin des Bahnwärtergartens: die Sonnenblume.

Sie, die Sonnenblume, war auch der Anlass des heutigen Besuchs. Konrad hatte es sofort gewusst, als der Inspektor das Fahrrad gegen den Zaun gelehnt und mit der Zeitung zu ihm herüber gewunken hatte. Er war gerade damit beschäftigt gewesen, den Wiesenhang abzumähen, hatte die Sense beiseite gestellt und war dem Besucher entgegengegangen.

„Ja, die Mauersegler und die Sonnenblumen“, sagte der Inspektor in sächsischem Singsang und dachte an sein Dorf an der Chemnitz.

Ob er es nochmal sehen dürfe, fragte Konrad. Der Inspektor nickte lächelnd, und schlug die Ausgabe des „Eisenbahner-Landwirtes“ auf, die er mitgebracht hatte. Sie steckten die Köpfe zusammen und betrachteten gemeinsam die Fotografie, die das

Bahnwärterhaus mit dem Sonnenblumenzaun zeigte, hinter dem sie beide saßen. Zum wiederholten Mal las der Inspektor die Bildunterschrift vor. Dann griff er zur Bierflasche, die er in den Schatten der Bank gestellt hatte. Konrad tat es ihm nach. Fast gleichzeitig schnippten sie den Porzellankopf vom Flaschenhals und prosteten sich zu.

„Wie stellen Sie das nur an, Konrad. Jahr für Jahr den ersten Preis für die schönsten Sonnenblumen im ganzen Bezirk! Und das mit Recht! Der größte und prächtigste Helianthus, den ich in meinem Leben gesehen habe. Sie müssen mir unbedingt ein paar Kerne für meinen Garten abgeben. Nicht dass ich Ihnen Konkurrenz machen will."

Konrad ließ den Bügel des Verschlusses zuschnappen und stellte die Flasche ab.

„Es ist nicht allein die Saat."

„Das hab' ich mir gedacht. Jeder von uns hat so sein Patent. Und außerdem ist der Boden wichtig. Der Boden und die Sonne. Es ist wie beim Wein. Die Lage ist entscheidend. Nicht wahr?"

Bahnwärter Konrad ließ sich Zeit mit der Antwort. Das Bier hat ihn wohl so gesprächig gemacht, dachte er. Zuerst hatte der Inspektor abgelehnt, wegen des Dienstes. Aber Konrad hatte ihm nicht lange zureden müssen: eine Flasche, zur Feier des Tages, und der nächste Zug kam erst in einer Stunde.

„Ja, es ist der Boden. Aber man muss etwas dafür tun. Es wird einem nichts geschenkt."

Bahninspektor Kapp nickte mit dem Kopf und rückte ein Stück näher heran.

„Das dachte ich mir. Es ist schon ein Kunststück, solche Sonnenblumen zu ziehen, Jahr für Jahr."

Sie schauten beide hinüber zu dem Spalier kopfgroßer, gelber Blüten, die auf armdicken Stängeln den Zaun überragten und ihre Gesichter nach Süden, der Sonne entgegen gerichtet hatten.

„Aber mir können Sie es doch anvertrauen, Ihr Geheimnis. Raus mit der Sprache, Konrad. Wie schaffen Sie das?"

Als der Bahnwärter stumm blieb, stieß ihm der Inspektor kameradschaftlich den Ellbogen in die Seite.

„Keine Angst, ich behalte es für mich. Es bleibt unter uns beiden."

Konrad sah den Inspektor prüfend an.

„Ich kann mich darauf verlassen? Kein Sterbenswörtchen darüber. Bei Ihrer Ehre als Eisenbahngärtner!"

„Ehrenwort, Konrad!"

Noch einen Augenblick zögerte der Bahnwärter. Dann beugte er sich hinüber und flüsterte dem Inspektor ins Ohr. Der schien zunächst nicht recht zu verstehen, denn er kam Konrad seinerseits entgegen und schüttelte fragend den Kopf. Dann zuckte er zurück, als habe ihn eine Hornisse ins Ohr gestochen. Entgeistert schaute er den Bahnwärter an. Sein junges Gesicht war plötzlich aschfahl.

Wortlos griff Bahninspektor Kapp nach der Zeitschrift „Der Eisenbahner-Landwirt". Erst als er mit seinem Fahrrad die andere Seite des Bahnüberganges erreicht hatte, schaute er sich noch einmal um.

Bahnwärter Konrad stand mit der Sense über der Schulter zwischen den mannshohen Sonnenblumen und legte grüßend die Hand an den Schirm der Bahnwärtermütze.

Walter Landin

Anton Kocher und der englische Flieger

Es klingelte. Daniel schaute auf die Uhr, viertel nach elf. Das konnte nur der Briefträger sein. Er öffnete die Tür.

„Ein Einschreiben.“

Der Briefträger reichte ihm ein Päckchen. Daniel nahm das Päckchen entgegen und wollte einen guten Tag wünschen, als der Briefträger ihm noch einen Stift und ein Blatt hinhielt.

„Bitte hier unterschreiben.“

Als Absender erkannte Daniel das Pflegeheim, in dem seine Großmutter bis zu ihrem Tod vor drei Wochen gelebt hatte. Oma Franziska war über achtzig geworden und friedlich eingeschlafen. In den letzten Monaten hatte sie körperlich und geistig abgebaut. Er öffnete das Päckchen und hielt ein Buch und ein Begleitschreiben des Heimes in der Hand. Er überflog das Begleitschreiben. Aus dem Nachlass der Großmutter. Seine Großmutter hatte die Zustellung erst nach ihrem Tod verfügt. Er schlug das Buch auf, das ihn an das Tagebuch erinnerte, das ihm seine Mutter zum Geburtstag geschenkt hatte, das er aber nie benutzt hatte. Ein Briefumschlag fiel zu Boden.

„Lieber Daniel,

wenn du diesen Brief liest, bin ich gestorben. Ich möchte nicht, dass du deine Oma nur als alte, demente Frau in Erinnerung behältst, die immer das Gleiche erzählt und von Mal zu Mal vergesslicher wird. Ich möchte, dass du die Geschichte von Anton Kocher und dem englischen Flieger erfährst, eine Geschichte, die mich mein ganzes Leben lang verfolgt hat. Trotzdem habe ich nie darüber geredet, weder mit dir noch mit anderen. Das tut mir leid. Aber es ging nicht anders. Im Nicht-drüber-reden-wollen, im Weglassen und Erfinden, im Verdrängen und Idealisieren hat es meine Generation zu einiger Meisterschaft gebracht. Ich war keine fleißige, regelmäßige Tagebuchschreiberin. Ich habe nur ab und zu das, was mich bewegte, notiert.

Wenn du alles gelesen hast, wirst du mich vielleicht in einem etwas anderen Licht sehen.

In Liebe
Deine Franziska“

Anton Kocher? Der englische Flieger? Seine Großmutter hatte nie von ihnen gesprochen. Daniel blätterte das Tagebuch durch und blieb beim letzten Eintrag hängen.

11. Oktober 1946
Anton Kocher wurde heute Mittag gehängt. Er hat seine gerechte Strafe für die Sache mit dem jungen, englischen Flieger bekommen. Wie oft habe ich ihm den Tod gewünscht! Er hat den Tod verdient! Das hört sich hart an, aber es ist meine feste Überzeugung.

Oma Franziska! Wünscht einem anderen Menschen den Tod! Daniel wurde es schwindlig. In was für eine Geschichte war er geraten? Oma Franziska, seine alte, zittrige Großmutter. Er blätterte zum Anfang zurück. Der erste Eintrag war mit dem 16. November 1939 datiert. Seine Oma war im September 1927 geboren. Also war sie zum Zeitpunkt des Eintrags gerade mal 12 Jahre alt geworden.

16. November 1939
Bald ist schon wieder Weihnachten. Bis vor wenigen Tagen habe ich mich auf Weihnachten gefreut. Ob ich die Rollschuhe bekomme, die ich mir so wünsche? Das ist mir, das muss ich zugeben, seit letzter Woche vollkommen egal. Sarah, meine beste Freundin, ist weg. Was sind eigentlich Juden? So genau weiß ich das gar nicht. Eigentlich weiß es es überhaupt nicht. Lehrer Bast zieht immer über die Juden her. Die seien lauter Schweine und Verbrecher, man müsse alle aufhängen und auf den Mist werfen, sagt er Tag für Tag. Und Sarah muss in der Ecke stehen. Und der Pirmin steht manchmal neben ihr, aber der ist kein Jude, der ist schließlich mit mir zur Kommunion gegangen.

Mit Sarah habe ich immer gerne gespielt, bis Mutter es verboten hat. Und letzte Woche war Sarah nicht mehr in der Schule. Das war nach diesem Morgen, als sie auf der Straße gesessen hatte. Ich habe die Bilder in der Zeitung gesehen. Brennende Synagogen.

„Was ist eine Synagoge?", habe ich Großmutter gefragt.

„Eine Kirche", hat sie geantwortet.

„Warum dürfen die Kirchen anstecken?"

„Das sind keine richtigen Kirchen. Und schließlich waren es die Juden, die unseren Herrgott ans Kreuz geschlagen haben."

„Aber die Sarah."

„Schluss jetzt!"

Großmutter duldet keinen Widerspruch. Sarahs Eltern haben einen Lebensmittelladen gehabt. Als ich an jenem Morgen an dem Laden vorbeigekommen bin, saß Sarah auf der Straße, inmitten unzähliger zerschlagener Marmeladentöpfe. Mehl, gutes Mehl, war auf den Bürgersteig gekippt. Die Schaufensterscheibe war eingeschlagen, die Regale im Laden waren umgeworfen. Ich wollte stehenbleiben, wollte Sarah fragen. An der Tür stand geschrieben: „Kauft nicht beim Judenpack!"

„Weitergehen, los weiter!"

Das war Kochers Stimme, zischend, durchdringend. Ich kenne sie vom Park. Da scheucht er uns immer weg, wenn wir toben. Ich hatte ihn gar nicht bemerkt. Jetzt sah ich ihn, sah seine stechenden Augen und rannte schnell weg. Ich habe Angst vor dem Kocher.

12. September 1941

Vor vier Wochen haben wir geschlachtet. Ich schaue immer zu. Mein Bruder hielt das Schwein am Schwanz, Vater hielt es an den Ohren und der Metzger, ein dicker Mann mit einer fleckigen Gummischürze und feuerrotem Gesicht, setzte ein längliches Ding, das nicht wie ein Gewehr aussah, dem Schwein auf die Stirn, genau zwischen die Augen. Es machte Plopp, dumpf und nicht sehr laut. Das Quieken verstummte schlagartig, das Schwein kippte um, zuckte einmal, zweimal noch mit den Hinterbeinen und lag dann still da. Mutter schob die Emailschüssel unter, während der Metzger sein Messer wetzte. Ein Schnitt am Hals und das dampfende Blut schoss in die Schüssel. Vater goss dem Metzger einen Schnaps ein, der prostete ihm zu. Das ausgeblutete Schwein wurde in die Mulde, eine Zinkwanne auf Rollen, gewuchtet.

„Katharina, das Wasser“, rief Vater zu Mutter.

Mutter kam mit zwei randvollen Eimern an. Der Metzger, das Schnapsglas in der Hand, stand unbeteiligt daneben. Das Schwein wurde mit dem heißen Wasser übergossen. Mutter schabte die Borsten ab. Das Schwein wurde mit zwei Drahtseilen an den Hinterbeinen festgebunden und über eine Winde hochgezogen. Da hing es nun, das Schwein, das ich fast jeden Tag gefüttert hatte.

Wir hatten zwei Schweine geschlachtet. Nur eines wurde zum Wiegen gefahren, das kleinere. Das andere gab es nicht, zumindest nicht bei der Viehzählung im Frühjahr.

„Das ist gefährlich“, sagte meine Mutter. „Den Schulze aus dem Unterdorf hat der Kocher ein halbes Jahr ins Gefängnis gebracht. Nur weil er eine Sau schwarz geschlachtet hat.“

„Ja, ja“, brummte Vater. „Denk an die Lebensmittelkarten.“

Am Tag nach dem Schlachtfest kam Anton Kocher und ließ sich die Papiere zeigen, Wiegeunterlagen, Schlachtschein. Metzelsuppe wurde aufgetischt mit einem dicken Brocken Wellfleisch drin. Anton Kocher ist Ortsgruppenleiter der Partei und Feldschütz. Kocher ließ sich einen Nachschlag geben.

„Scheint ja alles in Ordnung zu sein“, sagte er mit vollen Backen.

„Ja, ja, alles in Ordnung“, versicherte ihm Mutter.

Da kam Georg, mein kleiner Bruder, in die Küche. Er kniete sich auf den Stuhl neben Kocher und setzte eine wichtige Miene auf.

„Das Schwein gestern, das ist ein ganz besonderes Schwein gewesen. Das hat vier Nierchen gehabt, ehrlich, vier!“

Ich griff Georg unter den Arm, beförderte ihn in den Flur und schnauzte ihn an.

„Warte nur, wenn Vater heimkommt...“

Ich ging zurück in die Küche und musste an den Schulze aus

dem Unterdorf denken. Anton Kocher aß weiter, sagte kein Wort, verabschiedete sich freundlich.

„Alles in Ordnung“, rief er, als er schon am Hoftor war.

Am Abend wurde mit Georg ein ernstes Wort geredet.

„Der ist doch anständig, der Kocher“, sagte Mutter zu Vater. „Das hätte ich nicht gedacht.“

7. September 1943
Gestern ist schon wieder ein Luftangriff gewesen. Eine Phosphorbombe hat das Gewächshaus von Onkel Karl getroffen. Am helllichten Tag ist der Angriff gewesen. Onkel Karl liegt an der Ostfront, vielleicht auch schon in Prag im Lazarett. Mutter hat geholfen, hat Wasser auf den Brand geschüttet, es hat gezischt.

„Wasser, mehr Wasser“, hat sie gerufen. Sie hat immer mehr Wasser auf die Bombe gekippt. Es hat gezischt und gedampft und weitergebrannt, immer weiter. Phosphorbomben sind schrecklich.

17. März 1944
Ich könnte jubeln. Ich bin glücklich! Lehrer Bast ist weg. Nie mehr werde ich vor ihm zittern. Nie mehr wird er den Pirmin verprügeln, weil der im Diktat zu viele Fehler gemacht hat. Lehrer Bast wurde eingezogen. Zur Marine. Als ein Cousin von Mutter nicht mehr aus dem Krieg zurückgekommen ist, hat Vater gesagt: „Er ist im Krieg geblieben.“ Hoffentlich bleibt Lehrer Bast im Krieg. Lange. Am besten für immer.

16. Dezember 1944
Es ist seit Tagen kalt. Wenn ich morgens zum Bus gehe, stampfe ich mit meinen Stiefelabsätzen auf die kleinen Eisseen. Das knistert.

Gestern Abend. Ich stand im Hof. Es war klar, die Sterne funkelten. Mein Gesicht war rot. Die gute Stube drinnen war reichlich geheizt. Vater hatte gestern einen Handwagen voll mit Holzresten von der Arbeit gebracht.

„Jetzt wird dem Winter eingeheizt“, hatte er gesagt. Die Kälte draußen tat mir gut. Am Sonntagabend gibt es immer warmes Essen. Vater war nicht dabei. Er hatte Nachtschicht, Schrankenwärter.

„Hoffentlich kommen sie heute nicht", meinte Mutter, als Vater aufs Fahrrad stieg. „So kurz vor Weihnachten."

Vater fährt die 15 Kilometer nach Oggersheim mit dem Rad. Bei jedem Wetter. Die Großeltern, Mutter und ich, die zwei kleinen Brüder, Onkel Karl, Vaters Bruder, jeder bekam ein Stück Fleisch. Fleisch gibt es nicht oft in diesem Winter. Ich legte den Kopf zurück und betrachtete die Sterne.

Die Christbäume waren wunderschön. Es wurden immer mehr. Bald war der Himmel voll davon. Ich weiß, dass die Christbäume schön aussehen, weiß aber auch, was auf sie folgt. Aber schön sind sie doch. Ich riss mich los, rannte ins Haus zurück.

„Sie kommen", rief ich, „ganz viele."

Großmutter war schon im Keller, als die Sirene heulte. Mutter kam als letzte. Sie hatte schnell noch das Besteck in die Waschschüssel geworfen.

„Ist oben alles verdunkelt? Ging so schnell heute, und ihr wisst doch, was passiert, wenn nicht ordnungsgemäß verdunkelt ist", sagte sie noch ganz außer Atem.

Nach Einbruch der Dunkelheit sind alle Fenster zu verdunkeln, egal, ob die Flieger kommen oder nicht. Und der Polizei- und Gemeindediener, der auch Luftschutzwart ist und mein Onkel, wacht darüber.

„Ist oben alles verdunkelt?"

„Vielleicht kommen sie gar nicht."

„Wird schon alles in Ordnung sein."

„Und wenn nicht?"

Vorschrift ist Vorschrift. Wer schaut nach? Mutter, wer sonst. Mutter kam mit Frau Arm zurück. Die hörte schlecht. Bei einem Luftangriff kam sie immer zu uns. Beinahe hätten wir sie vergessen. Wir saßen im Keller, Großmutter betete.

„Herr, lass den Kelch an uns vorübergehen."

Bestimmt dachte Mutter an das Haus. Wenn nur nichts passierte. Ich dachte an die wunderschönen Christbäume.

Daniel hielt inne. Es fiel ihm schwer, sich seine Oma als 16-jähriges Mädchen vorzustellen. Seine Oma, die in den letzten Jahren wackliger geworden war. Vergesslicher. Er erinnerte sich noch daran, wie sie ihm, wenn er sie besucht hatte, immer einen Schein zugesteckt hatte. Bei seinen letzten Besuchen, da war sie schon einige Monate in dem Altersheim, hatte er das Gefühl gehabt, dass sie ihn gar nicht richtig erkannt hatte. Oma Franziska als Mädchen. Im Keller. Bei einem Luftangriff. Jetzt müssten sie das Brummen der Motoren hören, weit weg noch, näher kommend. Die Flugzeuge müssten jetzt bald da sein. Daniel konnte sie nicht aufhalten. Er hatte diesen Fliegerangriff nicht erlebt. Er hatte keinen Fliegerangriff erlebt. Warum hatte seine Großmutter nie mit ihm über diese Zeit geredet? Sicher, er hatte gefragt, wollte wissen, wie das gewesen war im Krieg. Aber Großmutter war ausgewichen, wollte nicht darüber reden, sagte, sie habe vieles vergessen, wolle nicht daran erinnert werden und erzählte Anekdoten, immer die gleichen, wieder und wieder erzählt. Die Geschichte von den vier Nieren, die kannte er. Warum hatte Großmutter ihm nicht über Anton Kocher und den englischen Flieger erzählt? Die Flieger mussten jetzt ganz nah sein. Hörten die im Keller schon die ersten Einschläge?

16. Dezember 1944 (Fortsetzung)
„Scheiß Christbäume", dachte ich.

Sie waren genau über uns. Fürchterliches Krachen, Wände zitterten, Staub rieselte. Das Haus war getroffen.

„Wenn nur Vater da wäre."

„Ich muss hoch", sagte Mutter.

„Nein, nein, bleib hier. Beten wir zusammen", versuchte Großmutter sie aufzuhalten.

Mutter hastete die Kellertreppe hoch.

„Bleib hier!", schrie Großmutter hinter ihr her.

Die Bombe lag im ersten Stock, 40 Zentimeter lang, sechskantig. Eine Stabbrandbombe.

Mutter schüttete die Schüssel mit dem Abwaschwasser über die Bombe. Die Messer, Gabeln, Löffel fielen scheppernd auf den Boden. Sie ließ einen Eimer Wasser voll laufen, rannte die Treppe hoch in den zweiten Stock, die Garderobe stand in Flammen, der Sonntagsmantel brannte. Schade drum.

„Franziska, lauf schnell zu Schlossers rüber. Die sollen uns helfen."

Ich erschrak. Jetzt raus aus dem sicheren Keller, in den Hof, über die Straße und die Flieger und das Feuer und der Lärm und die Schreie. Ich hielt mir die Ohren zu.

„Wir brauchen Hilfe, schnell!"

Mutters Stimme klang ungeduldig.

Ich vergaß alles, lief los, rannte, kam erst wieder zu mir, als ich im Hausflur vom Nachbarhaus stand, im Feuerschein. Niemand achtete auf mich. Bei Schlossers war die Scheune getroffen worden. Es war die Hölle los. Raus mit den Tieren, den Pferden, den Kühen, den Schweinen, am schlimmsten waren die Schweine. Mutterseelenallein stand ich im Hausflur.

Seine Großmutter. Jetzt war sie ein junges Mädchen, er sah sie, sah das Feuer, hörte die Schreie der Menschen und der Tiere. Franziskas Angst hat er nie gehabt. Der Motorenlärm, noch immer waren die Flieger da, Franziska stand im Hausflur, wurde von niemandem beachtet. Der Motorenlärm wurde leiser, verschwand.

16. Dezember 1944 (Fortsetzung)
Ich weiß nicht, wie lange ich im Hausflur stand. Von den Schlossers konnten wir keine Unterstützung erwarten, die waren mit sich selbst beschäftigt. Ich ging zurück auf die Straße. Mein Bruder Hermann stand mitten auf der Straße und schluchzte. Ich legte den Arm um ihn. Das Feuer im Haus war gelöscht. Selbst Großmutter war nicht mehr im Keller.

„Keine Sprengbomben, gelobt sei Jesus Christus. Wenn sie nur nicht zurückkommen", jammerte Großmutter

„Die kommen nicht mehr, heute Nacht nicht", sagte Mutter und ihre Stimme klang fest.

Der Schaden am Haus war doch nicht so groß. Einige Ziegel kaputt, der Dachstuhl beschädigt, allerdings nur leicht, ein Loch in der Decke und der gute Mantel.

„Das lässt sich reparieren, wenn nur Vater nichts passiert ist."

Mutter hatte Angst um Vater. Ich auch. Ein Flugzeug soll abgeschossen worden sein. Vater hatte Glück gehabt. Er war am Morgen von der Schicht gekommen.

„In der Stadt ist heute Nacht kaum was los gewesen", erzählte er, „nur in den Randgebieten."

Großmutter meinte, dass alles nicht so schlimm sei, dass man Glück gehabt habe, dass alles viel schlimmer hätte kommen können.

17. Dezember 1944

Schrecklich, was ich heute Morgen gesehen habe. Die Flak in der Hohl Richtung Obersülzen, ein englisches Flugzeug haben sie in der Nacht abgeschossen. Es hat Tote gegeben, erzählte Vater. Heute Morgen, ich war unterwegs zum Bäcker. Kocher kam mir auf der Hauptstraße entgegen. Hinter ihm lief der Sohn vom Miller. Er zog einen Karren. In dem Karren lagen zwei Körper, zwei Männer. Sie waren tot. Ein Bein baumelte herab und schleifte auf der Straße. Das Geräusch ist mir immer noch in den Ohren. Vater wusste Bescheid. Zwei feindliche Piloten, letzte Nacht abgeschossen, konnten anscheinend den Fallschirm nicht mehr öffnen, sollen sofort tot gewesen sein, meinte Vater. So sei das eben im Krieg. Ich weiß nicht, was ich davon halten soll. Dass Menschen wie ein Stück Vieh auf einen Karren gekippt werden, das finde ich nicht gut.

23. Februar 1945

Eine mondhelle Nacht gestern. Ich wollte nach dem Abendessen der Getsche schnell noch etwas von der Kartoffelsuppe bringen. Sie isst Mutters Kartoffelsuppe doch so gern. Es wurde gerade dunkel und Mutter wollte mich erst nicht gehen lassen.

„Wenn sie heute wiederkommen", sagte sie.

„Die kommen nicht", antwortete ich. „In fünf Minuten bin ich wieder da."

Ich hätte besser auf Mutter gehört. Ich war noch nicht richtig bei der Getsche, da heulten die Alarmsirenen schon los.

Flugzeugmotoren zerrissen die Stille der Nacht. Sie schienen von allen Seiten zu kommen. Und dazwischen immer wieder die Knallerei der Flugabwehr. Die Getsche wohnt in der Friedhofstraße. Hinter dem Friedhof, mitten in den Weinbergen am Roten Kreuz, liegt die Flakstellung. Ich saß mit der Getsche im Keller saß. Wir saßen nebeneinander. Erst beteten wir. Dann redeten wir kein Wort mehr. Ziemlich in der Nähe hörten wir einen Einschlag. Danach wurde es draußen ruhiger. Dafür wurde die Getsche unruhig. Sie ging auf und ab, murmelte vor sich hin, da sei was passiert.

„Du bleibst im Keller!“, sagte sie schließlich.

Dann öffnete sie die Kellertür, ging die Außentreppe hoch und schlich in den Garten. Ich hielt mich nicht an ihre Anweisung und folgte ihr. Über den Apfelbaum war ein Fallschirm gestülpt. An dem Fallschirm hing ein Mann. Der stöhnte leise. Die Getsche ging immer weiter auf den Mann zu, ich wollte sie am Rock festhalten, aber sie riss sich los.

„Das ist zu gefährlich“, sagte ich.

„Und wenn er verletzt ist, Franziska?“

„Lass uns die Flak anrufen, die sollen ihn abholen.“

„Ja, ja, aber erst müssen wir ihm helfen.“

Jetzt standen wir vor ihm. Er hing im Baum, versuchte verzweifelt loszukommen, schaffte es aber nicht.

„Schnell, Franziska, hol ein Messer.“

Die Getsche schnitt den Fallschirm ab, der Mann plumpste auf den hart gefrorenen Gartenboden und blieb liegen. Ich musste mit anpacken. Wir zogen ihn hoch, er war ganz leicht. Er zitterte. Wir legten uns seine Arme über die Schultern, er versuchte zu gehen, das linke Bein zog er nach. Drinnen im Haus setzten wir ihn auf das Küchensofa. Er blutete am Bein und an der Schulter.

„Wie jung er ist“, sagte die Getsche. „Hoffentlich ist er nur leicht verletzt.“

Die Getsche verband die Wunden. Ich rief die Flak an. Die wollten ihn gleich abholen. Ich fragte meine Patentante, was mit ihm passiere.

„Der kommt in Gefangenschaft“, sagte sie.

Der Verband war fertig. Die Angst und das Zittern bei dem abgeschossenen Flieger waren weg. Wir saßen zu dritt in der Küche. Wir saßen lange so regungslos in der Küche, wie vorhin im Keller. Endlich klopfte es an der Haustür.

„Endlich, die Flak“, sagte die Getsche und machte auf.

Es war nicht die Flak.

„Heil Hitler, wo ist der Kerl?“

Kocher!

„Ah, da sitzt er ja, seht euch das Häufchen Elend an.“

Der englische Flieger sah Kocher. In seinen Augen sah ich die Angst, wie vorhin, draußen im Garten.

„Ich nehme ihn mit.“

„Aber die Flak holt ihn ab“, sagte ich. „Wir haben angerufen.“

„Ich nehme ihn mit und bringe ihn zur Flak“, sagte Kocher.

„Lass doch, wenn er ihn mitnimmt. Sei doch froh“, sagte die Getsche.

Kocher zog seine Pistole, richtete sie auf den Flieger,

„Aufstehen, los, los, mach schon.“

Er stieß dem Flieger den Lauf der Pistole in den Rücken.

„Los, Kerl, Tempo, Tempo.“

Ich weiß, ich hätte auf die Getsche hören sollen. Sie wollte mich nicht gehen lassen. Aber ich war wie von Sinnen, ich schlug nach ihr, stieß sie weg und drängte mich aus dem Haus. Ich wollte hinter Kocher herschleichen, wollte sehen, ob er den Flieger wirklich zur Flak brachte. Sie gingen die Friedhofstraße hinunter, kamen am Kino vorbei, bogen am Ende der Straße nach rechts ab. Dieser Weg führt zur Dorfwaage. Sie ließen den alten Bahnhof links liegen. Vor dem Zweiten Weltkrieg verkehrte eine Bimmelbahn zwischen dem Dorf und der Stadt. 1939 wurde die Strecke stillgelegt. Kocher blieb auf der Waage stehen, der englische Flieger, der ganz jung war, blieb ebenso ruckartig stehen. Und dann ging alles sehr schnell. Kocher sagte etwas zu dem Flieger. Der wollte sich umdrehen, Kocher presste ihm die Pistole in den Rücken. Dann setzte er den Lauf auf den Nacken auf und drückte ab. Ein einziges Mal. Obwohl alles wahnsinnig schnell ging, kam es mir vor, als ob alles wie in

Zeitlupe vor mir ablaufen würde. Der Flieger sank auf die Knie. Wie er auf dem Boden aufkam, sah ich nicht mehr. In Panik rannte ich zum Haus der Getsche zurück.

Daniel konnte nicht weiterlesen. Das Mädchen Franziska, seine Oma Franziska, ein und dieselbe Person? Daniel sah ein junges Mädchen vor sich, das sich hinter einen Baum bei der Dorfwaage drückt. Er sah den Nazischergen, den englischen Flieger. Er hörte Kochers Worte, die Franziska nicht gehört hatte.

„Jetzt reden wir mal deutsch."

Das Mädchen und seine Oma, es war schwer vorstellbar für ihn, dass die beiden Personen eine waren.

24. Februar 1945
Heute fährt der Bus nicht. Ich kann nicht zur Arbeit. Vater hat mir, nachdem letzten September die Schulen in Mannheim geschlossen wurden und ich nicht mehr auf die Handelsschule konnte, eine Arbeit bei der Güterabfertigung in Ludwigshafen besorgt. Mutter ist froh, dass ich nicht in die Stadt muss. Aber ich halte es hier nicht aus. Jeden Augenblick sehe ich Kocher vor mir, den jungen, englischen Flieger, wie der Flieger auf die Knie sinkt. Ich war heute Morgen auf dem Friedhof, habe Großvater besucht, am Weihnachtstag ist er gestorben. Ich habe ihm von dem jungen englischen Flieger erzählt, habe ihm von Kocher erzählt, dass ich den hasse. Nur mit Großvater kann ich über diese Nacht reden. Mit sonst niemandem. Nicht mit der Getsche, nicht mit Mutter, mit Vater schon gar nicht. Der würde bestimmt den Kocher noch verteidigen, diesen Mörder! Auf dem Rückweg sah ich, wie sie ein Grab aushoben. Von weitem habe ich auch den Kocher entdeckt. Ich bin einen kleinen Umweg gegangen, damit ich ihm nicht über den Weg gelaufen bin.

26. Februar 1945
Der junge, englische Flieger, den Kocher erschossen hat, ist nicht der einzige tote Engländer. Ein zweites Flugzeug wurde Richtung Obersülzen abgeschossen. Sieben Tote.

4. März 1945
Der junge englische Flieger wurde auf dem Friedhof begraben, zusammen mit seinen sieben Kameraden in einem Grab. Keine Blumen, nichts. Nur ein einfaches Holzkreuz mit der Aufschrift: „In diesem Grab ruhen acht abgeschossene englische Piloten."

17. März 1945
Der Winter war lang und hart. Aber heute schien die Sonne. Es war sogar ein wenig warm. In vier Tagen fängt der Frühling an. Am Morgen gab es zum Frühstück wieder Maisbrot. Vater hatte Nachtschicht gehabt. Die Stimmung am Frühstückstisch war gedrückt. In der Mitte lag ein Blatt Papier.

„Ich muss", sagte Vater. „Was soll ich machen?"

Ich verstand nicht, worum es ging. Ich traute mich nicht, das Blatt zu nehmen.

„Ich muss mich in Ludwigshafen melden. Von dort geht es über den Rhein, Richtung Front. Jeder Eisenbahner muss sich melden", sagte Vater.

Mir dämmerte es. Mutter schlug die Hände vor das Gesicht. Im Hintergrund lief der Volksempfänger.

„In einem erbitterten Abwehrkampf verteidigt die deutsche Nation ihren Heimatboden. Dem totalen Vernichtungswillen unserer Feinde setzen wir den totalen Einsatz aller deutschen Volksgenossen entgegen."

„Soll alles umsonst gewesen sein?", fragte Mutter. „Jetzt, wo, vielleicht schon bald alles vorbei ist."

„Pflicht ist Pflicht", sagte Vater.

„Red keinen Unsinn", schrie Onkel Karl seinen Bruder an und hielt ihm seine verkrüppelte Hand vor das Gesicht.

„Hier, schau dir deine Pflicht an."

Im Januar war Onkel Karl an der Ostfront zum zweiten Mal verwundet worden. Seine Hand würde steif bleiben. Onkel Karl ist Gärtner.

„Bald ist alles vorbei. Versteck dich, in wenigen Tagen kommen die Amerikaner", sagte der Onkel.

„Du hast gut reden, für dich ist der Krieg aus."

Onkel Karl schlug mit der gesunden Hand auf den Tisch.

„Denk dran, was der Fahrer vom Major gesagt hat.“

Zwei Wochen lang war ein Fahrer bei uns einquartiert gewesen. Der Major hatte bei Schlossers gegenüber gewohnt.

„Der Krieg ist verloren“, hatte der Fahrer gesagt. „Nichts mehr zu machen.“

Ich war überrascht. Aber auch Vater blickte den Mann entgeistert an.

„Wenn wir den Befehl zur Weiterfahrt erhalten, dauert es noch ein paar Tage, dann sind die Amerikaner da.“

Vor drei Tagen, mitten in der Nacht, war der Befehl gekommen.

„Denk dran, was der Fahrer gesagt hat.“

„Lass mich“, sagte Franziskas Vater und ging aus der Küche. Den Tag über drückte er sich am Haus herum, war nicht ansprechbar, kam nicht mal zum Essen. Am Nachmittag zog er seine Dienstuniform an, packte seine Sachen zusammen, Mutter steckte ihm einige Scheiben Brot zu.

„Ich mach mich auf den Weg“, sagte er.

Er nahm sein Fahrrad, wie immer. Ab und zu war ein dumpfes Grollen zu hören, noch weit entfernt.

„Bleib doch hier“, murmelte Onkel Karl.

Aber Franziskas Vater hörte das schon nicht mehr. Unten an der Kreuzung stand Kocher in brauner Uniform.

18. März 1945

Gestern Abend, ziemlich spät, klopfte es an den Fensterladen. Mutter ging nach draußen. Als sie nach einer Ewigkeit zurückkam, strahlte sie.

„Vater ist nicht nach Ludwigshafen gefahren, er hat sich nicht gemeldet. Ich habe ihn hinten im Garten im Schweinestall versteckt.“

20. März 1945

Es ist Dienstag, der 20. März 1945. Ein wichtiger Tag heute! Die Nachricht verbreitet sich wie ein Lauffeuer. Die Amerikaner stehen vor dem Dorf, am Roten Kreuz. Es war kurz nach sechs. In wenigen Minuten würde die Sonne aufgehen.

Es würde wieder ein schöner Tag werden. Ich stand vor dem Haus.

„Komm rein“, rief Mutter. „Wenn die Amerikaner dich entdecken.“

Ich sah gerade noch Kocher auf dem Fahrrad vorbeifahren. Kocher nicht in der braunen Uniform. Kocher in Zivil. So kannte ich ihn nicht. Die kurzgeschnittenen Haare, sonst mit viel Pomade nach hinten gezwungen, standen zu Berge. Die stechenden kleinen Augen flatterten, die Schultern waren hochgezogen, der Kopf war nach unten geneigt. So fuhr er vorbei. So kannte ich den Kocher nicht. Kocher, der Herr des Parks, der uns Kinder vertreibt. Kocher, der in der Küche sitzt und zwei Teller mit der Metzelsuppe verschlingt. Kocher, vor dem sogar Vater zittert, obwohl der doch auch in der Partei ist.

„Der weiß schon, warum er sich so beeilt“, sagt Mutter. „Wenn der den Amerikanern in die Hände fällt!“

21. März 1945

Die Amerikaner sind da. Sie stehen am Floß. Mutter zerrte Vater aus dem Schweinestall. Schon wieder Fliegeralarm.

„Du musst zu uns in den Keller. Wenn die dich hier finden, in Uniform und allein“, sagte sie zu Vater.

„Aber das ist doch meine Eisenbahneruniform.“

„Glaubst du, das wissen die? Und wenn, wird es sie nicht interessieren.“

Wir saßen im Keller, wie so oft in der letzten Zeit. Großmutter betete. In der Nähe schlug es ein. Onkel Karl kam, auf seiner Stirn standen Schweißperlen. Im Arm hatte er mehrere Laib Kommissbrot.

„Woher hast du das?“, fragte ich.

„Oben am alten Bahnhof, ein liegengebliebener Lastwagen der Wehrmacht. Der Fahrer wurde beim Luftangriff von einer MG-Garbe getötet. Der war schon vorher schwer verletzt, am linken Bein. Das hing nur noch an einem Faden. Unglaublich, dass der so noch gefahren ist. Bis die Flieger kamen. Ein schreckliches Bild. Auf jeden Fall war der Wagen voll mit Brot. Wer weiß, wann es wieder Brot gibt.“

Die Entwarnung kam und kam nicht.

„Bald ist alles vorbei“, sagt Onkel Karl. „Die Amerikaner sind da.“

Die Amerikaner. Verwandte in Amerika. Brüder seiner Urgroßmutter waren in die USA eingewandert. Daniels Großmutter erhielt jedes Jahr zum Geburtstag und zu Weihnachten eine Karte, unterschrieben von einer Emily. Die Tante aus Amerika. Daniel musste seiner Großmutter die Karte immer aus dem Englischen übersetzen.

24. März 1945
Mutter hat an der Kirche Frau Kuhn getroffen, die Lehrerin aus dem Nachbardorf. Frau Kuhn hat von Anton Kocher erzählt. Als die Amerikaner gekommen sind, ist er abgehauen. In Laumersheim wollte er im Gemeindebunker Schutz vor Tieffliegern suchen.

„Aber dem blieb das Tor verschlossen“, sagte die Lehrerin.

„‚Anna Kuhn, mach die Tür auf, das ist ein Befehl,‘ hat der Kerl gebrüllt. Als ob der mir drohen könnte. ‚Damit ist es vorbei‘, habe ich ihm gesagt. ‚Geh weiter Kocher. Du gefährdest mit deiner Anwesenheit das Leben aller.‘„

Ich habe mich über die Worte der Lehrerin gefreut.

„Der arme Kocher“, sagte Mutter zu mir, aber erst als Frau Kuhn schon weg war.

„Dem geschieht es recht“, antwortete ich.

29. Mai 1945
Kocher soll verhaftet worden sein. Anscheinend hat er sich ins Bayrische durchgeschlagen. In Bayreuth wurde er von den Amerikanern gefasst. Nach wenigen Tagen überstellten die ihn nach Paderborn in die englische Zone. Er wurde den Engländern offiziell ausgeliefert. Die Sache mit dem englischen Flieger kam heraus. Zum Glück! Er wird wegen Mordes angeklagt. Ich frage mich, wie alles ans Licht gekommen ist in den Wirren der letzten Kriegs- und der ersten Nachkriegstage? Wer hat nicht dicht gehalten? Ich würde es zu gerne wissen.

6. August 1945
Ich war bei Großvater am Grab. Da bemerkte ich eine Gruppe von Männern, einige waren in Uniform, keine deutschen Uniformen. Der Gemeindediener und zwei Helfer gruben mit Spaten. Es war fürchterlich heiß. Ich versteckte mich hinter einem Grabstein in einiger Entfernung. Das Loch war noch nicht tief, weniger als einen Meter, da stießen sie auf Uniformstoff. Sie gruben weiter, bis die erste Leiche freigelegt war. Sie lag nicht in einem Sarg, mich hat das überrascht. Der Zustand der Leiche war dementsprechend. Ich hielt es nicht länger aus und schlich mich davon. Vater erzählte mir später, dass eine englische Kommission die Identität der acht Leichen festgestellt hat. Der englische Flieger, er hieß Cyril mit Vornamen, wurde danach auf dem Friedhof ordentlich beigesetzt, ganz in der Nähe von Großvaters Grab. Wenn ich Großvater besuche, lege ich immer Blumen auf das Grab des jungen englischen Fliegers.

17. Oktober 1945
Ein Lastwagen ist heute ins Dorf gekommen. Ein Wagen der englischen Armee mit Holzbänken ohne Lehne und einer löchrigen Plane. Onkel Hannes, der Gemeindediener, Kochers Frau, die Getsche und einige andere werden als Zeugen zum Prozess abgeholt. Eigentlich müsste ich ja auch dabei sein. Schließlich bin ich Augenzeuge. Aber ich habe mit niemandem darüber geredet, dass ich gesehen habe, wie Kocher den Flieger erschossen hat. Und die Getsche hat nicht verraten, dass ich dabei war, als sie den Flieger im Garten gefunden hat.

22. Oktober 1945
Die Getsche ist zurück aus Paderborn. Sie ist einsilbig, erzählt kaum etwas vom Prozess. Sie wirkt bedrückt.

„Der arme Mann“, hat sie zu Mutter gesagt. Und Mutter hat genickt. Später erfahre ich von Vater, dass Kocher zum Tode durch den Strang verurteilt worden ist. Ich mache ein ernstes Gesicht, aber in meinem Innern freue ich mich. Danke, lieber Gott! Es gibt doch noch Gerechtigkeit! Onkel Hannes erzählt viel vom Prozess, erzählt Wort für Wort seine Zeugenaussage nach, immer wieder, ich kann es langsam nicht mehr hören. Wenn er von der Urteilsverkündung erzählt, gerät er regelrecht ins Schwärmen.

„Kocher hat das Urteil wie ein Mann aufgenommen", sagt Onkel Hannes. „Ruhig und gefasst hat der sich von seiner Frau verabschiedet, noch im Gerichtssaal, was sage ich, Gerichtssaal, eine Baracke war das."

16. Januar 1946
Ein Gnadengesuch von Anton Kocher wurde abgelehnt. Das Todesurteil bleibt bestehen. In Gedanken danke ich dem Richter.

7. April 1946
Eine vornehme Frau ist ins Dorf gekommen.

„Eine Frau mit harten Gesichtszügen, so unbewegt, so unbeteiligt", meinte Mutter. Ob ich nicht wisse, wer das sei. Ich schüttelte den Kopf.

„Die Mutter des englischen Fliegers, den der Kocher erschossen hat. Du erinnerst dich doch an Kocher, Anton Kocher. Sie haben doch den Flieger ausgegraben, letztes Jahr, du weißt doch. Der trug einen Ring. Und mit dem Ring konnten sie seinen Namen feststellen."

Ich fragte, warum die Frau hier sei.

„Die will ihren Sohn mitnehmen", antwortete Mutter.

Bald kann ich dem jungen englischen Flieger keine Blumen mehr auf das Grab legen.

13. Juni 1946
Anton Kocher soll einen Antrag gestellt haben, die verhängte Todesstrafe durch den Strang umzuwandeln in eine Todesstrafe durch Erschießen, glaubt Vater erfahren zu haben.

„Er möchte sterben wie ein Mann", sagt Vater und ich höre Bewunderung mitschwingen in seiner Stimme. Der Antrag wird hoffentlich abgelehnt. Ich bete dafür.

11. Oktober 1946
Anton Kocher wurde heute Mittag gehängt. Er hat seine gerechte Strafe für die Sache mit dem jungen, englischen Flieger bekommen. Wie oft habe ich ihm den Tod gewünscht! Er hat den Tod verdient. Das hört sich hart an, aber es ist meine feste Überzeugung.

Daniel klappte das Tagebuch Franziskas zu. Er sah das sechzehn-, siebzehn-, achtzehnjährige Mädchen vor sich. Und er sah seine Großmutter, die alte, gebrechliche Frau, die immer wieder die gleichen Geschichten erzählt hatte, die alles, was er ihr erzählte, gleich wieder vergessen hatte. Großmutter, die nie mit ihm über Anton Kocher und den englischen Flieger geredet hatte. Großmutter, die mit keinem Menschen darüber reden konnte, was sie in der Nacht im Februar 1945 erlebt hatte. Die sich Daniel erst offenbaren konnte, als sie schon tot war. Er drückte das Tagebuch fest an sich.

„Wenn du alles gelesen hast, wirst du mich vielleicht in einem etwas anderen Licht sehen."

Er war froh, es gelesen zu haben. Und dass die junge Franziska und Oma Franziska für ihn nicht deckungsgleich waren, spielte keine Rolle.

Lilo Beil

Der Hochzeitstag

Unzählige Male habe ich mich gefragt, weshalb ich damals im Frühling 2003, genau am 29. März, in die Südpfalz gefahren bin. Es mochte ein Anfall von Nostalgie gewesen sein, wie er Menschen überkommt, die bereits die Mitte des Lebens überschritten haben. Vielleicht war es auch nur Neugier, was sich wohl verändert haben musste in den 20 Jahren, die seit meinem letzten Besuch des Dörfchens verstrichen waren. Oder war alles eine Art Mutprobe, ein Ausloten meiner Nervenstärke, meines Durchhaltevermögens, meiner Kaltschnäuzigkeit?

Ich mochte es irgendwie nötig haben, mir selbst zu beweisen, wie hart ich sein konnte, wenn es denn darauf ankäme. Penelope hatte mich immer einen weichen, romantischen Narren gescholten. Vielleicht war es aber auch ein übermütiges Auftrumpfen gegenüber Penelope – Gott hab sie selig – die mich während unserer acht Jahre dauernden Ehe vergeblich zu einem reiselustigen Menschen hatte machen wollen.

Reiseprospekte waren ins Haus geflattert, Buchungen waren abgeschlossen und dann kurzfristig storniert worden. Exotische Ziele wurden ins Auge gefasst, doch weder Sandstrände mit Palmen noch thailändische Tempel konnten mich reizen. Weder sanftmütig dreinschauende Asiatinnen, den Touristen beladene Fruchtschalen entgegenhaltend, noch knapp bekleidete lateinamerikanische Tänzerinnen vor Zuckerhutkulisse hätten mich bewogen, mein geliebtes Heim zu verlassen, sei es auch nur für kurze Zeit. Es war nicht Geiz, es war keine Flugangst, es war auch keine Furcht vor dem Fremden, Unbekannten, was mich bewog, das Zuhausebleiben dem Herumreisen vorzuziehen.

Keine Berührungsängste dem Exotischen gegenüber, keineswegs, wie ein Nachbar vermutet hatte, ein Nachbar übrigens, der sich brüstete, weltoffen zu sein, und der nach jeder seiner ausgedehnten Reisen in alle möglichen Winkel des Erdkreises stets mit den alten Vorurteilen zurückkam. Der Service im Luxushotel in Bangkok war miserabel gewesen, das Essen im Astor in Dubai nicht dem „Preis-Leistungs-Verhältnis“ angemessen, und am Strand von Irgendwo gab es entschieden zu viele Möwen. Das hätte der Veranstalter der Kulturreise doch klug bedenken müssen. Jener Nachbar gestand mir übrigens einmal in einer gesprächigen Minute über den Gartenzaun hinweg, dass er eigentlich die Reisen seiner Frau zuliebe unternahm, die gerne damit im Freundeskreis prahlte, dass er aber eigentlich jedes Mal viel lieber in die Rhön, in die sächsische Schweiz oder in den Schwarzwald führe.

Nein. Die Berührungsängste mit dem Fremden waren es nicht. Auch biederere Ziele wie Städtefahrten nach Dresden, Wien, Budapest, sogar kleinere gemütliche Aufenthalte in rustikalen Landgasthöfen oder Radlerferien an der Ostsee, Wandern im Allgäu oder Weinproben im Kraichgau, also Ziele, die fast vor der Haustür lagen: Ich lehnte sie allesamt kategorisch ab, und jetzt, im Nachhinein, muss ich schon gestehen, dass ich durch mein konsequentes Reiseveto das auslöste, was passierte, ja was passieren musste.

Summa summarum hatte mich meine Reisephobie, die ich mir eigentlich selbst nicht erklären konnte, gerettet. Gerettet vor dem Entdecktwerden damals, als nach Penelopes Tod der Kommissar mit dem prüfenden Blick zu mir ins Haus kam und mich befragte. Alle, alle Nachbarn, die wenigen Freunde, alle konnten sie bezeugen, was sie insgeheim immer belächelt hatten: meine krankhafte Reisephobie, mein Bibertum, wie einige es boshaft nannten.

Also, denke ich, war diese Reise, die ich dann doch – ohne Penelope natürlich – machte, meiner Aufmüpfigkeit entsprungen.

Reisen, und dies ohne sie, das hätte mich letztendlich vielleicht doch noch begeistern können. Aber es sollte alles anders kommen. Wenn ich Gelegenheit dazu gehabt hätte, wäre aus mir vielleicht noch ein passionierter Reisender geworden.

Während ich so Richtung Südpfalz fuhr, sinnierte ich vor mich hin. Der Gedanke, dass ich, als Gatte oder Ex-Gatte von Penelope, eigentlich Odysseus heißen müsste und nicht ganz banal Heinrich, belustigte mich. War es nicht eine Ironie des Schicksals, dass ausgerechnet Penelope, in der antiken Sage der Inbegriff von Sesshaftigkeit und Heimatverbundenheit, in unserer Ehe die treibende Kraft war, in die Ferne zu streben, während ich – Odysseus, der Irrfahrer und Abenteurer – mein reiselustiges antikes Ebenbild ebenfalls Lügen strafte.

Penelope, der Inbegriff nicht nur von Sesshaftigkeit, sondern auch von ehelicher Treue. Penelope, die alle Freier abweist und auf Odysseus wartet, der hinwiederum es nicht so ernst nimmt mit der treuen Verbundenheit zwischen Ehegatten. Penelope, die ewig Liebende, über Jahre und Jahre hinweg. Penelope, die ewig Hoffende. Hier lachte ich bitter auf. Ich überlegte, ob ich über die neue, futuristisch wirkende Rheinbrücke fahren sollte, sie mutete amerikanisch an, diese Brücke, aber nein.

Da sah man den Speyerer Dom nur aus der Ferne, und Penelope hatte es immer so genossen, ganz nah am Dom der Stadt vorbeizufahren und die Türme der Kirchen, des Museums und des Altpörtel zu sehen. Sie schwärmte davon, wenn sie von ihren Stippvisiten – natürlich ohne mich – zurückkam. Ich war nicht nachtragend, Penelope selig zuliebe machte ich den Abbieger, um dem Dom und der Speyerer Skyline nahe zu sein. Stellvertretend für Penelope. Da hatte für sie doch die Pfalz begonnen, bevor es weiterging über die Autobahn hinunter, an Schwegenheim, Lingenfeld vorbei, um dann in Kandel abzubiegen.

An der schönen trutzigen Kirche aus dunkelrotem Stein vorbei, dann hin zum Dörfchen, ihrem Dörfchen, wie sie es nannte.

Dort war sie Kind gewesen, dorthin hatte es sie immer wieder gezogen während der acht Jahre, die ich mit ihr verheiratet gewesen war. Zweimal habe ich sie offiziell begleitet, nicht öfter. Und dann war natürlich unsere Hochzeit dort gefeiert worden. In der Mühle. Einmal war ich inoffiziell dort, aber das wusste lange nur ich allein.

Nun fuhr ich an den noch öden Feldern vorbei. Dies war ein strenger und langer Winter gewesen. Bald würde rege Betriebsamkeit herrschen auf den Feldern und in den Wingerten, wo das mürbe alte Rebholz beschnitten werden würde.

Plötzlich durchzuckte es mich. Ob man mich wohl erkennen würde? Aber nein. Mein bester Garant für ein perfektes Inkognito war die Tatsache, dass ich mich – ich wusste es selbst und hatte diesbezüglich keine Illusionen, in diesen Jahren, die zwischen meinem letzten offiziellen Besuch und dem jetzigen Reisetag lagen – mich sehr verändert hatte. Meine dunklen Haare waren grau und gelichtet, meine sehr schlanke Gestalt von einst hatte sich zum Rundlichen hin gewandelt, will man es freundlich ausdrücken. Keine Menschenseele würde mich wiedererkennen, denn ich war mir selbst fremd geworden, betrachtete ich mich im Spiegel. Es kam mir manchmal vor, als sei ich irgendwann, als ich um die vierzig war, ausgewechselt worden, fast über Nacht. Natürlich nur äußerlich. Die Seele des einen war in den Körper des anderen, des „Neuen" geschlüpft.

Eine phantastische Vorstellung. Wie gesagt, ich würde nicht erkannt werden.

Dieser „Tag des Museums" hatte mich gereizt, der im Veranstaltungskalender der Tageszeitung angekündigt gewesen war.

„Attraktive Kurzreisen und kulturelle Aktivitäten jenseits des Rheins" hieß die Überschrift, ein richtiger Hingucker. Und da prangte mir der Name des Dörfchens, Penelopes Dörfchens, entgegen. Historische Führung durch das malerische Winden mit seinen Fachwerkhäusern, seinem Heimatmuseum, Kirche und Mühle.

Die Mühle. Anfangs war mir der kalte Schweiß ausgebrochen, als ich das Wort las. Unsere Hochzeitsfeier, dann das andere, Jahre später. Die Mühle.

Und dann spürte ich in mir so eine Art Trotzreaktion aufkommen, eine Art übermütigen Triumph. Welche Herausforderung. Ich würde hinfahren. Welch Abenteuer. Und nun war ich auf dem Weg in Penelopes Dörfchen. Und da ging es auch schon durch die Unterführung hindurch, da war die Zwanziger-Jahre-Villa, die von einem Lehrerehepaar bewohnt worden war, Freunden von Penelopes Eltern, den Apothekern. Penelope, das „Mädchen aus besserem Haus" und mit einem Dünkel versehen, den sie nie ablegte in ihrem relativ kurzen Leben. Penelope, die nur mit den Kindern des Pfarrers, des Bürgermeisters, des Dorfarztes, der wenigen sehr reichen Bauern hatte spielen dürfen. Das verwöhnte Apothekerstöchterchen Penelope, dessen Vater, ein Liebhaber der Antike, ihr diesen geschwollenen

Namen verpasst hatte. Den Namen der treuen Frau Penelope, die viele Jahre lang auf ihren Mann Odysseus wartet und alle Bewerber zurückweist. Der Name allein schon ein Hohn!

Ich schaute in den Rückspiegel und prüfte noch mal mein Aussehen. Ich war wirklich nicht zu erkennen. Altern hat manchmal auch etwas Gutes, dachte ich mit Galgenhumor.

So einiges hatte sich verändert im Dorf.

Es hatte sehr viel Stil bekommen, war teilweise etwas überrestauriert oder überdekoriert, aber es war der allgemeine Trend auch hier bemerkbar, nämlich der Trend zum eher geschmackvollen, authentischen Restaurieren. Da und dort hatten wohl „Fremde“ von außerhalb Häuser von Einheimischen gekauft und mit viel Enthusiasmus und Geld Wundervolles daraus gemacht.

Die Führung, an der ich teilnehmen wollte, die „historische Führung durch das schmucke Winden“, sollte in zwanzig Minuten beginnen. Ich wollte nicht zu lange wartend herumstehen und riskieren, doch noch erkannt zu werden.

Meine Sonnenbrille schützte mich vor den schon kräftigen Frühlingsstrahlen und etwaigen allzu neugierigen und durchdringenden Blicken. Aber Einheimische würden sowieso nicht teilnehmen an der Führung, jedenfalls war dies nicht sehr wahrscheinlich. Auch merkte ich erleichtert aufatmend, dass der Fremdenführer ein sehr junger Mann war und hochdeutsch sprach. Er war vielleicht ein Student. Er trug einen Pferdeschwanz. Vielleicht war er ein hier ansässiger Künstler. Winden hatte einen Künstlerhof und Galerien bekommen, ein kultureller Aufstieg.

Die Führung begann am sogenannten Wollenschlägerplätzel, benannt nach einem Sohn des Dorfes, der in Baden-Baden als Blusenfabrikant zu Wohlstand gekommen war und welcher der Gemeinde während der fünfziger und sechziger Jahre viele großzügige Stiftungen gemacht hatte.

Die Linde auf dem Plätzel bekam zartgrüne Blättchen.

Dann ging der Touristentrupp, wir waren eine stattliche Truppe von etwa 30 Leuten, die Hauptstraße hinauf und wurde über verschiedene alte Fachwerkhäuser informiert.

Da. Das Gasthaus zum Schwanen. Hier hatten wir am Abend vor der Hochzeit zu einer kleinen Vorfeier eingeladen. Ich musste schlucken und schaute mich kurz um, ob meine Mittouristen etwas von meiner Reaktion bemerkt hatten. Der große Hof war zu einem Heimatmuseum umgewandelt worden. Sehr clevere Idee, wirklich. Man beging den Hof und sah hinter Glas – liebevoll zusammengetragen – Zeugen des dörflichen Lebens früherer Zeit.

Werkzeuge, Schubkarren, Gefäße, Gerät der Bauern, Handwerker und Winzer, Spinnrocken und Irdenes aus den Häusern.

Dann zum Nachtwächterhäuschen, das Einblick gab in die Wachstube einer längst vergangenen Epoche. Gegenüber das Rathaus aus dem Jahr 1757. Viel Fachwerk und ein Blickfang direkt an der viel befahrenen Hauptstraße.

Aber ja. Und nun doch das Pfarrhaus, das keines mehr war. Ein Arzt bewohnte es nun. Penelope hatte viele Geschichten von den Streichen mit den Pfarrerstöchtern erzählt, die, so war es mir immer erschienen, freier und unverstellter aufgewachsen waren als Penelope, meine verwöhnte und dünkelhafte Frau. Gott hab sie selig. Da waren immer „unzählige Kinder aus dem ganzen Dorf“ versammelt gewesen, wie Penelope es ein wenig abfällig ausgedrückt hatte.

Unser Fremdenführer machte die Führung wirklich zu einem kurzweiligen Erlebnis. Er würzte seinen Bericht mit allerhand Anekdötchen und auch Histörchen über Leute und Gebäude von damals. Aus der Dorfchronik hatte er ein Schmankerl herausgefischt. Ein Schmankerl über eine Pfarrfrau, die Pfarrfrau Henrici aus dem Jahr 1729. Er erzählte:

„Diese Pfarrfrau Henrici, die doch als reformierte Pfarrfrau in der Gemeinde als Vorbild zu wirken hatte, wurde von der Messnerin, also der Kirchendienerin, angeklagt, erstens in einem öffentlichen Wirtshaus mit einem Schuhmachermeister lutherischer Religion getanzt zu haben, außerdem in Abwesenheit ihres Mannes im Pfarrhaus Männerbesuch empfangen zu haben, worauf hin nicht 60, 70 oder 80 Personen, sondern nur 30 zum Abendmahl erschienen seien.“

Doch der frevlerischen Taten nicht genug, habe sie ein halbes

Jahr später mit Schollen gegen den Laden des Meisters geworfen, zum Signal, dass er herauskommen und mit ihr reden solle.

Der junge Fremdenführer las dann einen Liebesbrief der Pfarrerin an den Schuhmachermeister vor, den er in der Dorfchronik gefunden hatte. Der Wortlaut dieses Briefes ging so:

„Mein herzliches Kind, die Liebe gegen ihn ist so groß, dass ich sie nicht aussprechen kann. Tag und Nacht sind meine Gedanken bei ihm. Ich sorge im Traum und es geht mir übel, dass ich Ursach habe, Gott zu bitten, dass er mir die Gedanken verändert. Mein lieber Schatz und mein liebes Herz, das ich liebe bis in den Tod. Aus meinem Sinn kömmt er nicht mehr, es mag auch gehen wie es will, und die Leute sagen, was sie wollen, doch bekommen sie nicht, was sie wollen. Wann ich nur einmal meine Gedanken könnte offenbaren. Die paar Zeilen von seiner Hand haben mich gefreuet von Herzen und ich befehl ihn Gott und bleib ihm getreu bis in den Tod. Und meine Gedanken sag ich ihm jetzt nicht, bis ich einmal zu ihm komm, wenn es Gottes Wille ist. Mein liebes Kind, sei tausendmal gegrüßet."

„Ja ja, und die Leute, die den Brief gefunden haben, haben seine Echtheit bekundet, und der Pfarrer Henrici musste dem Druck der Gemeindeschäfchen nachgeben und sich versetzen lassen. Er ist ein Jahr später gestorben. Mit nur 33 Jahren."

Der junge Fremdenführer schwieg, und ich war voller Sympathie für den armen gehörnten Ehemann, den Pfarrer Henrici, der auch noch für die Untreue seiner Frau zahlen musste. Mit Ehrverlust und dem Leben. Bestimmt war er vor lauter Kummer gestorben. Doch eine junge Frau unserer Gruppe rief: „Wie gemein. Das ist doch ein fingierter Brief. Offensichtlicher geht es nicht. Welche Frau hätte ihren Liebhaber ‚mein herzliches Kind' genannt! Diese hinterhältigen Leute!"

Es gab eine kleine Diskussion unter den Teilnehmern der Führung, doch ich hielt mich zurück und versagte mir jeglichen Kommentar. Ich wollte nicht auffallen. Das konnte ich mir nicht leisten in meiner Situation.

„So", sagte der junge Mann und strich sich übers Kinn. „Wir gehen jetzt zur Kirche, über den Friedhof und dann hinunter zur Mühle."

Und humorig fügte er hinzu. „Sie können ja die Diskussion über Pfarrerin Henrici und ihren unseligen Ehemann beim Gang zur Mühle hinunter weiterführen.“

Was die meisten auch taten. Mir schwirrte der Kopf von all dem mehr oder weniger unqualifizierten Geschwätz. Was wussten die Leute schon von den Leiden eines Mannes, dessen Frau untreu ist. Ich versuchte, mich auf die Natur um mich herum zu konzentrieren, die – zugegeben – in der Südpfalz nahezu paradiesisch ist. Da konnte ich Penelopes Schwärmereien schon verstehen, die desto größer wurden, je älter sie wurde. Übrigens, zum Glück stand die Besichtigung der Apotheke nicht auf dem Plan, aber das Haus war, soweit ich wusste, schlecht restauriert worden und daher kein Schmuckstück, das man Touristen zeigen wollte.

Den gewundenen Pfad hinab, und da stand im Mühlengrund die wunderschöne Mühle, die für Penelope und mich schicksalhaft geworden war. Vor allem und zunächst für Penelope.

Wir näherten uns dem stattlichen Gebäude mit seinen vielen Nebenanlagen und Stallungen, und es kam uns der Lärm von vielen Stimmen entgegen. Oh ja. Es hatte sich nichts geändert an der Sitte, die Mühle für Hochzeitsfeierlichkeiten und Empfänge zu mieten. Damals schon, bei unserer Hochzeit, war es gerade in Mode gekommen, wir waren mit die ersten dieser modernen und schicken Hochzeitsgesellschaften gewesen. Trendsetter.

Festlich gekleidete Menschen mit Sektgläsern in der Hand prosteten sich zu, man knabberte Kleinigkeiten von einem im Freien aufgestellten Büffet. Es war eine Reise in die Vergangenheit, und mein Erschrecken war ungemein groß. Trotz der etwas anderen Mode und den etwas anderen Knabbereien – jede Zeit hat ihre kulinarischen Vorlieben – ich meinte, an meiner eigenen Hochzeit vor etwa einem Vierteljahrhundert teilzunehmen. Die Männer trugen die Haare zwar nun nicht mehr lang wie damals, die Frauen waren irgendwie anders geschminkt, aber dennoch, im Wesentlichen hatte sich nichts geändert. Die Kinder, die herumtollten, die Teenager, die anbändelten, die Erwachsenen, die ebenfalls anbändelten, die eigenen Ehepartner ignorierten und sich entweder jüngeren Partnerinnen von

Verwandten oder interessanteren Männern zuwandten. Die Gesprächsfetzen, die an mein Ohr drangen: Rezepte, ein bisschen Politik, Klatsch, Smalltalk und Zurechtweisungen von Kindern durch die Eltern, beschwipste Stimmen und Stimmen von Gästen im Zustand fortgeschrittenen Betrunkenseins, dazwischen Höflichkeiten und Derberes, zwischen Ehepaaren ausgetauschte Eifersüchteleien, das eine oder andere Flirtgeflüster und Aufforderungen zu mehr.

Wo war das junge Hochzeitspaar des heutigen Tages? Ich fragte mich, wo Braut und Bräutigam zu finden waren. Weit und breit war kein Paar, das wie ein Brautpaar aussah, zu finden.

Die beiden dort, die wie Turteltauben mit sich selbst beschäftigt waren? Gewiss kein Ehepaar, aber auch nicht das Brautpaar, dazu war das Outfit viel zu grell und auffallend und für meine Begriffe geschmacklos. Piercings, so weit das Auge reichte, und dies bei beiden, Mann und Frau. Die Frau, bemerkte ich, war nicht eine Frau mit männlichem Haarschnitt, sondern auch ein Mann. Das war anders als vor einem Vierteljahrhundert, wo sich schwule Paare noch bedeckt halten mussten.

„... in der Mühle beim Fototermin", schnappte ich da auf. Das musste das Brautpaar sein, das sich fotografieren ließ.

Mein Herz schlug heftig, als ich in die Mühle hineinging, wo es eine sachgemäße Führung gab. Der alte Müller, ein humorvoller Mann, sah mich länger an, als erinnerte ich ihn an einen alten Bekannten, aber er schaute gleich wieder weg und begann mit seinen Erklärungen. Ob er noch da sein würde, der Aufzug, der Aufzug für die Lasten? Aber gewiss doch. Er war doch ein wichtiges Element für die Mühle gewesen. Früher, als die Mühle noch in Betrieb war. Und später dann. Für mich. Mein Herz stockte, als wir oben ankamen. Der Fotograf sprang zur Seite, denn fast hätte ich ihn umgerempelt vor Aufregung. Ich musste mich wieder in die Gewalt kriegen. Ich war hierher gekommen, nun musste ich es durchstehen, tapfer durchstehen trotz allem.

Niemand hatte mich gezwungen. Ich war aus freien Stücken gekommen. Der Mensch ist doch ein Wesen mit freiem Willen.

Ich hatte es so gewollt. Die junge Frau in meiner Gruppe, die Verteidigerin von Pfarrerin Henrici, die Verständnisvolle für Untreue und Verrat, sie stand neben mir und schaute mich so misstrauisch an, viele Fragezeichen im Blick.

„Was hat er nur plötzlich?“, schien sie zu fragen.

Der Aufzug war für den Fototermin hochgezogen worden. Mit einem festen Seil, war zu hoffen, denn die beiden, die im offenen Lastenaufzug posierten, dem primitiven Aufzug für Mehlsäcke und andere Lasten, waren keine elfenartigen Wesen, keineswegs. Sie waren gar nicht im Trend, gewichtsmäßig sozusagen, sondern beide sehr korpulent. Der Mann, groß und blond, ein Hüne und nicht mehr sehr jugendlich, vielleicht ein ehemaliger Athlet, der nun in die Breite ging, seine auch nicht mehr taufrische Braut, längst kein Frühlingsküken mehr, hatte, es musste gesagt werden, und ich sage es mit den anschaulichen Worten meines Großvaters selig, eine Figur „wie ein Hasenkasten“ und war ein „aufgestumpter Mausknottel“ dazu.

Ich wusste, wie viel der Aufzug tragen konnte. Das Schildchen, ich hatte es genau gelesen, um sicher zu sein, damals: 150 kg Traglast insgesamt.

Diese beiden brachten zusammen aber mehr auf die Waage. Vor meinen Augen sah ich den Lastenaufzug in die Tiefe sausen, genau wie damals, bei meinem letzten inoffiziellen Besuch in der Mühle, als ich, hinter der von Spinnweben verhangenen Sperrholzwand mich versteckend, Penelope zum letzten Mal sah. Ihre entsetzten, weit aufgerissenen Augen, als das Seil riss. Der eine Schrei, unvergesslich. Unvergesslich. Und der zweite Schrei, der Schrei des Mannes, der bei ihr war. Warum hatte sie mich auch verraten, warum diese heimlichen Treffs, das nostalgische Getue mit dem ... Menschen, den sie von der Schulzeit her kannte, jenem verklemmten Klassenprimus, der Arzt geworden war und wegen dem sie mich verlassen wollte. Ich hatte den Brief gefunden, wie Pfarrer Henrici beziehungsweise die Leute aus seiner Gemeinde 1729 den Brief seiner untreuen Frau gefunden hatte. Einen romantischen Treff hatten sie sich ausgedacht. Die Mühle. Wie geschmacklos, die Mühle, den Schauplatz unserer Hochzeit, ausgerechnet die Mühle als Ort des Stelldicheins.

Sie sollte einen nostalgischen Tod haben, sie, die mir mit ihrer Nostalgie, ihren Reisen in die paradiesische Kindheit, ihrer romantischen Sehnsucht und Schwärmerei nach und nach die acht Jahre gemeinsamen Zusammenlebens zur Pein hatte werden lassen.

Ich ging zum Aufzug, stürzte auf das Brautpaar zu. „Retten Sie sich, dieser Aufzug bringt den Tod. Springen Sie ab."

Und ich zerrte am Ärmel des stattlich gebauten Bräutigams, am Taftkleid der nicht minder stattlichen Braut. Die lachten betreten. Einige Leute aus meiner Gruppe kicherten. Die junge Frau, die Verteidigerin der treulosen Pfarrfrau Henrici, starrte mich fassungslos an. Der Fotograf machte ein Bild von der Szene, das konnte er sich nicht entgehen lassen. Ich sah ein Schildchen am Aufzug angebracht. Lastenaufzug geeignet für 300 kg. Ach ja, es hatte sich einiges verändert in dem letzten Vierteljahrhundert. Sie mussten den Aufzug renoviert haben seit damals, stabilisiert und gesichert nach dem schrecklichen Unfall vor fast zwanzig Jahren. Es hatte eine kurze Untersuchung gegeben damals, der Unfall war zweifelsfrei attestiert worden, ich war als notorischer Stubenhocker und Nichtreisender schnell von jeglichem Verdacht freigesprochen worden.

Ein Mann aber sah mich lange und prüfend an. Es war der alte Müller, und in seinem Blick stand zu lesen, dass er mich nun endlich erkannt hatte nach all den Jahren und trotz meiner Altersmetamorphose.

Schade, wo ich doch gerade angefangen hatte, am Verreisen Gefallen zu finden.

Wolfgang Ohler

Der Psalm Davids

„Er kann es nicht gewesen sein, Herr Richter. Er war immer ein guter Junge."

Sie sagte es kraftlos, gegen ihre Überzeugung und gegen alle Vernunft, ja ohne Hoffnung. Sie wusste, dass es keinen Ausweg gab und dass es keinen Sinn hatte, diese Ausweglosigkeit zu leugnen, und doch musste sie es wiederholen, da sie es nicht fassen konnte und weil er ihr Sohn war und sie seine Mutter.

„Er kann es nicht gewesen sein."

Ich widersprach ihr nicht, da auch dies keinen Sinn gehabt hätte. Wir saßen uns gegenüber, an dem kleinen Tisch vor dem Fenster, wo es sich besser reden ließ als über den Schreibtisch hinweg mit seinen Barrieren aus aufgetürmten Akten und grauen Buchrücken. Geredet hatte bisher ich, angeredet gegen ihr Kopfschütteln, ihre verzweifelten Blicke und immer wieder gegen diesen einen Satz.

Sie hatte darauf bestanden, alles zu erfahren, jede Einzelheit, denn sie habe als Mutter das Recht zu wissen, was man ihrem Kind vorwerfe. Es schien mir absurd, dass sie diesen ausgewachsenen Verbrecher ihr Kind nannte, und ich berichtete ihr schonungslos, entgegen meiner ursprünglichen Absicht, was dieses Kind in der Nacht zuvor angerichtet hatte. Ich wich ihren entsetzten Augen aus, schaute zum Fenster hinaus auf den Platz vor dem Amtsgericht, auf dem es zuging wie immer, und sprach über das Grauenvolle, das dieses zweiundzwanzig Jahre alte Kind einem anderen, sechzehnjährigen Kind, das bis zu dieser Nacht tatsächlich noch ein Kind gewesen war, angetan hatte. Ich ließ nicht aus, in welchem Zustand dieses andere Kind aufgefunden worden war, und nannte alle Indizien, die an der Schuld ihres Kindes keinen Zweifel ließen.

„Er kann es nicht gewesen sein."

Sie war eine kleine Frau mit einem weichen Gesicht, Anfang fünfzig, bereits verwitwet, und lebte in einem Häuschen in Hornbach. Sie gehörte zu den Frauen vom Land, die zur Beerdigung ihres Mannes ein letztes Mal die Kleidung wechseln, dann bis zum Lebensende in Schwarz gehen und Witwen sind. Ihr war der jüngste Sohn geblieben, der als einziges der Kinder keinen Anschluss gefunden oder gewollt hatte.

Dieser Sohn hatte am Morgen vor meinem Schreibtisch gesessen. Er hatte das weiche Gesicht seiner Mutter, aber die Augen waren seltsam stumpf und ohne Leben und passten überhaupt nicht in dieses Muttersöhnchengesicht. Gegen alle Gewohnheit ließ ich ihm während der Vernehmung die Handschellen nicht abnehmen.

„Du brauchst nicht lange“, hatte Staatsanwalt Brandt gemeint, als er mir die rote Akte auf den Tisch warf, als ekle er sich davor. „Er leugnet, aber er war es. Der Haftbefehl ist Formsache. Streng dich nicht unnötig an!“

Ich kenne Brandt seit Jahren. Deshalb merkte ich sofort, dass es alles andere war als eine Formsache. Er war zu keinem seiner idiotischen Späße aufgelegt und sah bleich und übernächtigt aus.

„Bereitschaft“, erklärte er auf meinen fragenden Blick. „Ich musste mir wegen der Sache die halbe Nacht um die Ohren schlagen. Hat sich aber gelohnt. Wir haben ihn.“

Ich schlug die Akte auf. Sie hatten wirklich ganze Arbeit geleistet, die Staatsanwaltschaft und die Kripo, schnell und präzise. Das Mädchen war erst nach Mitternacht gefunden worden. Sie hatten Glück: Es war kurze Zeit bei Bewusstsein gewesen und gab den entscheidenden Hinweis.

Ich ließ es ausnahmsweise zu, dass sich Brandt auf die Kante des Schreibtischs setzte.

„Es war furchtbar, und wir haben zuerst nichts verstanden. Du hättest ihr Gesicht sehen sollen! Ihre eigene Mutter hat sie nicht erkannt. Es waren nur einzelne kaum verständliche Worte. Das Auto, wiederholte sie; und dann: Psalm David, dreiundzwanzig, Vers vier. Endlich hatten wir begriffen: die Autonummer! PS DA 234! Eine Nummer von Pirmasens Land. Sie hat sich das Kennzeichen als Bibelstelle gemerkt. Es muss ihr gleich zu Anfang aufgefallen sein, bevor er ihr die Augen zuklebte. Als Bibelspruch, stell dir vor! Da müssen doch selbst hartnäckige Sünder wie du und ich wieder fromm werden.“

Für einen Augenblick war er ganz der alte Spötter.

Der Rest war Routine gewesen. Über das Kennzeichen hatten sie noch in der Nacht den Halter festgestellt und ihn um 6 Uhr früh aus dem Bett geholt. Den schwarzen BMW fanden sie hinter dem Häuschen. Das Reifenprofil passte zu den Abdrücken am Tatort. Im Kofferraum der Schraubenzieher mit Blutanhaftungen, die Rolle Klebeband und der Draht. Blutspuren auf dem Rücksitz, seine zerkratzten Hände, die lehmbeschmierten Stiefel. Eins kam zum anderen. Wir brauchten die Laborergebnisse nicht abzuwarten.

Die Sache war klar und doch wieder nicht. Das Muttersöhnchen selbst blieb ein Rätsel.

„Kein Mensch versteht, wieso er das getan hat. Bisher völlig unauffällig. Eine Eintragung wegen Fahrens ohne Fahrerlaubnis, nicht der Rede wert. Sonst nichts, absolut nichts. Unser Lockenköpfchen hatte bisher mit Frauen offenbar keine Probleme." Brand schüttelte den Kopf. „Kein Streuner und kein einsamer Wolf, sondern ein Nesthocker. Wahrscheinlich eine lohnende Sache für den Psychiater. Landeck weiß schon Bescheid."

Der Fall war so gut wie geklärt, und doch stritt er alles ab, als er in Handschellen vor meinem Schreibtisch saß. Nein, er brauche keinen Verteidiger. Er könne sich selbst verteidigen. Er war frech, spielte den Kaltschnäuzigen, beschwerte sich über die Behandlung. Ich ließ ihn sich austoben und wartete auf den Zusammenbruch. Denn nach dem, was geschehen war, musste er am Ende seiner Kräfte sein. Ich kenne das, dieses letzte Aufbäumen und verzweifelte Umsichschlagen, das Wehren gegen die drohende Isolation, die bereits spürbar wird und den Täter mit seiner Tat einzuschließen beginnt.

„Versuchter Mord", sagte ich, „weißt du, was das heißt?"

Er hielt durch. Hinter dem weichen Gesicht steckte ein zäher Bursche. Als ich die Indizien aufzählte, zuckte er mit den Schultern. Alles Nonsens. Das habe sich die Kripo zusammengereimt. Er habe mit all dem nichts zu tun. Nonsens. Das war wohl eins seiner Lieblingsworte. Dann verlangte er doch nach einem Verteidiger und wollte eine Zigarette.

Kurz vor Mittag ging es weiter. Ausgerechnet Hänschen Lawall hatte er sich ausgesucht. Der hatte ihn früher in seiner Verkehrssache vertreten, war hier aber ganz und gar fehl am Platz. Hänschen ist die Arglosigkeit in Person, für einen Strafverteidiger fehlen ihm das dicke Fell und die Unverfrorenheit. Aber mir konnte das gleich sein. Von Hänschen Lawall waren keine Schikanen zu befürchten.

Ich hatte ihm zehn Minuten gegeben, die Akte durchzublättern, aber schon nach der Hälfte der Zeit legte er sie mit resignierendem Kopfschütteln auf meinen Tisch zurück. Später, beim Verhör, protestierte er halbherzig gegen die Fesseln und riet seinem Mandanten, keine Angaben zu machen.

Bevor wir die Vernehmung fortsetzten, war Brandt in mein Zimmer gestürmt. Zum ersten Mal an diesem Tag war in seinem Gesicht ein kleines Lächeln. Er kam gerade aus der Klinik.

„Sie kommt durch, die Kleine“, sagte er außer Atem. „Es ist fast ein Wunder. Die Stiche gehen nicht sehr tief, und vor allem die inneren Verletzungen sind nicht so schlimm, wie es den Anschein hatte. Diesem Schmuddelwetter verdankt sie ihr Leben. Der Arzt meint, wenn es diese Nacht nur fünf Grad kälter gewesen wäre und der Boden deshalb fester, hätte sie keine Chance gehabt. So hat sie das Auto beim Überrollen in das aufgeweichte Erdreich gedrückt und ihr die Rippen gebrochen. Das schlimmste ist der Schock. Noch immer murmelt sie diese Worte, den 23. Psalm Davids, ihren Konfirmationsspruch. Das weiß ich von ihrer Mutter. Immer wieder dieselben Worte: Und ob ich schon wanderte im finsteren Tal, oder so ähnlich. Als wolle sie sich daran festklammern. Vielleicht hat sie das auch schon während der schrecklichen Stunden getan. Es muss für sie eine Ewigkeit gewesen sein.“

Dann zog Brandt einen Packen Fotos aus seiner Mappe und legte Bild für Bild vor mir hin. Stumm betrachteten wir die Verletzungen, den aufgeschlitzten Rücken, die zerstochenen Brüste, das zerschlagene Gesicht. Kaum eine Körperstelle, die nicht misshandelt war.

„Er ist pervers, unser Nesthocker. Ein Sadist. Schau dir das hier an!“

Ich nahm das Foto in die Hand, wusste jedoch nicht, worauf er anspielte. Er griff nach einem Bleistift und zeichnete die Wundränder nach.

„Die Polaroid zeigt es nicht deutlich. Aber ich habe es mit meinen eigenen Augen an Ort und Stelle gesehen. Dem Chirurgen ist es bei der Operation aufgefallen. Dieser Perverse hat ihr ein M und ein P in den Rücken geschnitten. Seine Initialen. Hat Zorro gespielt, das Schwein, nur dass er keine Peitsche, sondern einen Schraubenzieher benutzt hat."

„Vielleicht eine Verwechslung", sagte seine Mutter am Nachmittag, das Mädchen könnte sich geirrt haben. Daraufhin erzählte ich ihr die Sache mit dem Psalm und dem zerschnittenen Rücken. Ob sie das Foto sehen möchte? Sie schlug die Hände vors Gesicht und begann, leise zu weinen. Ich brachte ihr ein Glas Wasser. Dann ließ ich sie allein am Fenster zurück und verschanzte mich hinter meinem Schreibtisch.

Drüben am Tischchen war es still, nur ab und zu ein kaum hörbares Schniefen. Nach einer Weile trank sie das Glas in einem Zug aus, schnäuzte sich in ihr Taschentuch und stand auf. Ich begleitete sie zur Tür. Als sie mir die Hand gab, fragte sie, wann sie mich wieder sprechen könne. Jederzeit, antwortete ich.

Sie kam bereits am folgenden Tag wieder und bat um eine Sprecherlaubnis. Ich telefonierte mit Brandt. Er hatte keinen Einwand. Es nehme alles seinen Gang. Er sei kurz bei der Kleinen gewesen. In zwei oder drei Tagen sei sie vernehmungsfähig. Also bis dann, er habe schrecklich viel zu tun.

Zwei Stunden später rief er zurück. Seine Stimme verriet, dass etwas Außergewöhnliches geschehen war. Wenn Brandt sich aufregt, dann spricht er nicht schneller oder hektischer als sonst, sondern seltsam gedehnt, so als müsse er jedes Wort erst wiederkäuen, bevor er es loswird. An manchen Tagen hält er auf diese Weise ein ganzes Plädoyer, und man muss eine Menge Geduld aufbringen.

In dieser gedehnten, langweiligen Sprechweise teilte er mir mit, dass das Muttersöhnchen droben in der Vollzugsanstalt Amok lief. Er habe sich einen Mitgefangenen als Geisel genommen und fordere freien Abzug: einen vollgetankten BMW.

„Vielleicht will er zu Hause in Hornbach über die Grenze. Oder aber gleich nach Kuba, der Spinner. Jetzt dreht er sich endgültig den Strick. Er hat keine Chance. Sie haben alles dicht gemacht, Nachrichtensperre und so. Der Krauß ist in seinem Element: eher will er ihn mit eigenen Händen erwürgen, bevor jemand aus seinem Reich entkommt. Du kennst ihn ja, den ollen Knastdompteur. Wollte dich nur rasch informieren, du bist schließlich der Haftrichter. Tschüüüß!"

Bevor ich fragen konnte, hatte er aufgelegt. Es dauerte Minuten, bis ich ihn wieder am Draht hatte. Dann machte ich meinem Ärger Luft. Es war mein gutes Recht, alles zu wissen, zum Donnerwetter, und nicht mit ein paar Anekdoten abgespeist zu werden. Ganz richtig, ich war der Haftrichter und damit verantwortlich für meinen Untersuchungsgefangenen dort oben. Ich hatte zu entscheiden, was mit ihm geschah, niemand sonst, kein Oberstaatsanwalt Brandt und erst recht kein Anstaltsleiter Krauß.

Sein Lachen war ausgesprochen unverschämt. „Begreif doch! Es geht nicht darum, dass du ihm einen Radioapparat oder einen Besuch genehmigst. Er ist gerade dabei, einen Zellengenossen abzustechen, unser Zorro, und die Justiz zu erpressen. Das ist nicht mehr dein Fall, Herr Richter, das ist dreckige Polizeiarbeit, wenn du weißt, was ich meine."

Ich gab nicht auf. Die U-Haft ist und bleibt meine Angelegenheit und meine Kompetenz, und wenn ich wollte, würde ich den Haftbefehl aufheben und alles hätte sich erledigt.

„Erstens wirst du das nicht tun, und zweitens hätte sich ein Dreck erledigt. Entweder er gibt auf, oder die Lawine ist nicht mehr aufzuhalten."

„Die Lawine?"

„Mein Gott, bist du heute schwer von Begriff. Der Helikopter ist schon in der Luft und unterwegs. Mit den Präzisionsschützen aus Mainz, wie es so vornehm heißt."

„Moment", rief ich in den Hörer, „gib mir wenigstens Bedenkzeit. So könnt ihr die Sache nicht laufen lassen. Was heißt das überhaupt: Geiselnahme? Die da oben lassen sich doch nicht so einfach ins Bockshorn jagen!"

Ich schaute hinüber zu dem Tischchen, auf dem noch das leere Glas stand.

Brandt war ungehalten. Er habe zu tun. Droben in der Kesselbach sei die Hölle los. Ich ließ nicht locker, bis ich die Einzelheiten wusste. MP, wie Brandt ihn jetzt nannte, hatte sich früh morgens beim Aufschluss einen anderen Gefangenen geschnappt, ihm ein Messer an die Kehle gesetzt und sich mit ihm in der Zelle verbarrikadiert. Und nun also sein Plan, ins Elsass zu entkommen. Als ich den Namen der Geisel erfuhr, stutzte ich: ein alter Kunde, der gerade vier Jahre wegen Raubes absaß. Jedenfalls nicht der Typ, der sich ohne weiteres mit einem Messer in Schach halten lässt. Das roch nach einem Deal zwischen den beiden. Sollte mich nicht wundern, wenn die Geisel die Sache ausgeheckt und die weniger gefährliche Rolle übernommen hatte.

Kann sein, meinte Brandt, kann auch nicht sein. Das sei nicht unser Problem. „Wenn sie uns Theater vorspielen, dann ist das ihr Risiko und wir spielen mit. Entweder er wirft das Messer weg, oder das Sonderkommando nimmt uns die Arbeit ab."

Das hörte sich so an, als wünschte er sich die zweite Lösung. Jetzt wurde ich erst recht wütend. Doch er ließ nichts gelten. Ob ich die Fotos vergessen hätte!

„Aber darum geht es gar nicht!", schrie ich in die Muschel. „Die Todesstrafe ist abgeschafft!"

Endlich kam er mir ein Stückchen entgegen und versprach, MP den Vorschlag zu machen, mit mir in der Zelle zu reden. „Wenn du unbedingt den Helden spielen und in die Bild-Zeitung kommen willst!"

Bis zu seinem nächsten Anruf saß ich auf glühenden Kohlen. „Tut mir leid", meldete er sich aus der Vollzugsanstalt. „Nichts zu machen. Du musst dir das Verdienstkreuz auf andere Weise beschaffen. MP lehnt jede Vermittlung ab. Soll ich dir sagen, was er auf dein Angebot geantwortet hat, und zwar durch das Megaphon, so dass es jeder dort oben hören konnte?"

Ich wollte es nicht wissen, und enttäuscht blies er in den Hörer. Seine Mutter, fiel mir ein, vielleicht könnte sie ihn umstimmen.

„Haben wir versucht. Sie ist seit über zwei Stunden hier oben. Er will sie nicht sehen. Deine Sprecherlaubnis war umsonst."

„Wie geht's weiter?"

„Der Narr hat uns ein Ultimatum gestellt. Der Fluchtwagen steht bereit. Die Schützen sind in Stellung. In zehn Minuten ist alles vorbei. Mit einem Messer, stell dir vor! Jetzt hilft ihm kein Gott und kein Richter!"

Ich hatte geahnt, dass sie mich noch einmal aufsuchen würde, und hatte mich davor gefürchtet. Als wir am nächsten Tag wieder am Tischchen saßen, war sie sehr gefasst.

„Sie können nichts dafür", sagte sie, als ich ihr das Beileid aussprach.

Wir saßen uns eine Weile stumm gegenüber. Dann holte ich wieder ein Glas Wasser. Aber sie rührte es nicht an.

„Erschossen", murmelte sie mit tonloser Stimme. „Erschossen. Ich habe den Knall gehört."

„Aber nun wissen Sie doch, dass er es getan hat." Ich hatte sofort das Gefühl, dass ich das Falsche gesagt hatte.

Sie schaute zum Fenster hinaus. „Ja, er hat es getan. Sonst wäre alles noch viel schrecklicher."

Lilo Beil

Undine

„Es muss etwas Liebes, aber auch etwas höchst Furchtbares um eine Seele sein ... wär es nicht besser; man würde ihrer nie teilhaftig?"
(aus: UNDINE, von Friedrich de la Motte Fouqué)

Er hatte sie abgöttisch geliebt, verehrt, auf Händen getragen.

Sie waren wie Feuer und Wasser, wie Berg und Tal, wie Eisen und Watte, wie Sonne und Mond, Ebbe und Flut. Das Gegensätzliche zog ihn an, das andere. Das andere Element, so könnte man es fast nennen.

Doch allzu Gegensätzliches schafft Kluften, es trennt. Wenn die verbindende Brücke zum anderen fehlt, bleibt am Ende doch nur Einsamkeit und Bitternis.

Sein Hass begann – wie so vieles andere im Leben – nicht plötzlich, sondern allmählich, schleichend, und er führte zum unvermeidlich endgültigen Bruch.

Da war ihre Sorglosigkeit. Ihre Leichtigkeit, das Leben wie ein Spiel zu spielen, wie einen Tanz zu tanzen, wie ein Lied zu singen. Ihre Leichtigkeit und Fröhlichkeit ließ ihn an ihrer Seite schwer und dumpf und plump aussehen. Was ihn anfangs so fasziniert hatte, fing an, ihn zu ärgern, es gab Momente, in denen er sie hasste.

Doch nicht von Anfang an, nein. Der Anfang war wie ein Blitzschlag gewesen, die vielzitierte „Liebe auf den ersten Blick". Was ihn wohl am meisten gefesselt hatte, war ihr Lachen, es klang so völlig frei und unbeschwert wie das Lachen eines Kindes, wie eine muntere Quelle. Noch nie zuvor hatte er eine erwachsene Frau so lachen gehört.

Und dann ihr Gang, er war so ganz anders, es schien, als würde sie es vermeiden wollen, den Boden zu berühren. Wie ein Luftgeist. Ein Wassergeist eher, denn als er sie nach ihrem Namen fragte, sagte sie „Undine". Da gab es jene Wasserfrau Undine aus dem Märchen des Romantikers Friedrich de la Motte Fouqué.

Er erinnerte sich, das Märchen „Undine“ vor Jahren gelesen zu haben, er las gerne und viel und kreuz und quer.

Jene Märchen-Undine und seine Undine aus Fleisch und Blut hatten nicht nur den Namen gemeinsam.

Die Märchen-Undine hatte ihn damals in ihren Bann gezogen, die schöne, blonde Wasserfrau, die erst durch die Liebe zu einem Sterblichen eine Seele erhält. Im seelenlosen Zustand ist sie leichtsinnig, ohne Sorge, ohne Erdenschwere, ja, ohne Gewissen oder Verantwortungsgefühl.

Seine Undine, die richtige, lebendige, glich der Märchen-Undine in ihrer Leichtigkeit, in ihrer unbeschwerten Fröhlichkeit.

Bald merkte er, dass seine schöne Kindfrau nicht nur leichtlebig, sorglos, sondern auch völlig ungebildet war. Auch seine Undine kam von „ganz unten aus der Tiefe“. Nicht vom Wasser, aber aus ganz einfachen Verhältnissen, und es war dauernd zu merken.

Ihr Geschmack in allem war sehr, gelinde gesagt, einfach, sogar banal. Sie sah gerne Schmuddel-Talkshows und Seifenopern im Fernsehen, sie aß Fastfood, ihre Ohrringe waren riesige Billigklunker, ihre Kleider Flitterkram in Babyrosa und Knallgelb und Blutrot, sie umgab sich mit allerlei kitschigem Schnickschnack wie der Diddlmaus, jenem bei simplen Gemütern so beliebten Ausbund von Hässlichkeit und totaler Geschmacksverirrung.

Welche Aufgabe also für ihn, den Belesenen, Bildungshungrigen, Kunstliebhaber, Museumsbesucher, Antiquitätensammler, Kulturreisenden, Opern- und Theaterfan.

So wurde sie, seine Undine, nach und nach sein Geschöpf, durch ihn würde sie eine Seele bekommen, hoffte er.

Die Freizeit, die Reisen, die Wohnungseinrichtung, alles wurde auf Undine eingestellt, auf die Wasserfrau, freilich ganz nach seinem Geschmack.

Zur Hochzeitsreise ging es nach Dänemark, das Paar wohnte in einem Kopenhagener Luxushotel mit Blick auf die Statue der weltberühmten kleinen Seejungfrau.

Er las Undine das Märchen „Die kleine Seejungfrau“ von Hans Christian Andersen vor, sie zeigte sich wenig beeindruckt, gähnte gelangweilt.

Die Wohnungseinrichtung des jungen Paares hatte ein prächtiges Wasserbett aufzuweisen und Figuren von Meerjungfrauen in mehreren Variationen, aus grüner Jade, aus Porzellan, aus Silber, Bronze und Gold. Es gab Jugendstilbilder und sogar ein Gemälde des berühmten Malers Arnold Böcklin mit Wassergeistern, Nereiden und Tritonen.

Die Stoffe der Vorhänge, die Bezüge der Kissen und Sofas und Betten waren wasserblau oder irgendwie mit Fischmustern versehen, mit kleinen Muscheln, Seesternen oder Seepferdchen, mit Nixen und dicken lustigen Wassermännern. Es gab auf Undines Bett ein Kuschelkissen mit der Little Mermaid aus dem Walt-Disney-Zeichentrickfilm, Undine hatte sich dieses Zugeständnis an ihren Kitschgeschmack hart ertrotzen müssen gegen den Widerstand ihres schöngeistigen Mannes, der letztendlich zähneknirschend nachgab und erlaubte, dass Undine das Kissen aus der Mülltonne fischte, wohin er es schon befördert hatte. Sie musste dafür aber auch „ganz lieb zu ihm sein“.

An den Wochenenden standen Fahrten auf dem Terminplan, die sorgfältig von ihm ausgesucht waren und auf Undine – seine Undine, sein Wunschgeschöpf - abgestimmt waren. Sie verbrachten einen Kurzurlaub in Norddeutschland und machten dabei eine längere Radtour ins Malerdorf Worpswede bei Bremen und zur herrlichen Villa Barkenhoff und zum Haus im Schluh, wo der Jugendstilkünstler Heinrich Vogeler gelebt und so vielseitig gewirkt hatte.

Wer kennt nicht sein herrliches Riesengemälde „MELUSINE“, welche die Wasserfrau Melusine (oder Undine, die beiden sind fast austauschbar) darstellt wie sie auf dem Stein am Waldteich sitzt, halb Fisch, halb blonde, blasse Frau, eine Kindfrau wie seine eigene Undine, im Hintergrund der Ritter mit der Armbrust, er entdeckt die schöne Melusine, wie er selbst Undine entdeckt hatte.

Undine, die Diddlmaus-Verehrerin, fand das Bild „kitschig“, er war tief gekränkt. „Wie seelenlos sie ist“, durchzuckte es ihn, aber die Radtour hatte ihr prächtig gefallen, sie lachte und klatschte vergnügt in die zarten Hände.

Nach und nach äußerte die unbeschwerte, sorglose Undine Unmut über seinen, wie sie es nannte, „doofen Fisch-Tick“ – er hatte ihr zum Geburtstag gerade einen alten holländischen Meister, ein Stillleben mit Austern, toten Fischen und braunweiß gefleckten Muscheln geschenkt.

Es kostete ihn einige Überredungskünste, sie dazu zu bewegen, ihn in die Oper zu begleiten. Es gab die Oper „Undine“ von Lortzing. Natürlich „Undine“.

Sie ging mit, er kaufte ihr zuvor ein silberglänzendes, enganliegendes Kleid mit Spaghettiträgern, es hatte ein kleines Muster, das sich bei näherem Hinsehen als Schuppenmuster erwies, dazu hochhackige Schuhe mit dünnen Riemchen, die ihren schwebend-trippelnden Gang noch unterstrichen.

In der Pause im Foyer schauten sich Männer und Frauen nach der Silberschönheit die Augen aus dem Kopf – die Männer voller Begierde, die Frauen voller Neid.

Undine lachte dazu ihr silberhelles Lachen, es war alles ein Spiel, dies hier amüsierte sie, die Blicke der Leute, wenn auch die Oper sie schrecklich langweilte.

„So ein Quatsch“, sagte sie mit entzückendem Augenaufschlag. „Ich verstehe gar nicht, was das alles soll. Ich wär viel lieber zum „Fröhlichen Allgäuer Musikantenstadl“ gegangen.“

Groll stieg in seinem Herzen auf, dumpfer Groll und eine tiefe Verzweiflung „Sie wird nie eine Seele bekommen, sie ist so grenzenlos ... hohl.“

Aber sie konnte seine Gedanken nicht lesen, sie lachte unbekümmert, schüttelte die blonde Lockenmähne (es waren ganz kleine Seerosen hineingeflochten aus Seide), sie schaute ihn aus ihren algengrünen Augen groß und leer an, und sein Groll, seine Verzweiflung waren vergessen. Für eine Weile zumindest.

Zwei Wochen später hatte er die Verwegenheit, sie in eine Wagneroper mitzunehmen. Es war das „Rheingold“, und als die Rheintöchter Woglinde, Floßhilde und Wellgunde ihr undinenhaftes „Waia! Waga! Woge du Welle“ anstimmten, lachte, ja, lachte Undine, seine Undine, silberhell und doch laut schallend, ein unbändiges Hohngelächter.

Er wäre vor Scham am liebsten in den Erdboden versunken.

Doch in den Pausen drehten sich alle wieder entzückt und verzaubert nach seiner Schönen um, seiner Schönen ohne Ordnung, ohne Tiefe, ohne Seele.

Sie hielt elegant das schäumende Sektglas in der perlmuttfarbenen Hand und lachte ihr gurrendes Sirenenlachen.

Ihm fielen die Zeilen aus dem Undine-Märchen ein, wo Undine mit zarten Händen des Ritters Wangen streichelt und vertraulich flüstert: „Du kannst nicht von mir lassen!“ Ging es ihm wie dem Ritter, der am Ende sterben musste, konnte er tatsächlich nicht von ihr lassen?

Sie saßen auf der Veranda, die Kissen der Korbstühle hatten ein feines Wellenmuster, azurblau und schilfgrün, und sie schauten auf den Teich mit den Seerosen. Kleine Fontänen stiegen hier und da aus den Froschmäulern der Bronzefrösche in die Höhe.

Libellen schwirrten in den Gräsern und im Schilf. Undine trug ein reizendes lachsrotes Kleid mit einer doppelten Korallenkette, sorgfältig von ihm ausgesucht. Er plante gerade den nächsten Urlaub, der nach Italien gehen sollte, wo die Museen und natürlich Botticellis Venus, die Schaumgeborene, die aus der Muschel entsteigt, zu besichtigen waren.

Undine schmollte und trotzte wie ein kleines Kind. Nein, nicht schon wieder zu so einer Fisch-Tussi. Sie wolle doch lieber in die USA, nach L.A., Las Vegas, Hollywood, Lake Powell. Und Disneyland.

Er versprach ihr ein Collier aus edelsten Perlen und einen Ausflug in den Holidaypark nach Hassloch bei Speyer. Sie liebte Vergnügungsparks, sie war ein Kind. Für ihn waren solche Dinger ein Horror, aber er litt und schwieg und sie lachte ihr silbernes Lachen, als sie in besagtem Holidaypark in den Teufelsfässern den Donnerfluss hinunterfuhren.

Er schwieg und litt und fühlte, wie der Hass in ihm emporstieg.

Er hatte in Büchern gelesen, dass aus unendlicher Liebe am Ende unendlicher Hass werden könne, die Bücher hatten Recht, und er wusste plötzlich, was zu tun sei.

Ein kleiner Schubs nur, sie war so leicht, er so bärenstark, die Leute hatten alle mit sich selbst zu tun, keiner merkte den Schubser.

Die Zeitungen meldeten am Tag darauf einen schlimmen Unfall im Vergnügungspark. Eine wunderschöne junge Frau war zu Tode gestürzt, im nicht sehr hohen Wasser ertrunken.

Es gab einen trauernden, untröstlichen Ehemann, der seine Frau abgöttisch geliebt und auf Händen getragen hatte. „Wie komisch“, dachte er bei sich, „ich fühle nichts, keine Reue, kein Bedauern, keinen Verlust. Und das Komischste von allem: Undine, meine Wasserfrau, konnte noch nicht einmal schwimmen.“

Walter Landin

Wassertreten

Montag

Nicht überhitzt ins Becken. Sie sollten die beiden Jogger mal beobachten. Die kommen fast jeden Abend hier vorbei. Verschwitzt, hochrote Köpfe, japsen nach Luft, rein ins Wasser. Das wird noch mal böse enden. Die zwei da vorne. Könnten ihren Hund so langsam mal anleinen. Freilaufende Hunde sind hier verboten. Denk an deinen Urgroßvater, sagte meine Großmutter immer. Den hat im Kneippbecken der Schlag getroffen.

Hast du das neulich gelesen. Von der Hand im Kneippbecken. Die war in einer weißen Plastiktüte, die im Wasser schwamm. Irgendwo in Norddeutschland. Makaber. Fragt sich nur, wo die Leiche, an die die Hand passte, geblieben ist. Ja, ja, die Polizei.

Erinnern Sie sich noch an die nette junge Familie, die letztes Jahr öfters hier war? Die aus Bad Dürkheim. Das Mädchen mit dem Pferdeschwanz. Die Frau mit den blonden, langen Haaren. Der Mann mit dem vernarbten Gesicht. Die junge Frau hat gestern Abend mit meiner Frau gesprochen. Ihr Mann will sich von ihr trennen. Dieses Jahr habe ich sie noch nicht hier gesehen.

Wenn ich so durch das Wasser schreite, kommen mir immer die besten Einfälle. Nirgendwo kann ich so nachdenken. Die Ideen, die Formulierungen fliegen mir einfach so zu. Was halten Sie davon: Ende September. Es dämmert schon. Kommt einer am Abend ans Kneippbecken. Gerade will er einen Fuß vorsichtig ins kühle Nass strecken, da entdeckt er die Leiche. Eine Leiche, die mit dem Gesicht nach unten in der Mitte des Kneippbeckens treibt. Das ist doch ein Anfang. Die besten Einfälle kommen mir im Wasser.

Wunderbar, dass es so was Schönes hier im Grünstadter Stadtpark gibt. Nach dem Kneippen fühle ich mich richtig erholt. Der Kopf wird wieder klar. Die Ruhe im Wald. Ein Stückchen Urlaub jeden Tag. Man sieht sich. Und tschüss.

Dienstag

Treten und treten, und eins und zwei, treten, nicht schlurfen. Und eins und zwei, eins und zwei. Abhärtung ist mein zweiter Vorname. Und treten, treten, eins und zwei. Hunde haben hier nichts zu suchen. Nicht überhitzt ins Becken. Denk an deinen Großvater, sagte meine Mutter immer. Sind Sie blind? Hier ist doch das Schild! Für Hunde verboten! Den hat im Kneippbecken der Schlag getroffen.

Sie kennen doch Frau Schober, meine Nachbarin. Die wird auch immer komischer. Ich pflücke Johannisbeeren, denke an nichts Böses, da steht sie hinterm Zaun, winkt mir, ich solle näherkommen, flüstert, ich kann kaum ein Wort verstehen. Ihre Nachbarn seien heute Nacht in ihren Garten eingestiegen und hätten einen großen Ast aus ihrer Tanne gesägt. Freier Blick auf die Kirchheimer Straße. Der Ast sei im Weg gewesen. Hoffentlich werde ich nicht so im Alter. Vielleicht beugt das Kneippen ja ein wenig vor. Das kalte Wasser soll die Durchblutung fördern.

Die nette junge Familie. In Dürkheim in der Sonnenwendstraße haben sie ein Häuschen. Und weil sie das umbauen wollen, lädt der Mann eine Architektin ein. Die hat er kennengelernt, als er ihr Auto lackiert hat. Zum Sonderpreis. Dafür soll die Architektin ihm die Umbaupläne günstig erstellen. Sie besichtigt das Häuschen, misst aus, fertigt Skizzen. Die Ehefrau arbeitet Spätschicht. Die Pläne sind fertig. Heute ist er ausgezogen.

Wenn ich so durchs Wasser schreite, kommen mir immer die besten Einfälle. Die Leiche, die auf dem Bauch liegend in der Mitte des Kneippbeckens treibt. Erst will unser Held Reißaus nehmen, dann überwindet er seinen Ekel, setzt seinen Fuß vorsichtig ins Becken, nähert sich auf Zehenspitzen der Leiche. Er packt den Toten an der Schulter, zieht leicht. Es geht ganz einfach. Die Leiche macht eine ganze Drehung um die eigene Achse. Und unser Held schaut seinem Nachbarn ins Gesicht. Die Leiche im Kneippbecken ist der Nachbar. Und mit diesem

Nachbarn hat er gerade gestern einen Riesenkrach gehabt. Das Übliche, die Rosen wachsen über den Zaun, unser Held greift zur Schere, es gibt einen Wortwechsel, unser Held verliert die Fassung, schreit los, pass auf, wenn ich dir an die Gurgel gehe. Ein scharfer Staatsanwalt könnte das als Morddrohung auslegen. Ich allein mit meinem Nachbarn im Kneippbecken, und der ist tot. Der liegt hier nur mausetot im Becken herum, weil er mich in die Bredouille bringen will.

Dieses Jahr haben die sich aber wirklich Zeit gelassen. Mein Mann wollte schon bei der Verbandsgemeinde anrufen. Aber jetzt ist endlich Wasser im Becken und alles wurde sogar neu gestrichen. Wunderschön. Eine Oase der Erholung. Wo gibt es so was noch heutzutage? Auf Wiedersehen.

Mittwoch

Frau Schober, meine Nachbarin. Die wird immer komischer. Gestern hat sie mich wieder an den Gartenzaun gerufen. Es ging um Harry, ihren Nachbarn zur Linken. Der, so Frau Schober, klettere nachts über ihren Zaun, streue Gift auf ihre Rosen, schneide Blumen ab und, Sie werden es nicht glauben, er habe ein kleines Säckchen umhängen, in dem sich Unkrautsamen befinde. Diesen Unkrautsamen verstreue er in ihrem Garten.Zum Glück klingelte gerade mein Telefon.

Warum haben die uns bloß durchfallen lassen? Holzverarbeitung war ja okay. Aber bei Stich- und Kettensäge, da hat's mich beide Mal gebeutelt. Morgen ins Schwimmbad oder nach Schriesheim zur Nachprüfung? Kettensäge, dass ich gerade da durchrasseln musste. Weißt du, woran ich bei der Prüfung gedacht habe? Nicht ans Bäume durchsägen. Ans Zerlegen von Leichen habe ich die ganze Zeit gedacht.

In einem Tresor, der in einem Waldstück vergraben war, wurde ein Kopf gefunden. Vielleicht gehört der Kopf zu der Hand aus dem Kneippbecken. Wer weiß.

Junge Frau, Sie dürfen auf keinen Fall überhitzt ins Becken. Das könnte ins Auge gehen. Denk an deinen Onkel, sagte meine Cousine immer. Den hat im Kneippbecken der Schlag getroffen. Also, nicht erhitzt ins Wasser.

Wenn ich so durchs Wasser schreite, kommen mir immer die besten Einfälle. Wohin mit der Leiche? Zufällig hat unser Held eine Kettensäge im Auto. Die holt er. Inzwischen ist es schon fast dunkel. Wenn ich den Nachbar bis zur Unkenntlichkeit zerhacke, wird ihn niemand mehr identifizieren können. Als er mit seiner Arbeit zu Ende ist, ist es stockdunkel. Er knipst die Taschenlampe an. Er hat ganze Arbeit geleistet. Das Wasser ist blutrot gefärbt. Wie Gulaschstückchen treiben die Überreste des Nachbarn im Becken. Der wird mich nicht mehr zur Weißglut treiben.

Nur raffen, gieren, immer mehr Geld. Das Menschliche bleibt auf der Strecke. Ich habe Unsummen von Geld verdient. Was ist mir geblieben? Was Sie auf keinen Fall machen dürfen: erst Fußkneippen und gleich danach Armkneippen. Geld, Geld, Geld, die Menschlichkeit bleibt auf der Strecke. Bis morgen Abend um halb neun. Man sieht sich. Und tschüss.

Donnerstag

Junger Mann, davon würde ich Ihnen abraten. Nicht überhitzt ins Becken. Das könnte gefährlich werden. Denk an deinen Patenonkel, sagte meine Großtante immer. Den hat beim Wassertreten der Schlag getroffen. Das Schild ist doch groß genug. Ist es denn so schwer, sich an die Ordnung zu halten. Hunde haben hier nichts zu suchen.

Frau Schober, meine Nachbarin, hat mich schon wieder an den Gartenzaun gerufen. Ihre Schwester aus dem Schwarzwald hat sie zusammen mit der Tochter besucht. Mit einem Schraubenzieher hätten sie die Türrahmen zerkratzt. Und im Bad hätten die beiden mit dem Schraubendreher die Fugen ausgekratzt. Einige Fliesen seien schon ganz locker. Die seien nur auf ihr Geld aus.

Wenn ich so durchs Wasser schreite, kommen mir immer die besten Einfälle. Vielleicht war die Kettensäge ein wenig unrealistisch. Der braucht doch gar keine komplette Leiche zu finden. Eine Plastiktüte schwimmt im Becken. Ahnungslos packt er sie an, will sie am Rand ablegen und nach dem Kneippgang im Papierkorb entsorgen. Eine Frauenhand streckt sich ihm entgegen. Toller Einfall! Und makaber!

Das Menschliche bleibt auf der Strecke. Ich kann ein Lied davon singen. Super, das Wasser. Außendienst. 15.000,- netto, Monat für Monat, Urlaubsgeld, Weihnachtsgeld. Dafür habe ich mich verkauft. Keine Zeit mehr für die Familie. Alles futsch. Direkt nach dem Fußkneippen würde ich Ihnen von einem Armgang abraten. Ja, bis morgen, so gegen halb neun, wie immer. Man sieht sich. Bis dann.

Freitag

Aber hallo! Wie unvernünftig doch manche Leute sind. Total überhitzt. Gesicht rot angelaufen. Und rein ins Wasser. Denk an deinen falschen Onkel, sagte meine Urgroßmutter immer. Den hat der Schlag im Kneippbecken getroffen.

Wenn ich so durch das Wasser wate, kommen mir immer die besten Einfälle. Die Frauenhand in der Plastiktüte. Wo ist die Leiche? An der Hand ist ein Ring. Weißgold. Im Ring war ein Datum eingraviert. Man versucht, über das Standesamtsregister die Identität zu klären.

Frau Schober, meine Nachbarin. Heute Morgen gab es doch den kurzen Regenschauer. Nach all der Hitze in den letzten Tagen war das wie eine Erlösung. Frau Schober stand im Garten, auf dem Kopf ein Regenschutz aus durchsichtigem Plastik, in der Hand den Gartenschlauch. Mitten im Regen. Es war ganz unmöglich, mit der Frau zu reden. Ich ginge ihr auf die Nerven mit meinem Gerede.

Hallihallo, ah, das geht runter wie Salatöl. Herrlich. Die Füße im Wasser baumeln lassen, eine Zigarette in der Hand, ein Hefeweizen griffbereit, was braucht der Mensch mehr. Das ist das Leben. Passen Sie auf, dass Sie nicht auf das Kaugummi treten. Life is life. Man sieht sich. Und tschüss.

Samstag

Der Kopf im Tresor hatte eine Schusswunde. Und es wurden zwei Hände gefunden. Ein Zusammenhang mit dem Fund im Kneippbecken ist ausgeschlossen. War ja auch nur eine Vermutung.

Die drei habe ich vor einigen Tagen schon mal gesehen. Schlendern an der Kneippanlage vorbei, verschwinden in der Schutzhütte da hinten. Nach zehn Minuten gehen sie wieder zurück zu ihrem Auto. Zwei von denen sind Schwarze, früher durfte man ja noch Neger sagen, aber da regt sich meine Tochter auf. Das Autokennzeichen kenne ich nicht. Die sind nicht von hier. Wirklich seltsam. Sind Ihnen die beiden dicken Frauen schon einmal aufgefallen. Die, die gerade im Moment eine Runde nach der anderen durch das Kneippbecken drehen. Die beiden haben, seit sie vor gut einer Viertelstunde gekommen sind, noch kein Wort geredet. Ist Ihnen das nicht aufgefallen? Seltsam, seltsam.

Die nette junge Familie. Gestern wurde das Häuschen in Dürkheim in der Zeitung zum Verkauf angeboten. Jetzt, wo die Hypothek bald abgezahlt ist. Die Umbaupläne können sie gleich mitverkaufen.

Denk an den Kirchendiener von Sankt Laurentius, sagte meine Patentante immer.

Hat den im Kneippbecken der Schlag getroffen?

Nichts los heute. Und unser Dichter lässt sich auch nicht blicken. Der ist sonst jeden Tag hier. Irgendwie fehlt heute was. Man sieht sich. Und tschüss.

Sonntag
Nicht überhitzt ins Becken. Ich muss immer an meinen besten Freund denken. Der ist im Kneippbecken tot umgefallen.

Nur zehn Minuten früher, da hätten Sie was erleben können! Sonntags zwischen 18 und 19 Uhr ist hier Hochbetrieb. Da staut es sich manchmal im Becken. Bei einem Kneipper hing an einem um den Bauch geschnallten Gürtel eine große Hupe mit einem ungewöhnlich rauen und einschüchternden Klang. Als er seinen Fuß ins Wasser setzte, betätigte er fortwährend seine Hupe und brüllte: „Vorsicht, aus dem Weg, ich komme!" Eine ältere Dame rutschte in der Hektik aus. Die arme Frau. Nach zwei Runden hatte er das Kneippbecken für sich. Ein Kneipper hatte zum Glück ein Handy dabei. Und zwanzig Minuten später fuhr ein Polizeiauto vor. Als die beiden Polizisten das Kneippbecken betraten und sich nasse Schuhe und Hosen holten, leistete der Huper laut hupend Widerstand. Erst als die Polizisten ihm die Hupe entwendeten und Handschellen anlegen konnten, gab er Ruhe. Erregung öffentlichen Ärgernisses, Versuchte Körperverletzung, Beleidigung und Widerstand gegen Beamte.

Frau Schober aus der Kirchheimer Straße. Gestern in aller Herrgottsfrühe lief sie laut schreiend durch ihren Garten. Dann wurde es plötzlich still. Seit dem Geschrei gestern habe ich sie nicht mehr im Garten gesehen. Ich mache mir meine Gedanken.

Wenn ich so durchs Wasser wate, kommen mir immer die besten Einfälle. Leute treffen sich am Kneippbecken. Gespräche am Kneippbecken. Ängste, Freuden, Alltägliches, Belangloses. Es muss ja nicht immer Mord und Totschlag sein. Die Idee!

Die Füße im Wasser baumeln lassen, eine Zigarette in der Hand, ein Hefeweizen griffbereit. Das ist das Leben. Man sieht sich. Und tschüss.

Wolfgang Ohler

Der Mann, der die Elstern hasste

Lorenz Eckenschwiller liebte die Gartenvögel, mit Ausnahme der Elstern. Diese Ausnahme hatte er nicht nach Gutdünken getroffen, sie ergab sich zwangsläufig. Wer den Hausrotschwanz und die Goldammer, den Grünfink und den Zeisig, ganz besonders aber die Amseln ins Herz geschlossen hat, wer ihnen Vogelhäuschen baut, ihre Brut beobachtet, im Mai die gesprenkelten Eier in den Nestern zählt und darüber Buch führt, wer im Winter Futterringe aufhängt und Körner streut, so wie dies Lorenz Eckenschwiller mit Hingabe tat, seit er im selben Jahr Rentner und Witwer geworden war, der hat für die Elster, diesen Störenfried, nichts übrig. Nun hatte sich dieses unverträgliche Vogelpack im letzten Sommer in der hohen Trauerbirke vor dem Bahneinschnitt eingenistet und sein Schreckensregiment allmählich bis in die Gärten hinter der Storchenstraße ausgedehnt. Kein Nest war mehr vor den Raubzügen sicher. Lorenz hatte es zunächst mit Sorge und dann mit Grimm beobachtet.

An diesem Morgen war die gefiederte Mörderbande zum ersten Mal in seinen kleinen Garten eingefallen. Das Unheil, das sie dabei angerichtet hatten, veränderte das Verhältnis zwischen ihnen, den Elstern und ihm, dem Menschen, drastisch: Wenn er diese Vögel bisher lediglich von seiner Zuneigung und Fürsorge ausgeschlossen hatte, so hasste er sie von dieser Stunde an. Ja, er hasste sie aus tiefstem Herzen, er wünschte ihnen Tod und Verderben, der ganzen Elsternbrut, und dachte darüber nach, wie er zu ihrem Ende beitragen könnte.

Bei solchem Wetter ließ Lorenz nachts das Fenster zum Garten offen, so dass er morgens beim ersten Licht durch den Frühzug nach Landau geweckt wurde. Er ruhte dann noch eine Weile mit geschlossenen Augen, lauschte dem vielstimmigen Morgenchor der Gartenvögel und unterschied die einzelnen Laute: den munteren Singsang des Gelbspötters, der im Rotdornbusch wohnte, den leisen Ruf der kleinen Gartengrasmücke, die sich im Dickicht neben den Kaninchenställen versteckt hielt, die gedehnten Strophen des Zilpzalps, der nicht müde wurde, seinen Namen zu zwitschern, und das Lied des Gartenrotschwanzes, der auch dieses Jahr sein Nest in den hohlen Apfelbaum gebaut hatte. Er fand seine Freude an dem Konzert, das den schweren Schlaf vertrieb und das Erwachen leicht machte. Seit seine Frau gestorben war, ging Lorenz nicht mehr in die Kirche und verschwendete kaum einen Gedanken an die Ewigkeit, denn er war stets ein nüchterner Mensch gewesen, der keine Zeit für den Seelenschnickschnack übrig hatte, wie er es nannte. Doch wenn er an einem frühen Sommermorgen seinen Vögeln zuhörte, spürte er eine tiefe, fast fromme Zufriedenheit in der Brust, und er wehrte sich nicht gegen dieses Gefühl. Er war froh, die Nacht mit ihren unruhigen Träumen hinter sich zu haben, und freute sich auf den neuen Tag. Der begann für Lorenz Eckenschwiller kurze Zeit später, wenn die Mauersegler mit übermütigem Geschrei ihre erste Runde über den Dächern drehten. Das war für ihn das Zeichen zum Aufstehen.

An diesem Morgen war jedoch alles anders gewesen. Ein schrilles Gezeter hatte ihn aus dem Schlaf gerissen, und einen Moment glaubte er, die Schreihälse wären in das Schlafzimmer eingedrungen, so nahe klang der Lärm. Dann erkannte er, dass es die Amseln waren, die ihr Nest unterhalb des Fensters im Glyzinienstrauch hatten. Ihre hohen, gellenden Rufe verrieten, dass sie sich gegen einen Feind aus der Luft zur Wehr setzten.

So rasch es seine alten Knochen erlaubten, stand Lorenz auf. Es dauerte eine Weile, bis ihm die Beine gehorchten, und obwohl das linke Knie mit einem stechenden Schmerz gegen die Hast protestierte, humpelte er hinüber zum offenen Fenster.

Das Amselmännchen saß auf der Balustrade der Veranda, den gelben Schnabel weit gesperrt, und lamentierte lauthals einem schwarzweißen Schatten nach, dem das Weibchen ohnmächtig zeternd folgte. Lorenz Eckenschwiller blinzelte in das Morgenlicht, das seinen Augen wehtat, und erkannte, dass es sich um eine Elster handelte, die hinüber zur hohen Birke flog. Er ahnte, was geschehen war, und beugte sich über den Sims. Das Amselnest lag zerzaust zwischen blauen Blütentrauben, darin leblos mit verrenktem Hals einer der Jungvögel, ein zweiter baumelte kopfüber im Gesträuch.

Lorenz nahm den Feldstecher vom Haken und richtete das Glas auf den Baum drüben am Bahneinschnitt. Bald hatte er die ELSTER entdeckt. Es war ein außergewöhnlich großes Exemplar. Das schwarz-blaue Gefieder der Flügel glänzte metallisch in der Morgensonne, der starke Schnabel hielt das dritte Amseljunge gepackt. In diesem Augenblick begann Lorenz Eckenschwiller, die Elstern zu hassen. Er ballte die Faust und verfluchte den großen Vogel, der für ihn unerreichbar mit seiner Beute drüben im Geäst der hohen Birke saß.

Noch am selben Morgen fuhr der Alte mit dem Fahrrad in die Stadt. Er nahm den kurzen Weg zwischen Rosengarten und Bleicherbach, obwohl der den Fußgängern vorbehalten war. Vor dem Eingang der Sparkasse wartete er, bis aufgeschlossen wurde und hatte dieses Mal keinen Blick für das Herzogsschloss in der Nachbarschaft. Er war der erste am Kassenschalter. Der Kassierer, der ihn seit Jahrzehnten kannte und wie immer nach dem Befinden fragte, stutzte, als er den Auszahlungsbeleg las, denn dort stand nicht die übliche Summe. Auf seinen fragenden Blick nickte Lorenz, zählte das Geld nach und hatte es eilig.

Sein nächster Weg führte ihn in die Fruchtmarktstraße zum Geschäft für Jagd- und Angelbedarf. So konnte man es über dem Schaufenster lesen, vor dem Lorenz bisher nur selten stehengeblieben war, um sich die Messer und Hirschfänger anzusehen. Heute betrat er den Laden und ließ sich Luftgewehre zeigen.

Krischan Werfritz, der Inhaber, legte mehrere Waffen auf die Theke und erklärte dem frühen Kunden, den er von gemeinsamen Touren mit dem Pfälzerwaldverein kannte, ihre Handhabung. Lorenz wählte mit Bedacht, probierte aus, zielte über Kimme und Korn, prüfte den Druckpunkt und fragte nach dem Preis. Schließlich entschied er sich für ein Gewehr mit solidem Nussbaumschaft, das gut in der Hand lag. Anerkennend nickte Werfritz. Lorenz nahm eine Schachtel Bleikugeln dazu und zahlte. Anstandshalber wechselten die beiden ein paar Worte. Nein, zur Wanderung auf die Sickinger Höhe am Wochenende könne er nicht mitkommen, antwortete Lorenz: Sein Knie mache ihm sehr zu schaffen. Na denn, gute Besserung und viel Vergnügen bei der Krähenjagd.

Vergeblich mühte sich Lorenz Eckenschwiller, die sperrige Pappschachtel auf dem Gepäckträger unterzubringen. Es half nichts, er musste das Rad heimwärts schieben. In der Kanalallee legte er auf einer Bank eine Rast ein und sah eine Weile den Wolken nach, die hinüber zur Grenze segelten.

Im Garten war Ruhe und Frieden eingekehrt, als sei nichts geschehen. Lorenz überzeugte sich, dass das Amselpaar das geplünderte Nest bereits aufgegeben hatte. Er stellte die Leiter an, stieg hinauf und klaubte die beiden Vogelkadaver aus dem Gebüsch. Beim Herabklettern meldete sich der Schmerz im linken Knie, und er musste auf halbem Weg eine Pause einlegen. Als er es geschafft hatte, warf er die toten Jungvögel auf den Kompost.

Anschließend probierte er den Flobert aus. Er nagelte den Deckel einer Keksdose an den Apfelbaum, maß zwanzig Schritte durch den Garten und zielte auf die Scheibe.

Er zielte bedächtig, visierte Korn durch Kimme, ließ den Bügel am Druckpunkt ruhen und atmete aus, bevor er abzog, so wie er es fünfzig Jahre zuvor als Scharfschütze am Schießstand in der Kugelfang gelernt hatte. Seine linke Hand war noch immer sicher, und die Brille brauchte er nur zum Lesen der Tageszeitung und des Journals „Der gefiederte Freund“. Dreimal lud er nach, bevor er sich die Treffer ansah. Sie lagen allesamt knapp über der Scheibenmitte. Behutsam regulierte er die Kimme am Lauf und wiederholte den Versuch. Nach der dritten Korrektur war er mit dem Ergebnis zufrieden.

Am Nachmittag bezog Lorenz mit dem Gewehr Posten auf der Veranda. Ein paar Mal vernahm er das Schnarren der Elstern jenseits der Bahngleise, aber keine ließ sich im Garten blicken. Erst gegen Abend, als die Mauersegler ihre übermütigen Runden über den Dächern drehten, und es zwischen den Baumkronen bereits dämmerte, stieß es schwarzweiß von der hohen Birke herab und fiel in den Apfelbaum ein. Lorenz griff zum Feldstecher. Es war die große ELSTER, die am Morgen das Nest überfallen hatte. Wippend saß sie im Geäst und schrie ihr heiseres „Tschack-Tschack" zu ihm herüber.

Lorenz zielte sorgfältig, aber er wusste, dass das schwache Büchsenlicht keinen guten Schuss zuließ. Der Knall war nicht sehr laut, scheuchte aber doch ein paar Spatzen aus der Dachrinne, und im Kaninchenstall rumorte es. Lorenz behielt die ELSTER über die Kimme im Blick. Der Vogel war offensichtlich nicht getroffen. Er reckte den Hals nach dem ungewohnten Geräusch, stieß erneut den rauen Elsterruf aus, spreizte die Schwingen und zog hinüber zu seinem Horst in der hohen Trauerbirke am Marienstein.

Lorenz setzte das Gewehr ab. Wie alle Krähenvögel war auch diese ELSTER schlau und vorsichtig, sagte er sich, und deshalb ahnte sie vielleicht die Gefahr und würde den Garten meiden. Aber es war kein Hoffen in diesem Gedanken; er gestand sich ein, dass er es bedauern und der anderen Lösung den Vorzug geben würde. Er hasste den großen, gemeinen Vogel und wünschte sich, dass er wiederkäme und ein besseres Ziel bieten würde. Bis dahin wollte er mit dem Gewehr sparsam umgehen.

Wie immer lag Lorenz lange wach und fand schwer in den Schlaf. Die Erinnerungen quälten ihn, und nach Mitternacht suchten ihn die Alpträume vom Schlachthof heim. Erst gegen Morgen schlief er tief und ruhig und wurde bald vom Frühzug geweckt. Im Halbschlaf lauschte er den Vogelstimmen und fiel vorübergehend in den Schlummer zurück. Er kostete das Gefühl der Ruhe aus, schwamm an der Oberfläche des Traums wie auf einer sanften Woge, ließ sich hinabsinken in den Schlaf und tauchte wieder auf, hörte wie von fern das Gezwitscher, das ihn in den Schlaf begleitete, die Grenze zwischen Traumbildern und Wirklichkeit war aufgehoben, mit geschlossenen Augen sah er eine wunderbare Landschaft voller bunter Vögel und hörte dazu die Geräusche aus dem erwachenden Garten.

Plötzlich wurde es still, ganz still, und eine Eiseskälte wehte vom Fenster her. Dort, auf dem Sims, saß die große ELSTER. Lorenz hob abwehrend den Arm vor das Gesicht. Die ELSTER saß ruhig und schaute zu ihm herüber. Dann öffnete sie den schwarzen Schnabel, und das Entsetzen des Alten war bereits so groß, dass er darüber hinaus nicht erschrecken konnte, als der Vogel zu ihm sprach.

Lorenz verstand jedes Wort, denn die ELSTER sprach nicht nur klar und deutlich, sondern redete auch mit einer Stimme, die er gut kannte: Es war die Stimme seiner verstorbenen Frau. Ihre Sprache war blank und kalt wie eine Waffe und traf ihn ins Herz, so dass er vor Schmerz und Angst hätte schreien können, aber die Kehle war ihm zugeschnürt, und er hörte stumm und wehrlos, wie die kalte Stimme ihm vorwarf, geschossen zu haben, um sie zu töten, sie, seine Frau, die in Gestalt der ELSTER zu ihm zurückgekommen sei.

Dann war das Fensterbrett leer, die Vögel sangen im Garten, und Lorenz brauchte Minuten, um zu begreifen, dass es ein Traum gewesen war, ein böser Traum. Aber auch dann beruhigte es ihn nicht, sein Herz schlug rasend in der Brust, Übelkeit stieg in ihm hoch, und der Schmerz in seinem Knie trieb ihm die Tränen in die Augen, als er humpelnd gerade noch die Toilette erreichte, bevor er sich würgend und hustend übergab.

Den Vormittag über blieb Lorenz im Bett. Er lag auf dem Rücken, starrte zur Decke empor und konnte keinen klaren Gedanken fassen. Er fühlte sich matt und krank, seine Glieder schmerzten, und der Kopf dröhnte mit jedem Pulsschlag. Zwischendurch fiel er in bleiernen Schlaf, aus dem er alsbald aufschreckte. Gegen Mittag schleppte er sich in die Küche, hantierte am Herd, brachte jedoch keinen Bissen hinunter. Am Nachmittag ging es ihm besser, und er schalt sich einen Narren, dass er sich durch einen simplen Traum so hatte aus dem Gleichgewicht bringen lassen. Er lud das Gewehr und war entschlossen, die ELSTER zur Strecke zu bringen, bevor sie weiteres Unheil anrichten konnte.

Bald darauf fiel die ganze Elsternbande in die Akazien ein, die am Bahnrech wuchsen. Lorenz hörte ihr Gezänk und erspähte für Augenblicke das schwarzweiße Gefieder zwischen dem

Grün, bekam jedoch nichts ins Visier. Später saßen die Vögel in der Birkenkrone nahe dem Horst, und mit dem Feldstecher konnte er darunter seine ELSTER ausmachen. Die Entfernung war jedoch für einen gezielten Schuss zu groß.

Nach den Anstrengungen des Tages schlief Lorenz in der Nacht tief und fest. Zum ersten Mal seit langer Zeit verschonte ihn der Albtraum von dem Unfall an der Schlachtbank, er sah nicht das aufspritzende Blut, hörte nicht die entsetzlichen Schreie. Im Morgengrauen der Landauer Eilzug.

Lorenz hatte sich vorgenommen, beim ersten Gezwitscher des Zilpzalps, der stets den Vorsänger machte, aufzustehen. Aber wie unter einem Zwang blieb er im Bett, es war, als halte ihn jemand dort fest, die Augen wurden ihm schwer, er wollte sich dagegen wehren, war aber ohne Willen, sank zurück in den Schlaf und wusste, was geschehen würde.

Er spürte den eisigen Hauch, der ihn erschauern ließ. Im Fenster saß drohend die ELSTER und blickte ihn aus kalten, starren Vogelaugen an. Der schwarz-glänzende Schnabel öffnete sich, und wieder sprach die Stimme seiner Frau zu ihm, böse und kalt, warf ihm vor, sie töten zu wollen, so wie schon einmal, damals, als ihr der Kummer das Herz gebrochen habe; denn jeder Schuss auf die ELSTER ziele zugleich auf sie, seine unglückliche Frau, um sie nach ihrem Tod noch einmal zu töten.

Nein, schrie Lorenz, er habe es nicht gewollt und selbst dafür büßen müssen, und er büße noch immer dafür, Nacht für Nacht. Doch der kalte Blick ließ nichts gelten, unbarmherzig hackte die scharfe Stimme nach ihm und gab nicht nach, bis er schweißgebadet aufwachte. Er fühlte sich an Leib und Seele krank und lag so stundenlang, bevor er sich erheben konnte.

Am Nachmittag fühlte er sich kräftig genug für einen Rundgang durch den Garten. Eine Ahnung führte ihn zur Weißdornhecke, an deren dichtester Stelle die Singdrossel ihr Nest gebaut hatte und seit einer Woche ein Gelege aus vier blaugrünen Eiern bebrütete. Der Ort war tot und verlassen. Zwischen den zerrupften Nestspreißeln steckte wie ein böses Mal eine blauschwarze Elsterfeder. Lorenz ergriff sie vorsichtig und drehte den Kiel zwischen Daumen und Zeigefinger. Er war noch immer verwirrt, spürte jedoch erleichtert, wie sich der Hass auf den Mördervogel in ihm regte und ihn aufrichtete. Ja, es blieb dabei, er verabscheute diese ELSTER und würde sie immer verabscheuen und sich in seinem Hass nicht irre machen lassen. Mit der Vogelfeder in der Hand eilte er, so rasch es sein schmerzendes Bein zuließ, zum Haus zurück, holte das Gewehr aus dem Schrank und setzte sich auf die Veranda.

Bis zum Abend ließ sich die große ELSTER nur aus der Ferne sehen. Als sich ihre Silhouette im Wipfel des Birkenbaumes gut gegen den verblassenden Himmel abhob, riskierte Lorenz doch einen Schuss, obwohl die Entfernung kaum einen Treffer zuließ. Die ELSTER flog auf und versteckte sich in der Laubkrone. Lorenz fühlte sich ein wenig besser.

Kurz entschlossen machte er sich auf den Weg in das Gasthaus „Zum Storchen“. Es war Donnerstag, und die Männer aus dem Kanton trafen sich dort abends zum Doppelkopf.

Aus der Kartenrunde war Lorenz schon vor Jahren ausgeschieden. Ihm fehlte die Ausdauer, deshalb hatte er seinen Platz einem Jüngeren überlassen, dem Richter. Lorenz begnügte sich damit, ein bisschen zu kiebitzen, den anderen zuzuhören und sein Glas Rotspon zu leeren. Auf diese Weise gehörte er immer noch dazu.

Auch an diesem Abend hielt er sich im Hintergrund und war recht schweigsam. Als in einer Spielpause die Rede auf einen Todesfall im Kanton kam, nutzte er die Gelegenheit. Er fragte den Richter, auf dessen Wort er viel gab, ob der es für möglich halte, dass man nach dem Tode in anderer Gestalt, nämlich in der eines Tieres weiterlebe. Obwohl er sich bemüht hatte, die Frage beiläufig klingen zu lassen, und rasch einen Schluck aus dem Glas nahm, schauten ihn alle am Tisch erstaunt an.

Nur der Richter zwinkerte ihm zu und meinte, so verrückt sei der Gedanke gar nicht; immerhin glaubten die Buddhisten an eine solche Wiedergeburt als Hund oder Schlange, wenn man ein frommes Leben geführt habe vielleicht als heilige Kuh. Es könnte also durchaus sein, fügte er mit betontem Ernst hinzu und kratzte sich den Stoppelbart, dass Eckenschwiller in seinem früheren Beruf als Schlächter gerade den wertvollsten Menschen in Tiergestalt, den Rindviechern, den Garaus gemacht habe.

Der dicke Forstrat ließ seine Faust auf den Tisch poltern und entgegnete entrüstet, darüber mache man keine Witze; das sei heidnisches Zeugs, mit dem sich ein guter Christenmensch erst gar nicht befasse. Brummend begann er, die Karten neu zu mischen.

Der Richter ließ sich nicht beirren und schrieb ein Wort auf den Bierdeckel. „Reinkarnation" buchstabierte er, so würde man diese Seelenwanderung nennen, auf die sich ein Anhänger Buddhas nach dem Tod begeben müsse, bevor er am Ende im Nirwana, das sei eine Art Paradies, die ewige Ruhe fände. Dann stieß er dem Dicken den Ellbogen in die Seite und gab ihm recht: Natürlich gelte dies alles nur für das ferne Indien und vielleicht noch für die Vorderpfalz, hier hinten im Westrich herrschten dagegen andere Sitten und Ordnung, obwohl er einige Menschen kennen würde, die seien schon zu Lebzeiten Rindviecher. Lorenz war froh, als die Karten ausgeteilt wurden und man das Thema wechselte. Heimlich steckte er den Bierdeckel ein.

Diesmal ließ er es geschehen und wehrte sich nicht dagegen. Die große ELSTER saß auf der Fensterbank, klagte ihn mit der kalten Stimme seiner Frau an und verschwand. Lorenz erholte sich bald. Er kleidete sich an und fand in der linken Tasche seiner Joppe den Bierdeckel mit dem seltsamen Wort, das er halblaut las. Er zog die oberste Schublade der Kommode auf und fand zwischen der Wäsche ein Kästchen, dem er ein mit funkelnden Steinen besetztes Kollier entnahm. Er betrachtete das Schmuckstück und steckte es dann in die Tasche.

Im Bad schluckte er zwei Aspirin gegen die pochenden Kopfschmerzen. Es half nur wenig, aber er gönnte sich keine Ruhe. Es musste getan werden. Er schulterte das Gewehr und schlich sich durch die Hintertür in den Garten. Mit ein paar Handgriffen richtete er sich ein Versteck im Hollerbusch ein. Er lehnte den Rücken gegen den Stamm, stützte die Flinte auf eine Astgabel und schaute hinaus auf die Lichtung. Dort lag im Gras die Halskette, die seiner Frau gehört hatte, und glitzerte in der Morgensonne.

Obwohl es Lorenz wie eine Ewigkeit vorkam und ihm die Schmerzen in seinem Bein von Minute zu Minute mehr zusetzten, hatte er wohl keine halbe Stunde warten müssen. Er hörte in seinem Versteck das böse „Tschack-tschack“ der ELSTER und presste den Kolben fest gegen die Schulter. Er spürte keinen Schmerz mehr, als er das Halsband ins Visier nahm. Der nächste Ruf klang bereits ganz nahe. Im selben Moment schwebte es schwarzweiß herab, und die ELSTER landete wippend im Gras. Ohne jede Vorsicht fixierte der Vogel das funkelnde Band, der Schnabel packte zu und wollte es fassen. Lorenz sah das starre Auge in der Kimme und drückte ab.

Als die ELSTER schrie, wie er noch nie einen Vogel hatte schreien hören, schrie auch Lorenz und kam erst zur Besinnung, als das wilde Flügelschlagen zu Ende war. Die ELSTER lag leblos am Boden, den zerfetzten Kopf dicht neben der Halskette hingestreckt.

Hauptwachtmeister Klein hatte die Bewegung hinter der Fenstergardine bemerkt und gab deshalb nicht auf. Nach dem fünften Läuten hörte er, wie sich Schritte näherten. Die Tür öffnete sich eine Handbreit, und eine barsche Stimme wollte ihn abweisen. Bevor die Tür wieder zuschlug, hatte Klein den Schuh in den Spalt gestellt und verschaffte sich gegen den Protest Einlass.

„Hören Sie, Eckenschwiller, ich muss mit Ihnen reden. Ich komme dienstlich, also keine Fisimatenten.“

Der Alte zögerte, drehte sich dann abrupt um und schlurfte zur Küche, gefolgt von der grünen Uniform.

Der Raum war in einem unwohnlichen Zustand. Schmutziges Geschirr mit Essensresten türmte sich in der Spüle und auf dem Küchentisch, der Boden war mit Unrat übersät, die abgestandene Luft roch faulig. Der Gendarm hielt den Atem an, schritt zum Fenster und öffnete es weit. Eckenschwiller hatte sich inzwischen auf einen Schemel gesetzt und ließ es geschehen.

„Ihre Nachbarn sind vorstellig geworden“, sagte Klein und schaute sich um. „Es scheint zuzutreffen, dass Sie nicht mehr für sich sorgen können, Eckenschwiller. Ich werde das Sozialamt verständigen, in Ihrem eigenen Interesse.“

Der Alte richtete sich auf und widersprach heftig. Gerade vierundsiebzig sei er geworden und kein Jahr mehr, er brauche keine Hilfe und käme gut allein zurecht. Krank sei er gewesen, die letzten Tage, deshalb die Unordnung, aber nun sei er wieder auf dem Damm, und die Nachbarn sollten sich um ihren eigenen Dreck kümmern.

„Lassen Sie es gut sein, Eckenschwiller", winkte Klein ab. „Nicht deshalb bin ich hier, sondern wegen Ihrer Anzeige, wie Sie sich denken können."

Lorenz senkte den Kopf und blieb stumm.

„Das müssen Sie uns schon erklären", fuhr der Wachtmeister fort und verschränkte die Arme vor der Brust. „Sie haben sich selbst angezeigt. Sie haben Ihre Frau erschossen, behaupten Sie!"

„Ja, das stimmt", murmelte der Alte tonlos und starrte auf seine Füße. „Ich habe sie auf dem Gewissen."

„Das ist doch Quatsch, Eckenschwiller! Ihre Frau ist vor zehn Jahren an Herzversagen gestorben. Was ist das also für eine fixe Idee? Sie haben zu lange allein gelebt. Gibt es niemanden, der sich um Sie kümmert?"

Eckenschwiller hielt sich mit beiden Händen den Kopf und stöhnte.

„Ich habe sie erschossen, und ich halte es nicht länger aus."

Hauptwachtmeister Klein angelte sich einen Stuhl, setzte sich rittlings darauf und stützte die Arme auf die Lehne.

„Jetzt hören Sie mal gut zu. Ich habe mir die Akten angesehen, bevor ich hergekommen bin. Ich weiß also, was damals vor zehn Jahren im Schlachthof passiert ist. Das an der Knochensäge, das war ein schrecklicher Unfall, auch wenn man Sie zur Verantwortung gezogen hat. Und dann kurze Zeit später der Tod Ihrer Frau. Das wirft natürlich den stärksten Kerl um, Eckenschwiller. Aber das alles ist lange her. Ich verstehe nicht, dass Sie nun, nach über zehn Jahren deshalb die Nerven verlieren."

Während der Polizist redete, schaute Eckenschwiller nicht auf. Nun hob er den Blick und begann, stockend die Geschichte von der ELSTER zu erzählen. Klein hörte zu, ohne den Alten zu unterbrechen, und erst als dieser fertig war, schüttelte er heftig den Kopf, so dass die Dienstmütze verrutschte.

„Eckenschwiller, Eckenschwiller! Wenn der Richter wüsste, was er mit diesem Unsinn ausgelöst hat, würde er Sie auf den Knien um Verzeihung bitten! Hören sie, das ist alles Unfug, fauler Zauber! Menschen, die sich in Tiere verwandeln! Ich werde mit dem Dekan reden, der wird Ihnen die Leviten lesen."

Lorenz Eckenschwiller erhob sich schwerfällig vom Hocker. Einen Augenblick zögerte er.

„Gut, Herr Wachtmeister, dann muss ich es Ihnen zeigen. Kommen Sie mit."

Der Alte humpelte zur Tür. Über die Schulter vergewisserte er sich, dass Klein ihm folgte. Sie betraten einen Raum, der im Halbdunkel lag, da der Vorhang vor das Fenster gezogen war.

Erst als der Wachtmeister dicht vor dem zerwühlten Doppelbett stand, fiel sein suchender Blick auf den Nachttisch. Entsetzt prallte er einen Schritt zurück und hob die Hände zur Abwehr.

„Mein Gott, Eckenschwiller, was ist das?"

„Das ist sie. Nun müssen Sie mir glauben."

Die Augen hatten sich an das Dämmerlicht gewöhnt, und der Polizist sah sich genauer an, was ihm den Schrecken versetzt hatte: ein großer, schwarzweißer Vogel, der die mächtigen Schwingen ausgebreitet und die Fänge wie zum Angriff gespreizt hatte. Aus kalten, erstarrten Augen schaute er den Besucher an. Um den Hals trug das Tier ein Kollier, dessen Steine matt funkelten. Vorsichtig trat Klein einen Schritt näher.

„Eine Elster. Eine ausgestopfte Elster, die größte, die ich je gesehen habe! Sie haben sie also tatsächlich erlegt, Eckenschwiller. Alle Achtung, eine gelungene Arbeit. Hätte ich Ihnen nicht zugetraut. Sie sind Metzger, kein Präparator!"

„Die Kette!" Lorenz deutete auf das Schmuckstück. „Die Halskette meiner Frau."

„Machen Sie sich doch nicht verrückt, Mann! Nehmen Sie dem Biest die Kette ab, und stellen Sie das Viehzeug an einen Platz, wo es Sie nicht dauernd anstarrt. Das muss einen ja nervös machen. Kein Wunder, dass Sie Albträume haben!"

Kopfschüttelnd kehrte Klein in die Küche zurück. Hinter ihm schloss der Alte die Tür des Schlafraumes.

„Hören Sie, Eckenschwiller, nun sieht die Sache doch anders aus. Krähenvögel stehen unter Naturschutz. Zwar gibt es eine Verordnung, wonach sie mit polizeilicher Genehmigung geschossen werden dürfen. Eine solche Genehmigung haben Sie aber nicht, oder? Deshalb haben Sie sich strafbar gemacht, tut mir leid. Ich muss also wegen der Elster Anzeige erstatten. Das wird Sie ein Bußgeld kosten, halb so schlimm. Es kann allerdings sein, dass Sie den präparierten Vogel abgeben müssen. Und das Gewehr muss ich vorläufig beschlagnahmen, als Tatwaffe und Beweisstück."

Wortlos deutete der Alte in eine Ecke, wo der Flobert lehnte.

„Sie müssen das verstehen. Vorschrift ist Vorschrift."

Noch einmal hob der Wachtmeister bedauernd die Schultern und bückte sich nach der Waffe.

Eckenschwiller stand hinter ihm und erstarrte. Als der Gendarm sich vornüber beugte und das Gewehr ergriff, klaffte der Rückenschlitz der Uniformjacke auseinander. Über dem Hosenbund bauschte es schwarzweiß, ein Büschel glänzender Elsterfedern spreizte sich und drängte aus der engen Verkleidung. Blitzschnell fuhr eine Hand zum Rücken, stopfte den Federbausch zurück und strich die Uniform glatt. Böse schauten die kalten Vogelaugen dem Alten ins Gesicht.

„Sie werden von uns hören, Eckenschwiller. Jetzt werfe ich noch einen kurzen Blick auf den Tatort im Garten."

Lorenz hatte sich wieder in der Gewalt. Er folgte dem Besucher, der das Gewehr unter dem Arm hielt, und ließ die sich bauschende Uniformjacke nicht aus den Augen.

Die große, grüne ELSTER stelzte durch den Flur, hüpfte die Stufen hinab und öffnete die Hintertür. Warmes Sonnenlicht ergoss sich in das dunkle Haus. Eckenschwiller vernahm das Gezwitscher der Gartenvögel, die nichts von der nahenden Gefahr ahnten. Er hörte den munteren Singsang des Gelbspötters, der im Rotdornbusch wohnte, den leisen Ruf der kleinen Gartengrasmücke, die sich im Dickicht neben den Kaninchenställen versteckt hielt, die gedehnten Strophen des Zilpzalps, der nicht müde wurde, seinen Namen zu tschilpen, und das schlichte Lied des Gartenrotschwanzes. Er hörte den vertrauten Chor, und sein Herz krampfte sich zusammen. Zugleich stieg der Hass gegen die ELSTER in ihm auf, die ihm dies alles antat, und dieser Hass war stärker als je zuvor, verdrängte die Schwäche und alle Zweifel der vergangenen Tage, dämpfte den pochenden Schmerz hinter den Schläfen, und plötzlich wusste Lorenz, was zu tun war.

Er ergriff den Spaten, der im Winkel hinter der Tür lehnte, und holte aus. Als die große, grüne ELSTER das „Tschack-Tschack" hinter sich hörte, warf sie sich mit einem Aufschrei herum. Zu spät. Lorenz führte den Streich mit der Kraft und Erfahrung des gelernten Kopfschlächters, so dass das glänzende Spatenblatt die Luft wie eine Sense durchschnitt, schlug zu mit der Wucht und unnachahmlichen Eleganz, die früher seine Kollegen an der Schlachtbank bewundert hatten, wenn der tödliche Schwung einen ausgewachsenen Ochsen fällte, als sei er vom Blitz getroffen, durchschlug den feisten Wulst des Nackens wie mit einem Fallbeil und spaltete das Vogelgenick mit einem knirschenden Laut. Der Todesschrei gellte durch das Haus, die grünen Schwingen schlugen kurz im Todeskampf, dann war es ausgestanden.

Lorenz Eckenschwiller stellte den Spaten zurück. Er packte den Kadaver der ELSTER an den erstarrten Fängen und schleifte ihn durch den Gang zur Küche. Er achtete nicht auf die breite Blutspur, welche die Federn über die Dielen wischten, und legte den Körper auf den Fliesen vor dem Spülstein ab. Aus der Küchenanrichte nahm er die Leinentasche mit seinem Schlachterbesteck und machte sich ans Werk.

Walter Landin

Urs, Jessica, Evelyn, ein Anleger und ich

Der Himmel! Der Himmel über dem Sandbachtal hinter Leistadt! Strahlend blau! Die Krone der Kiefern schaukelten in der leichten Brise wie in Zeitlupe. Urs war schon lange nicht mehr im Wald spazieren gewesen, noch dazu an so einem Bilderbuchtag. Er hatte gerade seinen fünfunddreißigsten Geburtstag in aller Stille gefeiert und war in seinem Job als Börsenmakler ein gefragter Experte, der immer mit vollem Risiko spielte. Dass dabei Anleger immer auch wieder ihr Geld verloren, war ihm egal. Er verdiente so gut, dass er nur einen kleinen Bruchteil ausgeben konnte. Er war geschieden, zum Glück, wie er sich jeden Tag sagte. Er war mit Evelyn Vogel befreundet, einer begabten Pianistin, die viel auf Reisen war. In der Zwischenzeit tröstete er sich mit einer überkandidelten Galeristin, die seine Mutter hätte sein können, und einer blutjungen Referendarin für das Lehramt an Gymnasien.

Urs hatte alles erreicht, was er sich jemals erhofft hatte. Er hätte mit seinem Leben zufrieden sein können. Nur die Unterhaltszahlungen an seine geschiedene Frau nervten ihn in regelmäßigen Abständen. Und manchmal kamen ihm leise Zweifel. Sollte das schon alles gewesen sein. War das der Sinn des Lebens?

Mein erster Impuls: Der Stinkstiefel muss über die Klinge springen. Und zwar schnell. Also platziere ich die Ex hinter einer Buche, drücke ihr eine Pistole in die Hand, lasse sie im geeigneten Moment vorspringen, die Pistole auf ihn richten.

„Deine letzte Stunde hat geschlagen! Ich knall' dich ab", lege ich ihr in den Mund.

Urs Manges bleibt verdutzt stehen.

„Jessica, soll das ein Witz sein?"

„Ein Witz?"

Jessica betrachtet die Waffe in ihrer Hand.

„Ich weiß auch nicht, was das soll. Ich dich abknallen? Wie käme ich dazu? Ich bin froh, dass ich dich los bin. Und die

Abfindung war auch großzügig. Von den Unterhaltszahlungen ganz abgesehen. Hoffentlich laufe ich dir so bald nicht wieder über den Weg."

Abgang Jessica. Vorher hat sie die Pistole noch fallen lassen.

Eigentlich sollte Urs Manges an dieser Stelle schon über den Jordan sein. Nun gut, eine kleine Verzögerung, mehr nicht. Ich schnappe mir die Pistole, drücke sie Evelyn Vogel in die Hand, die ich auf einen Stein am Wegrand setze. In wenigen Sekunden wird Manges hier vorbeikommen.

„Hallo, Urs, ich wollte dir nur sagen, es ist Schluss. Du langweilst."

Urs zuckt mit den Schultern.

„Alles klar, kein Problem, Evelyn. Nur, was hast du mit der Knarre vor?"

„Knarre?"

Evelyn stopft die Pistole in ihre Designerhandtasche und will sich verdrücken. Ich kann sie gerade noch abpassen und die Waffe aus ihrer Tasche fischen.

Eine Frau als Rächerin hätte so gut ins Konzept gepasst. Dann eben nicht. Wer kommt noch in Frage? Ein geprellter Kleinanleger. Bei einer Transaktion hat er sein gesamtes eingesetztes Kapital verloren. Baseballkappe aufsetzen, um den Mund einen Schal drapieren, die Pistole in die Hand drücken.

„Sind Sie Urs Manges?"

Manges nickt. Er macht einen zunehmend genervten Eindruck.

„Finden Sie nicht, dass diese Begegnungen mit der Pistole in der Hand langsam inflationäre Ausmaße annehmen?"

Mir ist nicht klar, ob Manges die Frage an den Anleger oder an mich richtet. Der frühere Anleger jedenfalls wechselt die Pistole von seiner Rechten in die Linke und schüttelt Manges überschwänglich die Hand.

„Danke, Sie haben mich zwar um mein Kapital gebracht, aber dadurch habe ich den Blick für die wahren Werte des Lebens erst gewonnen. Danke! Vielen Dank!"

Und ehe Manges sich versieht, ist der glücklich geschädigte Anleger verschwunden und er selbst hält die Pistole in der Hand.

Verflixt. Langsam bin ich wirklich frustriert. Keiner will Urs Manges um die Ecke bringen. Mir gehen die potenziellen Täter aus. Mit solchen Schwierigkeiten bei einer zugegebenermaßen einfachen Handlung hatte ich nicht gerechnet. Bleibt nur noch Manges übrig. Soll der sich doch selbst die Kugel geben. Soll der doch den Schlussknall unter sein verpfuschtes Leben setzen.

„Ich? Mir selbst die Birne wegblasen? Kommt nicht in Frage. Dafür bin ich nicht zuständig. Das Aussteigen, das wäre ein Thema. Darüber könnten wir zwei uns unterhalten, bei einer guten Flasche Wein, versteht sich. Wenn Sie unbedingt Wert auf mein Ableben legen, müssen schon Sie die Drecksarbeit erledigen."

Geistesgegenwärtig greife ich nach der Pistole, die er mir zugeworfen hat.

Ich? Ich soll am Ende Manges kalt machen? So weit kommt es noch! Was geht mich der langweilige Urs an? Was habe ich mit dem zu tun? Soll er doch ruhig weiter durch den Wald stiefeln. Soll er doch weiter riskante Spekulationen in die Wege leiten und Anlegern zu Reichtum oder Armut verhelfen. Soll er doch weiter Geld scheffeln, das er nicht ausgeben kann. Soll er doch weiter darüber grübeln, was denn mit seinem Leben wohl nicht stimmt. Soll er doch weiter nach einem Sinn suchen. Aber bitte ohne mich!

Kurpfalz-Krimis im Wellhöfer Verlag

Band 5
Mörderische Kurpfalz

208 Seiten; 12,80 Euro

Man sollte sich nirgends zu sicher fühlen. Schon gar nicht in der Kurpfalz! Passen Sie also gut auf sich auf, denn Mord ist eine ernste Sache. Eine todernste!

28 Kurzgeschichten bekannter Krimiautoren aus der Region fesseln den Leser von der ersten bis zur letzten Seite.

Band 6
Mörderisches Mannheim

208 Seiten; 12,80 Euro

Was geschah wirklich in der Schimperstraße? Warum gab es keinen anderen Ausweg für Sarah Leitner? Ist die Mafia allgegenwärtig in Mannheim? Wie endet der Show-down in Wohlgelegen? – Fragen über Fragen, denen die Autoren von „Mörderisches Mannheim“ in packenden Geschichten auf den Grund gehen.

Begeben Sie sich auf eine Reise in die Abgründe einer Stadt, die Sie so noch nicht gesehen haben. Und passen Sie gut auf sich auf: Denn Mord ist eine ernste Sache. Eine todernste!

www.kurpfalz-krimis.de

Walter Landin im Wellhöfer Verlag

Band 1
Walter Landin
Mord im Quadrat

Buch: 196 Seiten; 9,80 Euro
Hörbuch auf 2 CDs: 19,95 Euro

Der Bestseller von Mannheims Erfolgsautor Walter Landin („Zauberer des Wortes, der mehrfach ausgezeichnete Mannheimer Krimiautor“, *Mannheimer Morgen*)

Band 3
Walter Landin
Mannheimer Karussell

176 Seiten; 9,80 Euro

Erst der Erpresserbrief im Briefkasten. Dann die Frauenleiche im Ehebett. Für Hermann Baumer kommt es knüppeldick. Anstatt die Polizei einzuschalten, macht er sich an die private Entsorgung der Leiche, was gar nicht so einfach ist. Schritt für Schritt gerät Baumer mehr auf die schiefe Bahn. Und bevor er groß zum Nachdenken kommt, ist er mitten drin in einem Korruptionsskandal, in dem es um Grundstücksschiebereien und Beamtenbestechung geht. Das „Mannheimer Karussell“ kommt in Fahrt.

Krimis im Wellhöfer Verlag

Band 2
Manfred H. Schmitt
Tod im Seminar

256 Seiten; Euro 9,80

Ludwigshafen: Schock bei der Stadtverwaltung. Ein Seminar endet mit einer Leiche. War es Mord? Wer kommt als Täter in Frage? Kommissar Bosch ermittelt, aber auch Abteilungsleiter Becker vom Personalamt erkennt seltsame Zusammenhänge. Eines wird immer klarer: Hinter der Fassade einer korrekten Verwaltung tun sich Abgründe auf, über die früher höchstens gemunkelt wurde. Der Täterkreis ist größer als zunächst vermutet.

Manfred H. Schmitt ist als städtischer Personalleiter mit den fachlichen und menschlichen Zusammenhängen in einer Verwaltung eng vertraut und weiß mit seinem Roman bestens zu unterhalten.

www.kurpfalz-krimis.de

Lilo Beil stammt aus dem südpfälzischen Winden. Die Pfarrerstochter studierte in Heidelberg Romanistik und Anglistik. Über 35 Jahre unterrichtete sie an einem Gymnasium. Mit ihren Erzählbänden „Sonnenblumenreise", „Heute kein Spaziergang" und „Schattenzeit" und ihren beiden Romanen „Gottes Mühlen" und „Das Licht unterm Scheffel" hat sich Lilo Beil in den letzten Jahren einen großen Leserkreis erschlossen.

Walter Landin, 1952 in Dirmstein geboren, lebt seit 1974 in Mannheim. Seit vielen Jahren ist er in der Region einem breiten Publikum durch zahlreiche Veröffentlichungen und Literaturpreise bekannt. Er schreibt Prosa, Lyrik, Theaterstücke und Mundarttexte im „Pälzer Saund". Im Wellhöfer Verlag sind bereits in der vierten Auflage die erfolgreiche Kurzgeschichten-Sammlung „Mord im Quadrat" und der Roman „Mannheimer Karussell" erschienen.

Wolfgang Ohler wurde 1943 in Zweibrücken geboren, wo er noch heute lebt. Als Strafrichter (zuletzt als Vizepräsident des Pfälzischen Oberlandesgerichts) hat er nicht nur besten Einblick in weit über 1000 Kriminalfälle der vergangenen 30 Jahre, sondern auch viele dieser Fälle literarisch verarbeitet. Ohler ist bekannt für seine zahlreichen Erzählungen, Theaterstücke und Hörspiele. Er wurde wiederholt für seine Arbeiten ausgezeichnet (u.a. Literaturpreis des Landes Sachsen-Anhalt).